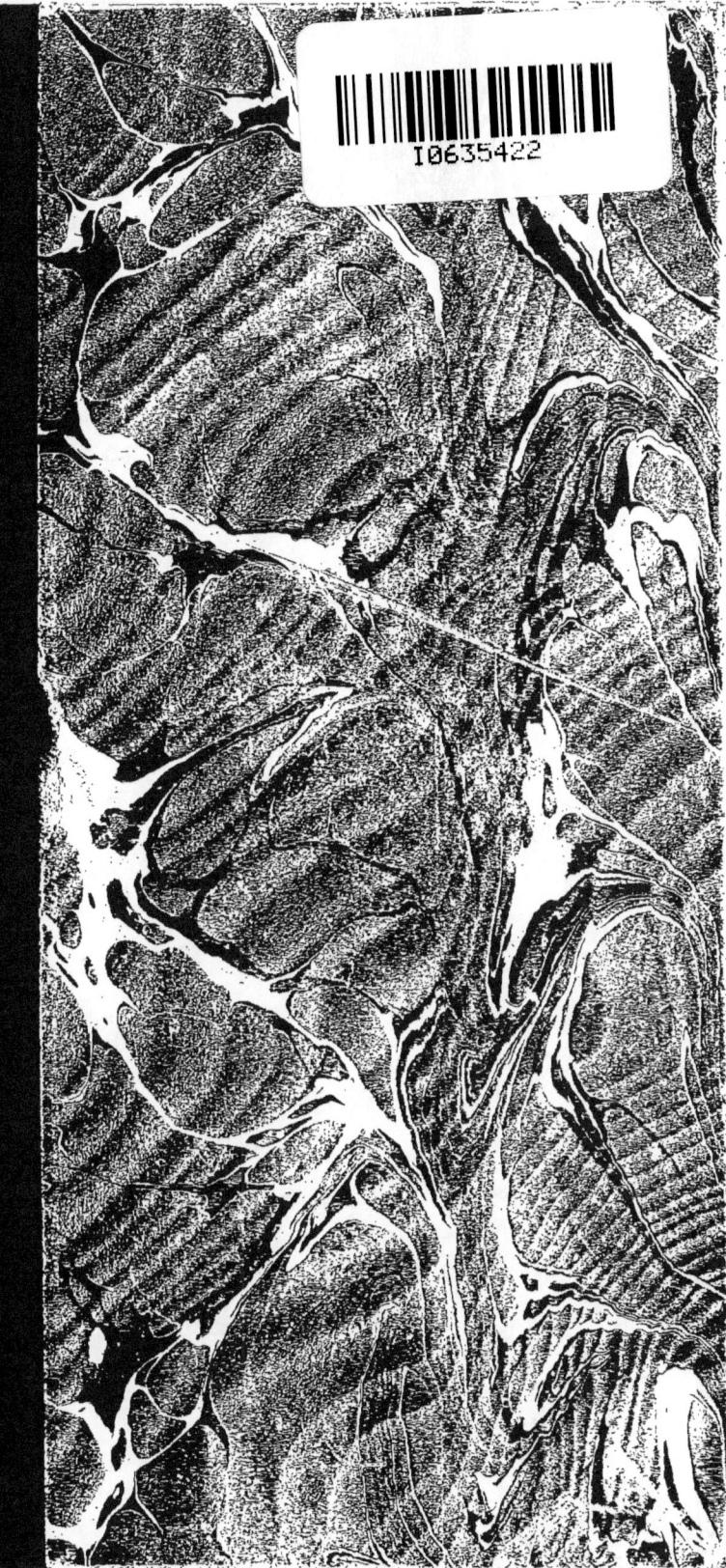

ROBERT 1985

GERMINIE

LACERTEUX

DES MÊMES AUTEURS

ARTISTES.

Les Hommes de Lettres, 1 volume in-18.
L'Atelier Langibout (*en préparation*).

BOURGEOIS.

Renée Mauperin, 1 volume in-18.
Mme Tony Freneuse (*en préparation*).

PEUPLE.

Sœur Philomène, 1 volume in-18.
Germinie Lacerteux, 1 volume in-18.

PARIS. — J. CLAYE, IMPRIMEUR, RUE SAINT-BENOIT, 7.

GERMINIE

LACERTEUX

PAR

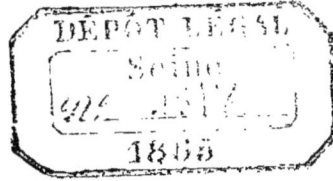

EDMOND ET JULES DE GONCOURT

DEUXIÈME ÉDITION

PARIS

CHARPENTIER, LIBRAIRE-ÉDITEUR

QUAI DE L'ÉCOLE, 28

—

1865

PRÉFACE

DE LA PREMIÈRE ÉDITION

———

Il nous faut demander pardon au public de lui donner ce livre, et l'avertir de ce qu'il y trouvera.

Le public aime les romans faux : ce roman est un roman vrai.

Il aime les livres qui font semblant d'aller dans le monde : ce livre vient de la rue.

Il aime les petites œuvres polissonnes, les mémoires de filles, les confessions d'alcôves, les saletés érotiques, le scandale qui se retrousse dans une image aux devantures des libraires : ce qu'il va lire est sévère et pur. Qu'il ne s'attende point à la photographie décolletée du

Plaisir : l'étude qui suit est la clinique de l'Amour.

Le public aime encore les lectures anodines et consolantes, les aventures qui finissent bien, les imaginations qui ne dérangent ni sa digestion ni sa sérénité : ce livre, avec sa triste et violente distraction, est fait pour contrarier ses habitudes et nuire à son hygiène.

Pourquoi donc l'avons-nous écrit? Est-ce simplement pour choquer le public et scandaliser ses goûts?

Non.

Vivant au dix-neuvième siècle, dans un temps de suffrage universel, de démocratie, de libéralisme, nous nous sommes demandé si ce qu'on appelle « les basses classes » n'avait pas droit au Roman; si ce monde sous un monde, le peuple, devait rester sous le coup de l'interdit littéraire et des dédains d'auteurs qui ont fait jusqu'ici le silence sur l'âme et le cœur qu'il peut avoir. Nous nous sommes demandé s'il y avait encore, pour l'écrivain et pour le lecteur, en ces années d'égalité où nous sommes, des classes indignes, des malheurs trop bas, des drames trop mal

embouchés, des catastrophes d'une terreur trop
peu noble. Il nous est venu la curiosité de savoir
si cette forme conventionnelle d'une littérature
oubliée et d'une société disparue, la Tragédie,
était définitivement morte ; si, dans un pays sans
caste et sans aristocratie légale, les misères des
petits et des pauvres parleraient à l'intérêt, à
l'émotion, à la pitié, aussi haut que les misères
des grands et des riches ; si, en un mot, les
larmes qu'on pleure en bas pourraient faire
pleurer comme celles qu'on pleure en haut.

Ces pensées nous avaient fait oser l'humble
roman de *Sœur Philomène,* en 1861 ; elles nous
font publier aujourd'hui *Germinie Lacerteux.*

Maintenant, que ce livre soit calomnié : peu
lui importe. Aujourd'hui que le Roman s'élargit
et grandit, qu'il commence à être la grande
forme sérieuse, passionnée, vivante, de l'étude
littéraire et de l'enquête sociale, qu'il devient,
par l'analyse et par la recherche psychologique,
l'Histoire morale contemporaine, aujourd'hui que
le Roman s'est imposé les études et les devoirs
de la science, il peut en revendiquer les libertés
et les franchises. Et qu'il cherche l'Art et la

Vérité; qu'il montre des misères bonnes à ne pas
laisser oublier aux heureux de Paris; qu'il fasse
voir aux gens du monde ce que les dames de
charité ont le courage de voir, ce que les reines
autrefois faisaient toucher de l'œil à leurs enfants
dans les hospices : la souffrance humaine, présente et toute vive, qui apprend la charité; que
le Roman ait cette religion que le siècle passé
appelait de ce large et vaste nom : *Humanité*;
— il lui suffit de cette conscience : son droit
est là.

Paris, octobre 1864.

GERMINIE

LACERTEUX

I.

— Sauvée! vous voilà donc sauvée, mademoiselle! fit avec un cri de joie la bonne qui venait de fermer la porte sur le médecin, et, se précipitant vers le lit où était couchée sa maîtresse, elle se mit avec une frénésie de bonheur et une furie de caresses à embrasser, par-dessus les couvertures, le pauvre corps tout maigre de la vieille femme, tout petit dans le lit trop grand comme un corps d'enfant.

La vieille femme lui prit silencieusement la tête dans ses deux mains, la serra contre son cœur, poussa un soupir, et laissa échapper : — Allons! il faut donc vivre encore!

Ceci se passait dans une petite chambre dont la

fenêtre montrait un étroit morceau de ciel coupé de
trois noirs tuyaux de tôle, des lignes de toits, et au
loin, entre deux maisons qui se touchaient presque,
la branche sans feuilles d'un arbre qu'on ne voyait
pas.

Dans la chambre, sur la cheminée, posait dans
une boîte d'acajou carrée une pendule au large ca-
dran, aux gros chiffres, aux heures lourdes. A côté
deux flambeaux, faits de trois cygnes argentés tendant leur col autour d'un carquois doré, étaient
sous verre. Près de la cheminée, un fauteuil à la
Voltaire, recouvert d'une de ces tapisseries à dessin
de damier que font les petites filles et les vieilles
femmes, étendait ses bras vides. Deux petits
paysages d'Italie, dans le goût de Bertin, une aqua-
relle de fleurs avec une date à l'encre rouge au bas,
quelques miniatures, pendaient accrochés au mur.
Sur la commode d'acajou, d'un style Empire, un
Temps en bronze noir et courant, sa faux en avant,
servait de porte-montre à une petite montre au chiffre
de diamants sur émail bleu entouré de perles. Sur
le parquet, un tapis flammé allongeait ses bandes
noires et vertes. A la fenêtre et au lit, les rideaux
étaient d'une ancienne perse à dessins rouges sur
fond chocolat. A la tête du lit, un portrait s'inclinait
sur la malade, et semblait du regard peser sur elle.
Un homme aux traits durs y était représenté, dont
le visage sortait du haut collet d'un habit de satin
vert, et d'une de ces cravates lâches et flottantes,
d'une de ces mousselines mollement nouées autour

des têtes par la mode des premières années de la
Révolution. La vieille femme couchée dans le lit
ressemblait à cette figure. Elle avait les mêmes
sourcils épais, noirs, impérieux, le même nez aqui-
lin, les mêmes lignes nettes de volonté, de résolution, d'énergie. Le portrait semblait se refléter sur
elle comme le visage d'un père sur le visage d'une
fille. Mais chez elle la dureté des traits était adou-
cie par un rayon de rude bonté, je ne sais quelle
flamme de mâle dévouement et de charité masculine.

Le jour qui éclairait la chambre était un de ces
jours que le printemps fait, lorsqu'il commence, le
soir vers les cinq heures, un jour qui a des clartés
de cristal et des blancheurs d'argent, un jour froid,
virginal et doux, qui s'éteint dans le rose du soleil
avec des pâleurs de limbes. Le ciel était plein de
cette lumière d'une nouvelle vie, adorablement
triste comme la terre encore dépouillée, et si tendre qu'elle pousse le bonheur à pleurer.

— Eh bien ! voilà ma bête de Germinie qui
pleure ? dit au bout d'un instant la vieille femme
en retirant ses mains mouillées sous les baisers de
sa bonne.

— Ah ! ma bonne demoiselle, je voudrais toujours
pleurer comme ça ! c'est si bon ! ça me fait revoir
ma pauvre mère... et tout !... si vous saviez !

— Va, va... lui dit sa maîtresse en fermant les
yeux pour écouter, dis-moi ça...

— Ah ! ma pauvre mère !... La bonne s'arrêta.

Puis, avec le flot de paroles qui jaillit des larmes heureuses, elle reprit, comme si, dans l'émotion et l'épanchement de sa joie, toute son enfance refluait à son cœur : — La pauvre femme ! Je la revois la dernière fois qu'elle est sortie... pour me mener à la messe... un 21 janvier, je me rappelle... On lisait dans ce temps-là le testament du roi... Ah ! elle en a eu des maux pour moi, maman ! Elle avait quarante-deux ans, quand elle a été pour m'avoir... papa l'a fait assez pleurer ! Nous étions déjà trois, et il n'y avait pas tant de pain à la maison... Et puis il était fier comme tout... Nous n'aurions eu qu'une cosse de pois, qu'il n'aurait jamais voulu des secours du curé... Ah ! on ne mangeait pas tous les jours du lard chez nous... Ça ne fait rien : pour tout ça, maman m'aimait un peu plus, et elle trouvait toujours dans des coins un peu de graisse ou de fromage pour mettre sur mes tartines... Je n'avais pas cinq ans quand elle est morte... Ce fut notre malheur à tous. J'avais un grand frère qui était blanc comme un linge, avec une barbe toute jaune... et bon ! vous n'avez pas d'idée... Tout le monde l'aimait. On lui avait donné des noms... Les uns l'appelaient Boda, je ne sais pas pourquoi... Les autres Jésus-Christ... Ah ! c'était un ouvrier, celui-là ! Il avait beau avoir une santé de rien du tout... au petit jour il était toujours à son métier... parce que nous étions tisserands, faut vous dire... et il ne démarrait pas avec sa navette, jusqu'au soir... Et honnête avec ça, si vous saviez ! On venait de partout lui apporter son fil, et toujours sans peser... Il était très-ami avec le maître d'école, et c'était lui qui faisait les *sentences* au carnaval. Mon père, lui, c'était autre chose : il travaillait un moment, une heure, comme ça... et puis il s'en allait dans les champs... et puis quand il rentrait, il nous battait, et fort... Il était comme fou... on disait que c'était d'être poitrinaire. Heureusement qu'il y avait là mon frère : il empêchait ma seconde sœur de me tirer les cheveux, de me faire du mal... parce qu'elle était jalouse. Il me prenait toujours par la main pour aller voir jouer aux quilles... Enfin il soutenait à lui seul la maison... Pour ma première communion, en donna-t-il de ces coups de battant! Ah! il en abattit de l'ouvrage pour que je fusse comme les autres avec une petite robe blanche où il y avait un tuyauté, et un petit sac à la main, on portait alors de ça... Je n'avais pas de bonnet : je m'étais fait, je me souviens, une jolie couronne avec des faveurs et de la moelle blanche qu'on retire en écorçant de la canette : il y en a beaucoup chez nous dans les places où on met rouir le chanvre... Voilà un de mes bons jours ce jour-là... avec le tirage des cochons à Noël... et les fois où j'allais aider pour accoler la vigne... c'est au mois de juin, vous savez... Nous en avions une petite au haut de Saint-Hilaire... Il y eut ces années-là une année bien dure... vous vous rappelez, mademoiselle?... la grêle de 1828 qui perdit tout... Ça alla jusqu'à Dijon, et plus loin... on fut obligé de faire du pain avec du son...

Mon frère alors s'abîma de travail... Mon père, qui était à présent toujours dehors à courir dans les champs, nous rapportait quelquefois des champignons... C'était de la misère tout de même... on avait plus souvent faim qu'autre chose... Moi, quand j'étais dans les champs, je regardais si on ne me voyait pas, je me coulais tout doucement sur les genoux, et quand j'étais sous une vache, j'ôtais un de mes sabots, et je me mettais à la traire... Dam ! il n'aurait pas fallu qu'on me prît !... Ma plus grande sœur était en service chez le maire de Lenclos, et elle envoyait à la maison ses quatre-vingts francs de gages... c'était toujours autant. La seconde travaillait à la couture chez les bourgeois ; mais ce n'étaient pas les prix d'à présent alors : on allait de six heures du matin jusqu'à la nuit pour huit sous. Avec ça elle voulait mettre de côté pour s'habiller à la fête le jour de Saint-Remi... Ah ! voilà comme on est chez nous : il y en a beaucoup qui mangent deux pommes de terre par jour pendant six mois pour s'avoir une robe neuve ce jour-là... Les mauvaises chances nous tombaient de tous les côtés... Mon père vint à mourir... Il avait fallu vendre un petit champ et un *homme* de vigne qui tous les ans nous donnait un tonneau de vin... Les notaires, ça coûte... Quand mon frère fut malade, il n'y avait rien à lui donner à boire que du *râpé* sur lequel on jetait de l'eau depuis un an... Et puis il n'y avait plus de linge pour le changer : tous nos draps de l'armoire, où il y avait une croix d'or des-

sus, du temps de maman, c'était parti... et la croix
aussi... Là-dessus, avant d'être malade alors, mon
frère s'en va à la fête de Clefmont. Il entend dire
que ma sœur a fait sa faute avec le maire où elle
était : il tombe sur ceux qui disaient cela... il n'était
guère fort... Eux, ils étaient beaucoup, ils le jetè-
rent par terre, et quand il fut par terre, ils lui donnèrent des coups de sabot dans le creux de l'estomac... On nous le rapporta comme mort... Le
médecin le remit pourtant sur pied, et nous dit
qu'il était guéri. Mais il ne fit plus que traîner...
Je voyais qu'il s'en allait, moi, quand il m'embrassait... Quand il fut mort, le pauvre cher pâlot, il
fallut que Cadet Ballard y mît toutes ses forces pour
m'enlever de dessus le corps. Tout le village, le
maire et tout, alla à son enterrement. Ma sœur
n'ayant pu garder sa place chez ce maire à cause
des propos qu'il lui tenait, et étant partie se placer
à Paris, mon autre sœur la suivit... Je me trouvai
toute seule... Une cousine de ma mère me prit alors
avec elle à Damblin ; mais j'étais toute déplantée là,
je passais les nuits à pleurer, et quand je pouvais
me sauver, je retournais toujours à notre maison.
Rien que de voir, de l'entrée de notre rue, la vieille
vigne à notre porte, ça me faisait un effet ! il me
poussait des jambes... Les braves gens qui avaient
acheté la maison me gardaient jusqu'à ce qu'on
vînt me chercher : on était toujours sûr de me retrouver là. A la fin, on écrivit à ma sœur de Paris,
que si elle ne me faisait pas venir auprès d'elle, je

pourrais bien ne pas faire de vieux os... Le fait que
j'étais comme de la cire... On me recommanda au
conducteur d'une petite voiture qui allait tous les
mois de Langres à Paris; et voilà comme je suis
venue à Paris. J'avais alors quatorze ans... Je me
rappelle que, pendant tout le voyage, je couchai
tout habillée, parce que l'on me faisait coucher
dans la chambre commune. En arrivant j'étais couverte de poux...

II.

La vieille femme resta silencieuse : elle comparait
sa vie à celle de sa bonne.

Mlle de Varandeuil était née en 1782. Elle nais-
sait dans un hôtel de la rue Royale, et Mesdames de France la tenaient sur les fonts baptismaux.
Son père était de l'intimité du comte d'Artois,
dans la maison duquel il avait une charge. Il
était de ses chasses et des familiers devant lesquels,
à la messe qui précédait les chasses, celui qui devait être Charles X pressait l'officiant en lui disant
à mi-voix : — « Psit! psit! curé, avale vite ton bon
Dieu! » M. de Varandeuil avait fait un de ces mariages
auxquels son temps était habitué : il avait épousé
une façon d'actrice, une cantatrice qui, sans grand

talent, avait réussi au Concert Spirituel, à côté de
Mme Todi, de Mme Ponteuil et de Mlle Saint-Huberti.
La petite fille, née de ce mariage en 1782, était de
pauvre santé, laide avec un grand nez déjà ridicule,
le nez de son père, dans une figure grosse comme
le poing. Elle n'avait rien de ce qu'aurait voulu
d'elle la vanité de ses parents. Sur un fiasco qu'elle
fit à cinq ans au forté-piano à un concert donné par
sa mère dans son salon, elle fut reléguée parmi la
domesticité. Elle n'approchait qu'une minute, le
matin, sa mère qui se faisait embrasser par elle
sous le menton, pour qu'elle ne dérangeât pas son
rouge. Quand la Révolution arrivait, M. de Varandeuil était, grâce à la protection du comte d'Artois,
payeur des rentes. Mme de Varandeuil voyageait en
Italie, où elle s'était fait envoyer sous le prétexte de
soigner sa santé, abandonnant à son mari le soin de
sa fille et d'un tout jeune fils. Les soucis sévères du
temps, les menaces grondant contre l'argent et les
familles maniant l'argent, — M. de Varandeuil avait
un frère fermier général, — ne laissaient guère à
ce père très-égoïste et très-sec le loisir de cœur
nécessaire pour s'occuper de ses enfants. Par là-
dessus, la gêne commençait à entrer dans son intérieur. Il quittait la rue Royale et venait habiter
l'hôtel du Petit-Charolais, appartenant à sa mère
encore vivante, qui le laissait s'y établir. Les événements marchaient; on était au commencement
des années de guillotine, lorsqu'un soir, dans la rue
Saint-Antoine, il marchait derrière un colporteur

criant le journal *Aux voleurs ! Aux voleurs !* Le colporteur, selon l'habitude du temps, faisait l'annonce
des articles du numéro : M. de Varandeuil entendit
son nom mêlé à des b... et à des j... f... Il acheta
le journal et y lut une dénonciation révolutionnaire.

Quelque temps après, son frère était arrêté et
enfermé à l'hôtel Talaru avec les autres fermiers
généraux. Sa mère, prise de terreur, avait vendu
follement, pour le prix des glaces, l'hôtel du Petit-
Charolais où il logeait : payée en assignats, elle
était morte de désespoir devant la baisse croissante
du papier. Heureusement, M. de Varandeuil obtenait
des acquéreurs, qui ne trouvaient pas à louer, la
permission d'habiter les chambres servant autrefois
aux gens d'écurie. Il se réfugiait là, sur les derrières
de l'hôtel, dépouillait son nom, affichait à la porte,
selon qu'il était ordonné, son nom patronymique,
de Roulot, sous lequel il enterrait le *de Varan-*
deuil et l'ancien courtisan du comte d'Artois. Il y
vécut solitaire, effacé, enfoui, cachant sa tête, ne
sortant pas, rasé dans son trou, sans domestique,
servi par sa fille et lui laissant tout faire. La Terreur se passa pour eux dans l'attente, le tressaillement, l'émotion suspendue de la mort. Tous les
soirs, la petite allait écouter par une lucarne grillée
les condamnations du jour, la *Liste des gagnants*
à la loterie de sainte Guillotine. A chaque coup
frappé à la porte, elle allait ouvrir, en croyant
qu'on venait prendre son père pour le mener sur la

place de la Révolution, où son oncle avait été déjà
mené. Vint le moment où l'argent, l'argent si rare,
ne donna plus le pain : il fallut l'enlever presque de
force à la porte des boulangers ; il fallut le conqué-
rir par des heures passées dans le froid et le vif des
nuits, dans la presse et l'écrasement des foules,
faire queue dès trois heures du matin. Le père ne
se souciait pas de se risquer dans cet amas de
peuple. Il avait peur d'être reconnu, de se compro-
mettre avec une de ces foucades qui auraient
échappé n'importe où à la fougue de son caractère.
Puis il reculait devant l'ennui et la dureté de la
corvée. Le petit garçon était encore trop petit, on
l'eût écrasé : ce fut à la fille que revint la charge
de gagner chaque jour le pain des trois bouches.
Elle le gagna. Son petit corps maigre perdu dans un
grand gilet de tricot à son père, un bonnet de coton
enfoncé jusqu'aux yeux, les membres serrés pour
retenir un reste de chaleur, elle attendait en grelottant, les yeux meurtris de froid, au milieu des
bousculades et des poussées, jusqu'au moment où
la boulangère de la rue des Francs-Bourgeois lui
mettait dans les mains un pain que ses petits doigts,
raides d'onglée, avaient peine à saisir. A la fin, cette
pauvre petite fille qui revenait tous les jours, avec
sa figure de souffrance et sa maigreur qui tremblait,
apitoyait la boulangère. Avec la bonté d'un cœur de
peuple, aussitôt que la petite apparaissait dans la
longue queue, elle lui envoyait par son garçon le
pain qu'elle venait chercher. Mais un jour, comme

la petite allait le prendre, une femme jalouse du passe-droit et de la préférence donnait à l'enfant un coup de sabot qui la retint près d'un mois au lit : Mlle de Varandeuil en porta la marque toute sa vie.

Pendant ce mois, la famille fût morte de faim, sans une provision de riz qu'avait eue la bonne idée de faire une de leurs connaissances, la comtesse d'Auteuil, et qu'elle voulut bien partager avec le père et les deux enfants.

M. de Varandeuil se sauvait ainsi du Tribunal révolutionnaire, par l'obscurité d'une vie enterrée. Il y échappait encore par les comptes de sa place qu'il devait rendre, et qu'il avait eu le bonheur de faire ajourner et remettre de mois en mois. Puis aussi, il repoussait la suspicion par des animosités personnelles contre de grands personnages de la cour, par des haines que beaucoup de serviteurs de princes avaient puisées auprès des frères du Roi contre la Reine. Toutes les fois qu'il avait eu occasion de parler de la malheureuse femme, il avait eu des paroles violentes, amères, injurieuses, d'un accent si passionné et si sincère qu'elles lui avaient presque donné l'apparence d'un ennemi de la royauté ; en sorte que ceux pour lesquels il n'était que le citoyen Roulot le regardaient comme un patriote, et que ceux qui le connaissaient sous son ancien nom, l'excusaient presque d'avoir été ce qu'il avait été : un noble, l'ami d'un prince du sang, et un homme en place.

La République en était aux soupers patriotiques,
à ces repas de toute une rue dans la rue, dont
Mlle de Varandeuil, dans ses souvenirs brouillés qui
mêlaient leurs terreurs, voyait les tables rue Pavée,
le pied dans le ruisseau de sang de Septembre
sorti de la Force! Ce fut à un de ces soupers que
M. de Varandeuil eut une invention qui acheva de
lui assurer la vie sauve. Il raconta à deux de ses
voisins de table, chauds patriotes, dont l'un était
lié avec Chaumette, qu'il se trouvait dans un grand
embarras, que sa fille n'avait été qu'ondoyée, qu'elle
manquait d'état civil, qu'il serait bien heureux si
Chaumette voulait la faire inscrire sur les registres
de la municipalité et l'honorer d'un nom choisi par
lui dans le calendrier républicain de la Grèce ou de
Rome. Chaumette fixait bientôt un rendez-vous à
ce père qui était « si bien à la hauteur, » comme on
disait alors. Séance tenance, on faisait entrer Mlle de
Varandeuil dans un cabinet où elle trouvait deux
matrones chargées de s'assurer de son sexe, et
auxquelles elle montrait sa poitrine. On la ramenait
alors dans la grande salle des Déclarations, et là,
après une allocution métaphorique, Chaumette la
baptisait *Sempronie;* un nom que l'habitude devait
conserver à Mlle de Varandeuil et qu'elle ne quitta
plus.

Un peu couverte et rassurée par là, la famille
traversa les terribles jours qui précédèrent la chute
de Robespierre. Enfin arrivait le 9 Thermidor et la
délivrance. Mais la pauvreté restait grande et pres-

sante au logis. On n'avait vécu tout ce dur temps
de la Révolution, on n'allait vivre tout le misérable
temps du Directoire qu'avec une ressource bien
inattendue, un argent de Providence envoyé par la
Folie. Les deux enfants et le père n'avaient guère
subsisté qu'avec le revenu de quatre actions du
Vaudeville, un placement que M. de Varandeuil
avait eu l'inspiration de faire en 1791 et qui se
trouva être la meilleure affaire de ces années de
mort où l'on avait besoin d'oublier la mort tous les
soirs, de ces jours suprêmes où chacun voulait rire
de son dernier rire à la dernière chanson. Bientôt
ces actions, se joignant au recouvrement de quelques créances, donnèrent mieux que du pain à la
famille. La famille sortait alors des combles de
l'hôtel du Petit-Charolais et prenait un petit appartement dans le Marais, rue du Chaume.

Du reste, rien n'était changé aux habitudes de
l'intérieur. La fille continuait à servir son père et
son frère. M. de Varandeuil s'était peu à peu accou-
tumé à ne plus voir en elle que la femme de son
costume et de l'ouvrage qu'elle faisait. Les yeux du
père ne voulaient plus reconnaître une fille sous
l'habit et les basses occupations de cette servante.
Ce n'était plus quelqu'un de son sang, quelqu'un
qui avait l'honneur de lui appartenir : c'était une
domestique qu'il avait là sous la main; et son
égoïsme se fortifiait si bien dans cette dureté et
cette idée, il trouvait tant de commodités à ce service filial, affectueux, respectueux, et ne coûtant

rien, qu'il eut toutes les peines du monde à y renon-
cer plus tard, quand un peu plus d'argent fit retour à la maison : il fallut des batailles pour lui
faire prendre une bonne qui remplaçât son enfant
et épargnât à la jeune fille les travaux les plus hu-
miliants de la domesticité.

On était sans nouvelles de Mme de Varandeuil, qui
s'était refusée à venir retrouver son mari à Paris
pendant les premières années de la Révolution;
bientôt l'on apprenait qu'elle s'était remariée en
Allemagne, en produisant comme l'acte de décès de
son mari l'acte de décès de son beau-frère guillo-
tiné, dont le prénom avait été changé. La jeune
fille grandit donc, abandonnée, sans caresses, sans
autre mère qu'une femme morte à tous les siens et
dont son père lui enseignait le mépris. Son enfance
s'était passée dans une anxiété de tous les instants,
dans les privations qui rognent la vie, dans la fatigue d'un travail épuisant ses forces d'enfant malingre, dans une attente de la mort qui devenait à
la fin une impatience de mourir : il y avait eu des
heures où la tentation était venue à cette fille de
treize ans de faire comme des femmes de ce temps,
d'ouvrir la porte de l'hôtel et de crier dans la rue:
Vive le Roi ! pour en finir. Sa jeunesse continuait
son enfance avec des ennuis moins tragiques. Elle
avait à subir les violences d'humeur, les exigences,
les âpretés, les tempêtes de son père, un peu ma-
tées et contenues jusque-là par le grand orage du
temps. Elle restait vouée aux fatigues et aux humi-

liations d'une servante. Elle demeurait comprimée
et rabaissée, isolée auprès de son père, écartée de
ses bras, de ses baisers, le cœur gros et douloureux
de vouloir aimer et de n'avoir rien à aimer. Elle
commençait à souffrir du vide et du froid que fait
autour d'une femme une jeunesse qui n'attire pas
et ne séduit pas, une jeunesse déshéritée de beauté
et de grâce sympathique. Elle se voyait inspirer une
espèce de commisération avec son grand nez, son
teint jaune, sa sécheresse, sa maigreur. Elle se
sentait laide et d'une laideur pauvre dans ses misérables costumes, ses tristes robes de lainage
qu'elle faisait elle-même et dont son père lui payait
l'étoffe en rechignant : elle ne put obtenir de lui
une petite pension pour sa toilette qu'à l'âge de
trente-cinq ans.

Que de tristesses, que d'amertumes, que de solitude pour elle, dans cette vie avec ce vieillard
morose, aigri, toujours grondant et bougonnant au
logis, n'ayant d'amabilité que pour le monde, et
qui la laissait tous les soirs pour aller dans les maisons rouvertes sous le Directoire et au commencement de l'Empire! A peine s'il la sortait de loin en loin,
et quand il la sortait, c'était toujours pour la mener à
cet éternel Vaudeville où il avait des loges. Encore sa
fille avait-elle une terreur de ces sorties. Elle tremblait tout le temps qu'elle était avec lui ; elle avait
peur de son caractère si violent, du ton que ses
colères avaient gardé de l'ancien régime, de sa facilité à lever sa canne sur l'insolence de la canaille.

Presque chaque fois, c'étaient des scènes avec le
contrôleur, des prises de langue avec des gens du
parterre, des menaces de coups de poing qu'elle
arrêtait en faisant tomber dessus la grille de la loge.
Cela continuait dans la rue, jusque dans le fiacre,
avec le cocher qui ne voulait pas rouler pour le
prix de M. de Varandeuil, le laissait attendre une
heure, deux heures, sans marcher, parfois d'impatience dételait et le laissait dans la voiture avec sa
fille qui le suppliait vainement de céder et de
payer.

Jugeant que ces plaisirs devaient suffire à Sempronie, jaloux d'ailleurs de l'avoir toute à lui et toujours
sous la main, M. de Varandeuil ne la laissait se lier
avec personne. Il ne l'emmenait pas dans le monde ;
il ne la menait chez leurs parents revenus de l'émi-
gration qu'aux jours de réception officielle et d'as-
semblée de famille. Il la tenait liée à la maison : ce
fut seulement à quarante ans qu'il la jugea assez
grande personne pour lui donner la permission de
sortir seule. Ainsi nulle amitié, nulle relation pour
soutenir la jeune fille : elle n'avait plus même à
côté d'elle son jeune frère parti pour les États-
Unis et engagé au service de la marine améri-
caine.

Le mariage lui était défendu par son père, qui
n'admettait pas qu'elle eût seulement l'idée de se
marier, de l'abandonner : tous les partis qui auraient pu se présenter, il les combattait et les repoussait d'avance, de façon à ne pas même laisser

2.

à sa fille le courage de lui parler, si jamais une occasion s'offrait à elle.

Cependant nos victoires étaient en train de déménager l'Italie. Les chefs-d'œuvre de Rome, de Florence, de Venise, se pressaient à Paris. L'art italien effaçait tout. Les collectionneurs ne s'honoraient plus que de tableaux de l'école italienne. L'occasion d'une fortune apparut là, dans ce mouvement de goût, à M. de Varandeuil. Lui aussi avait été pris de ce dilettantisme artistique qui fut une des délicates passions de la noblesse avant la Révolution. Il avait vécu dans la société des artistes, des curieux; il aimait les tableaux. Il songea à rassembler une galerie d'italiens et à la vendre. Paris était encore plein des ventes et des dispersions d'objets d'art faites par la Terreur. M. de Varandeuil se mit à battre le pavé, — c'était alors le marché des grandes toiles, — et à chaque pas il trouva; chaque jour, il acheta. Bientôt le petit appartement s'encombra, à ne pas laisser la place aux meubles, de vieux tableaux noirs si grands pour la plupart qu'ils ne pouvaient tenir aux murs avec leurs cadres. Tout cela était baptisé Raphaël, Vinci, André del Sarte; ce n'étaient que chefs-d'œuvre devant lesquels le père tenait souvent sa fille pendant des heures, lui imposait ses admirations, la lassait de ses extases. Il montait d'épithètes en épithètes, se grisait, délirait, finissait par croire qu'il était en marché avec un acheteur idéal, débattait le prix du chef-d'œuvre, criait : — Cent mille livres, mon Rosso! oui, monsieur, cent mille livres!... Sa fille, effrayée de tout l'argent que ces grandes vilaines choses, où étaient de grands affreux hommes tout nus, prenaient au ménage, essayait des représentations, voulait arrêter cette ruine : M. de Varandeuil s'emportait, s'indignait en homme honteux de trouver si peu de goût dans son sang, lui disait que plus tard ce serait sa fortune, qu'elle verrait s'il était un imbécile. A la fin, elle le décidait à réaliser. La vente eut lieu : ce fut un désastre, un des plus grands écroulements d'illusions qu'ait vus la salle vitrée de l'hôtel Bullion. Blessé à fond, furieux de cet échec qui n'était pas seulement une perte d'argent, un accroc à sa petite fortune, mais une défaite du connaisseur, un soufflet donné à ses connaissances sur la joue de ses Raphaël, M. de Varandeuil déclara à sa fille qu'ils étaient désormais trop pauvres pour rester à Paris et qu'il fallait aller vivre en province. Elevée et bercée par un siècle qui formait peu les femmes à l'amour de la campagne, Mlle de Varandeuil essaya vainement de combattre la résolution de son père : elle fut obligée de le suivre où il voulait aller et de perdre, en quittant Paris, la société, l'amitié de deux jeunes parentes auxquelles, dans de trop rares entrevues, elle s'était à demi ouverte et dont elle avait senti le cœur venir à elle comme à une sœur aînée.

C'était à l'Isle-Adam que M. de Varandeuil louait une petite maison. Il se trouvait là près d'anciens souvenirs, dans l'air d'une ancienne petite cour, à proximité de deux ou trois châteaux qui commençaient à se repeupler et dont il connaissait les maîtres. Puis sur cette terre des Conti était venu s'établir, depuis la Révolution, un petit monde de gros bourgeois, de commerçants enrichis. Le nom de M. de Varandeuil sonnait haut à l'oreille de tous ces braves gens. On le saluait très-bas, on se disputait l'honneur de l'avoir, on écoutait respectueusement, presque religieusement, les histoires qu'il contait de l'ancienne société. Et flatté, caressé, honoré comme un reste de Versailles, il avait le haut bout et la place d'un seigneur dans ce monde. Quand il dînait chez Mme Mutel, une ancienne boulangère, riche de quarante mille livres de rentes, la maîtresse de maison se levait de table, en robe de soie, pour aller frire elle-même les salsifis : M. de Varandeuil ne les aimait que de sa façon. Mais ce qui avait décidé avant tout la retraite de M. de Varandeuil à l'Isle-Adam, ce n'étaient point ces agréments, c'était un projet. Il y était venu chercher le loisir d'un grand travail. Ce qu'il n'avait pu faire pour l'honneur et la gloire de l'art italien par sa collection, il voulait le faire par l'histoire. Il avait appris un peu d'italien avec sa femme ; il se mit en tête de donner la Vie des peintres de Vasari au public français, de la traduire en se faisant aider par sa fille qui, toute petite, avait entendu parler italien à la femme de chambre de sa mère et retenu quelques mots. Il enfonça la jeune fille dans Vasari,

enferma son temps et sa pensée dans les grammaires,
les dictionnaires, les commentateurs, tous les scho-
liastes de l'art italien, la tint voûtée sur l'ingrat
travail, sur l'ennui et la fatigue de traduire des
mots à tâtons. Tout le livre retomba sur elle ;
quand il lui avait taillé sa besogne, la laissant en
tête à tête avec les volumes reliés en vélin blanc,
il partait se promener, rendait des visites aux envi-
rons, allait jouer dans un château ou dîner chez les
bourgeois de sa connaissance, auxquels il se plaignait pathétiquement de l'effort et du labeur que
lui coûtait l'énorme entreprise de sa traduction. Il
rentrait, écoutait la lecture du morceau traduit,
faisait ses observations, ses critiques, dérangeait
une phrase pour y mettre un contre-sens que sa
fille ôtait quand il était parti ; puis il reprenait sa
promenade, ses courses, comme un homme qui a
bien gagné sa journée, portant haut, marchant, son
chapeau sous le bras, en fins escarpins, jouissant de
lui-même, du ciel, des arbres, du Dieu de Rousseau,
doux à la nature et tendre aux plantes. De temps
en temps des impatiences d'enfant et de vieillard le
prenaient : il voulait tant de pages pour le lendemain, et il forçait sa fille à veiller une partie de la
nuit.

Deux ou trois ans se passèrent dans ce travail,
où finirent par s'abîmer les yeux de Sempronie.
Elle vivait ensevelie dans le Vasari de son père,
plus seule que jamais, éloignée par une native
répugnance hautaine des bourgeoises de l'Isle-Adam

et de leurs façons à la Mme Angot, trop misérable-
ment vêtue pour aller dans les châteaux. Point de
plaisir, point d'amusement pour elle qui ne fût traversé et tourmenté par les singularités et les taquineries de son père. Il arrachait les fleurs qu'elle
plantait en cachette dans le jardinet. Il n'y voulait
que des légumes et les cultivait lui-même en
débitant de grandes théories utilitaires, des argu-
ments qui auraient pu servir à la Convention pour
convertir les Tuileries en champ de pommes de
terre. Tout ce qu'elle avait de bon, c'était de loin
en loin une semaine pendant laquelle son père lui
accordait la permission de recevoir une de ses deux
jeunes amies, une semaine qui aurait été huit jours
de paradis pour Sempronie, si son père n'en avait
empoisonné les joies, les distractions, les fêtes, avec
ses manies toujours menaçantes, ses humeurs toujours armées, des difficultés à propos d'un rien,
d'un flacon d'eau de Cologne que Sempronie demandait pour la chambre de son amie, d'un entremets
pour son dîner, d'un endroit où elle voulait la
mener.

  A l'Isle-Adam, M. de Varandeuil avait pris une
domestique qui presque aussitôt était devenue sa
maîtresse. De cette liaison un enfant était né que le
père, dans le cynisme de son insouciance, avait
l'impudeur de faire élever sous les yeux de sa fille.
Avec les années, cette bonne avait pris pied dans la
maison. Elle finissait par gouverner l'intérieur, le
père et la fille. Un jour arriva où M. de Varandeuil

voulut la faire asseoir à sa table, et la faire servir par Sempronie. C'en était trop, Mlle de Varandeuil se révolta sous l'outrage et se redressa de toute la hauteur de son indignation. Sourdement, silencieusement, dans le malheur, l'isolement, la dureté des choses et des gens autour d'elle, la jeune fille s'était formée une âme droite et forte; les larmes l'avaient trempée au lieu de l'amollir. Sous la docilité et l'humilité filiales, sous l'obéissance passive, sous une douceur apparente, elle cachait un caractère de fer, une volonté d'homme, un de ces cœurs que rien ne plie et qui ne fléchissent pas. A la bassesse que son père exigeait d'elle, elle se releva sa fille, ramassa toute sa vie, lui en jeta, en un flot de paroles, la honte et le reproche à la face, et finit en lui disant que si cette femme ne sortait pas de la maison le soir même, ce serait elle qui en sortirait, et que, Dieu merci! elle ne serait pas embarrassée de vivre n'importe où, avec les goûts simples qu'il lui avait donnés. Le père, stupéfait et tout abasourdi de la révolte, cédait et renvoyait la domestique, mais il gardait à sa fille une lâche rancune du sacrifice qu'elle lui avait arraché. Son ressentiment se trahissait en mots aigres, en paroles agressives, en remerciements ironiques, en sourires d'amertume. Sempronie le soignait mieux, plus doucement, plus patiemment, pour toute vengeance. Une dernière épreuve attendait son dévouement; le vieillard était frappé d'une attaque d'apoplexie qui lui laissait tout un côté du corps raidi et mort,

une jambe boiteuse, l'intelligence endormie avec la
conscience vivante de son malheur et de sa dépen-
dance vis-à-vis de sa fille. Alors, tout ce qu'il y
avait de mauvais au fond de lui s'exaspéra et se
déchaîna. Il eut des férocités d'égoïsme. Sous le
tourment de sa souffrance et de sa faiblesse, il
devint une espèce de fou méchant. Mlle de Varandeuil
voua ses jours et ses nuits à ce malade qui semblait
lui en vouloir de ses attentions, être humilié de ses
soins comme d'une générosité et d'un pardon,
souffrir au fond de lui de voir toujours à ses côtés,
infatigable et prévenante, cette figure du Devoir.
Quelle vie pourtant! Il fallait combattre l'incurable
ennui du malheureux, être toujours à lui tenir compagnie, le promener, le soutenir toute la journée.
Il fallait le faire jouer quand il était à la maison,
et ne le faire ni trop perdre ni trop gagner. Il fallait
se disputer avec ses envies, ses gourmandises, lui
retirer les plats, essuyer pour tout ce qu'il voulait,
des plaintes, des reproches, des injures, des larmes,
des désespoirs furieux, les rages d'enfant colère
qu'ont les vieux impotents. Et cela dura dix ans!
dix ans, pendant lesquels Mlle de Varandeuil n'eut
d'autre récréation et d'autre soulagement que de
laisser aller les tendresses, les chaleurs d'une affection maternelle, sur une de ses deux jeunes amies
et parentes nouvellement mariée, sa *poule*, comme
elle l'appelait. Le bonheur de Mlle de Varandeuil
fut d'aller tous les quinze jours passer un peu de
temps dans l'heureux ménage. Elle embrassait dans

son berceau le joli enfant que le sommeil embrassait déjà ; elle dînait au pas de course ; au dessert
elle envoyait chercher une voiture, et se sauvait
avec la hâte d'un collégien en retard. Encore, aux
dernières années de la vie de son père, n'eut-elle
plus la permission du dîner : le vieillard n'autorisait
plus une si longue absence et la retenait presque
continuellement auprès de lui, en lui répétant qu'il
savait bien que ce n'était pas amusant de garder
un vieil infirme comme lui, mais qu'elle en serait
bientôt débarrassée. Il mourait en 1818, et ne
trouvait, avant de mourir, que ces mots pour dire
adieu à celle qui avait été sa fille pendant quarante
ans : « Va, je sais bien que tu ne m'as jamais
aimé ! »

Deux ans avant la mort de son père, le frère de
Sempronie était revenu d'Amérique. Il en ramenait
une femme de couleur qui l'avait soigné et sauvé
de la fièvre jaune, et deux filles déjà grandes qu'il
avait eues de cette femme avant de l'épouser. Tout
en ayant les idées de l'ancien régime sur les noirs,
et quoiqu'elle regardât cette femme de couleur
sans instruction, avec son parler nègre, ses rires de
bête, sa peau qui graissait son linge, absolument
comme une singesse, Mlle de Varandeuil avait com-
battu l'horreur et la résistance de son père à recevoir sa bru ; et c'était elle qui l'avait décidé, dans
les derniers jours de sa vie, à laisser son frère lui
présenter sa femme. Son père mort, elle songea que
ce ménage était tout ce qui lui restait de famille.

M. de Varandeuil, auquel le comte d'Artois avait
fait payer, à la rentrée des Bourbons, les arrérages
de sa place, laissait à peu près dix mille livres de
rentes à ses enfants. Le frère n'avait, avant cette
succession, qu'une pension de quinze cents francs
des États-Unis. Mlle de Varandeuil estima que cinq
à six mille livres de rentes ne suffiraient pas à l'ai-
sance de ce ménage où il y avait deux enfants, et
tout de suite il lui vint la pensée de mettre là sa
part de succession. Elle proposa cet apport le
plus naturellement et le plus simplement du monde.
Son frère accepta; et elle vint habiter avec lui
un joli petit appartement du haut de la rue de
Clichy, au quatrième d'une des premières maisons bâties sur le terrain, presque vague encore,
où l'air de la campagne passait gaiement à travers l'ébauche des constructions blanches. Elle
continua là sa vie modeste, ses toilettes humbles,
ses habitudes d'épargne, contente de la plus
mauvaise chambre de l'appartement et ne dépen-
sant pour elle pas plus de dix-huit cents à deux
mille francs par an. Mais bientôt une sourde jalousie, lentement couvée, perçait chez la mulâtresse.
Elle prenait ombrage de cette amitié du frère et de
la sœur, qui semblait lui retirer son mari des bras.
Elle souffrait de cette communion que faisaient entre
eux la parole, l'esprit, le souvenir; elle souffrait de ces
causeries auxquelles elle ne pouvait se mêler, de ce
qu'elle entendait dans leurs voix sans le comprendre. Le sentiment de son infériorité lui mettait au

cœur les colères et le feu des haines qui brûlent
sous le tropique. Elle prit ses enfants pour se ven-
ger, les poussa, les excita, les aiguillonna contre sa
belle-sœur. Elle les encouragea à en rire, à s'en
moquer. Elle applaudit à cette mauvaise petite intelligence d'enfants chez qui l'observation commence par la méchanceté. Une fois lâchées, elle les
laissa rire de tous les ridicules de leur tante, de son
physique, de son nez, de ses toilettes dont la misère pourtant faisait leur élégance, à toutes deux.
Ainsi dressées et soutenues, les petites arrivèrent
vite à l'insolence. Mlle de Varandeuil avait la vivacité de sa bonté. Chez elle, la main appartenait,
aussi bien que le cœur, au premier mouvement. Puis
sur la manière d'élever les enfants, elle pensait
comme son temps. Elle toléra bien sans rien dire
deux ou trois impertinences, mais, à la quatrième,
elle empoigna la rieuse et, lui troussant les jupes,
elle lui donna, malgré ses douze ans, la plus belle
fessée qu'elle eut jamais reçue. La mulâtresse jeta
les hauts cris, dit à sa belle-sœur qu'elle avait toujours détesté ses enfants, qu'elle voulait les lui tuer.
Le frère s'interposa entre les deux femmes et parvint à les rapatrier tant bien que mal. Mais il arriva
de nouvelles scènes où les petites filles, enragées
contre la femme qui faisait pleurer leur mère, tor-
turèrent leur tante avec des raffinements d'enfants
terribles mêlés à des cruautés de petites sauvages-
ses. Après plusieurs replâtrages, il fallut se séparer.
Mlle de Varandeuil se décida à quitter son frère

qu'elle voyait trop malheureux dans ce tiraillement
journalier de ses plus chères affections. Elle le laissa
à sa femme, à ses enfants. Cette séparation fut un
des grands déchirements de sa vie. Elle qui était si
forte contre l'émotion, si concentrée, et que l'on
voyait mettre comme un orgueil à souffrir, manqua
faiblir quand il lui fallut quitter cet appartement où
elle avait rêvé un peu de bonheur dans son petit
coin à côté du bonheur des autres : ses dernières
larmes lui montèrent aux yeux.

Elle ne s'éloigna pas trop, pour être encore à la
portée de son frère, le soigner s'il était malade, le
voir, le rencontrer. Mais il lui restait un vide au
cœur et dans la vie. Elle avait commencé à voir sa
famille, depuis la mort de son père : elle s'en rap-
procha, laissa revenir à elle les parents que la Restauration remettait en haute et puissante position,
alla à ceux que le nouveau pouvoir laissait petits et
pauvres. Mais surtout elle revint à sa chère *poule* et
à une autre petite cousine, mariée elle aussi, et devenue la belle-sœur de la *poule*. Son existence alors,
avec ses relations, se régla singulièrement. Jamais
Mlle de Varandeuil n'allait dans le monde, en soirée, au spectacle. Il fallut l'éclatant succès de
Mlle Rachel pour la décider à mettre les pieds dans
un théâtre ; encore ne s'y risqua-t-elle que deux fois.
Jamais elle n'acceptait un grand dîner. Mais il y
avait deux ou trois maisons où, comme chez la
poule, elle s'invitait à l'improviste quand il n'y
avait personne. « Bichette, disait-elle sans façon,

ton mari et toi, vous ne faites rien ce soir? Je
reste à manger votre fricot. » A huit heures régulièrement, elle se levait; et quand le mari prenait
son chapeau pour la reconduire, elle le lui faisait
tomber des mains avec un : « Allonc donc! mon
cher, une vieille bique comme moi!... Mais c'est
moi qui fais peur aux hommes dans la rue...» Et puis
on restait dix jours, quinze jours sans la voir. Mais
arrivait-il un malheur, une nouvelle de mort, une
tristesse dans la maison; un enfant tombait-il malade, Mlle de Varandeuil l'apprenait toujours à la
minute, on ne savait d'où; elle arrivait en dépit
de tout, du temps et de l'heure, donnait un grand
coup de sonnette à elle, — on avait fini par l'appeler « le coup de sonnette de la cousine, » — et en
une minute débarrassée de son parapluie qui ne la
quittait pas, dépétrée de ses socques, son chapeau
jeté sur une chaise, elle était toute à ceux qui avaient
besoin d'elle. Elle écoutait, elle parlait, elle relevait
les courages avec je ne sais quel accent martial, une
langue énergique à la façon des consolations militaires et chaude comme un cordial. Si c'était un petit qui
n'allait pas bien, elle arrivait droit à son lit, riait à
l'enfant qui n'avait plus peur, bousculait le père et
la mère, allait, venait, ordonnait, prenait la direction
de tout, maniait les sangsues, arrangeait les cata-
plasmes, ramenait l'espérance, la gaieté, la santé au
pas de charge. Dans toute sa famille, la vieille demoiselle tombait ainsi providentiellement, soudaine-
ment, aux jours de peine, d'ennui, de chagrin. On

3.

ne la voyait que quand il fallait ses mains pour guérir, son dévouement pour consoler. C'était une femme
impersonnelle pour ainsi dire à force de cœur, une
femme qui ne s'appartenait point : Dieu ne semblait
l'avoir faite que pour la donner aux autres. Son
éternelle robe noire qu'elle s'obstinait à porter, son
châle usé et reteint, son chapeau ridicule, sa pauvreté de mise était pour elle le moyen d'être, avec
sa petite fortune, riche à faire le bien, dépensière
en charités, la poche toujours pleine pour donner
aux pauvres, non de l'argent, elle craignait le cabaret, mais un pain de quatre livres qu'elle leur
payait chez le boulanger. Et puis avec cette misère-
là, elle se donnait encore son plus grand luxe : la
joie des enfants de ses amies qu'elle comblait d'é-
trennes, de cadeaux, de surprises, de plaisirs. Y en
avait-il un par exemple que sa mère, absente de Paris, avait laissé à la pension, par un beau dimanche
d'été, et le gamin, de dépit, s'était-il fait mettre en
retenue ? Il était tout étonné de voir au coup de
neuf heures déboucher dans la cour la cousine, la
cousine agrafant encore la dernière agrafe de sa
robe, tant elle s'était pressée. Et quelle désolation
en la voyant ! — Ma cousine, disait-il piteuse-
ment avec une de ces rages où l'on a à la fois l'envie de pleurer et de tuer son *pion*, c'est... c'est
que je suis en retenue... — En retenue ? Ah ! bien
oui, en retenue ! Et tu crois que je me serai décar-
cassée comme ça... Est-ce qu'il se fiche de moi, ton
maître de pension ? Où est-il ce magot-là que je lui

parle? Tu vas t'habiller en attendant... Et vite. Et l'enfant n'osait encore espérer qu'une femme aussi mal mise eût la puissance de faire lever une retenue, quand il se sentait pris par le bras : c'était la cou-sine qui l'enlevait, le jetait en voiture, tout étourdi et confondu de joie, et l'emmenait au bois de Bou-logne. Elle l'y faisait promener à âne toute la jour-née, en poussant la bête avec une branche cassée, et en criant : Hue! Puis, après un bon dîner chez Borne, elle le ramenait, et sous la porte cochère de la pension, en l'embrassant, elle lui mettait dans la main une large pièce de cent sous.

Étrange vieille fille! Les épreuves de toute son existence, le mal de vivre, les éternelles souffrances de son corps, une si longue torture physique et mo-rale l'avaient comme détachée et mise au-dessus de la vie. Son éducation, ce qu'elle avait vu, le spectacle de l'extrémité des choses, la Révolution l'avait formée au dédain des misères humaines. Et cette vieille femme à laquelle ne restait que le souf-fle, s'était élevée à une sereine philosophie, à un stoïcisme mâle, hautain, presque ironique. Quel-quefois elle commençait à s'emporter contre une douleur un peu trop vive; puis brusquement, au mi-lieu de sa plainte, elle se jetait à elle-même un mot de colère et de raillerie sur lequel sa figure même s'apaisait. Elle était gaie d'une gaieté de source, jaillissante et profonde, la gaieté des dévouements qui ont tout vu, du vieux soldat ou de la vieille sœur d'hôpital. Excellemment bonne, quelque chose

pourtant manquait à sa bonté : le pardon. Jamais
elle n'avait pu fléchir ni plier son caractère jusque-
là. Un froissement, un mauvais procédé, un rien
qui atteignait son cœur, la blessait pour toujours.
Elle n'oubliait pas. Le temps, la mort même ne dé-
sarmait pas sa mémoire.

De religion, elle n'en avait pas. Née à une époque
où la femme s'en passait, elle avait grandi dans un
temps où il n'y avait plus d'église. La messe
n'existait pas, quand elle était jeune fille. Rien ne
lui avait donné l'habitude ni le besoin de Dieu ; et
elle avait toujours gardé pour les prêtres une espèce
de répugnance haineuse qui devait tenir à quelque
secrète histoire de famille dont elle ne parlait
jamais. Pour toute foi, toute force et toute piété, elle
avait l'orgueil de sa conscience ; elle jugeait qu'il
suffisait de tenir à l'estime de soi-même, pour bien
faire et ne jamais faillir. Elle était tout entière
formée ainsi singulièrement par les deux siècles où
elle avait vécu, mélangée de l'un et de l'autre,
trempée aux deux courants de l'ancien régime et
de la Révolution. Depuis Louis XVI qui n'était pas
monté à cheval au 10 août, elle n'estimait plus les
rois ; mais elle détestait la canaille. Elle voulait
l'égalité, et elle avait horreur des parvenus. Elle
était républicaine et aristocrate, mêlait le scepticisme aux préjugés, l'horreur de 93 qu'elle avait vu
aux vagues et généreuses idées d'humanité qui
l'avaient bercée.

Ses dehors étaient tout masculins. Elle avait

la voix brusque, la parole franche, la langue des
vieilles femmes du dix-huitième siècle, relevée
d'un accent de peuple, une élocution à elle, gar-
çonnière et colorée, passant par-dessus la pudeur
des mots et hardie à appeler les choses par leur
nom cru.

Cependant, les années passaient emportant la
Restauration et la monarchie de Louis-Philippe. Elle
voyait, un à un, tous ceux qu'elle avait aimés s'en
aller, toute sa famille prendre le chemin du cimetière. La solitude se faisait autour d'elle, et elle
restait étonnée et triste que la mort l'oubliât, elle
qui y aurait si peu résisté, elle déjà tout inclinée
vers la tombe, et obligée de baisser son cœur vers
les petits enfants amenés à elle par les fils et les
filles des amies qu'elle avait perdues. Son frère
était mort. Sa chère *poule* n'était plus. La belle-
sœur de la *poule* seule lui restait. Mais c'était une
existence qui tremblait, prête à s'envoler. Foudroyée
par la mort d'un enfant attendu pendant des années,
la pauvre femme se mourait de la poitrine. Mlle de
Varandeuil se chambra avec elle tous les jours, de
midi à six heures, pendant quatre ans. Elle vécut à
côté d'elle, tout ce temps, dans l'air renfermé et
l'odeur des fumigations. Sans se laisser arrêter une
heure par la goutte, les rhumatismes, elle apporta
son temps, sa vie à cette agonie si douce qui regardait le ciel où sont les enfants morts. Et quand au
cimetière Mlle de Varandeuil eut baisé le cercueil de
la morte pour l'embrasser une dernière fois, il lui

sembla qu'il n'y avait plus personne autour d'elle
et qu'elle était toute seule sur la terre.

De ce jour, cédant aux infirmités qu'elle n'avait
plus de raison pour secouer, elle s'était mise à vivre
de la vie étroite et renfermée des vieillards qui usent
à la même place le tapis de leur chambre, ne sortant
plus, ne lisant plus guère à cause de la fatigue de
ses yeux, et restant le plus souvent enfoncée dans
son fauteuil à revoir et à revivre le passé. Elle
gardait des journées la même position, les yeux
ouverts et rêvant, loin d'elle-même, loin de la
chambre et de l'appartement, allant où ses souvenirs la menaient, à des visages lointains, à des
lieux effacés, à des têtes chéries et pâles, perdue
dans une somnolence solennelle que Germinie res-
pectait en disant : — Mademoiselle est dans ses réflexions...

Un jour pourtant toutes les semaines, elle sortait.
C'était même pour cette sortie, pour être plus près
de l'endroit où elle voulait aller ce jour-là, qu'elle
avait quitté son appartement de la rue Taitbout
et qu'elle était venue se loger rue de Laval. Un
jour chaque semaine, sans que rien pût l'en empêcher, même la maladie, elle allait au cimetière
Montmartre, là où reposaient son père, son frère,
les femmes qu'elle regrettait, tous ceux qui avaient
fini de souffrir avant elle. Des morts et de la Mort,
elle avait un culte presque antique. La tombe lui
était sacrée, chère, et amie. Elle aimait, pour l'attendre et être prête à son corps, la terre d'espé-

rance et de délivrance où dormaient les siens. Ce
jour-là, elle partait de bonne heure avec sa bonne
qui lui donnait le bras et portait un pliant. Près du
cimetière, elle entrait chez une marchande de couronnes qui la connaissait depuis de longues années,
et qui l'hiver lui apportait sa chauffrette sous les
pieds. Là, elle se reposait quelques instants ; puis,
chargeant Germinie de couronnes d'immortelles,
elle passait la porte du cimetière, prenait l'allée à
gauche du cèdre de l'entrée, et faisait lentement son
pèlerinage de tombe en tombe. Elle jetait les fleurs
flétries, balayait les feuilles mortes, nouait les
couronnes, s'asseyait sur son pliant, regardait,
songeait, détachait du bout de son ombrelle,
distraitement, une moisissure de mousse sur la
pierre plate. Puis elle se levait, se retournait comme
pour dire à revoir à la tombe qu'elle quittait, allait
plus loin, s'arrêtait encore, causait tout bas,
comme elle avait déjà fait, avec ce qui dormait de
son cœur sous cette pierre ; et sa visite ainsi faite à
tous les morts de ses affections, elle revenait lentement, religieusement, s'enveloppant de silence et
comme ayant peur de parler.

III.

Dans sa rêverie, Mlle de Varandeuil avait fermé les yeux.

La parole de la bonne s'arrêta, et le reste de sa vie, qui était sur ses lèvres ce soir-là, rentra dans son cœur.

La fin de son histoire était ceci.

Lorsque la petite Germinie Lacerteux était arrivée à Paris, n'ayant pas encore quinze ans, ses sœurs, pressées de lui voir gagner sa vie et de lui mettre son pain à la main, l'avaient placée dans un petit café du boulevard où elle servait à la fois de femme de chambre à la maîtresse du café et d'aide aux garçons pour les gros ouvrages de l'établissement. L'enfant, sortie de son village et tombée là brusquement, se trouva dépaysée, tout effarouchée dans cette place, dans ce service. Elle sentait le premier instinct de ses pudeurs et la femme qu'elle allait être frissonner à ce contact perpétuel avec les garçons, à cette communauté de travail, de repas, d'existence avec des hommes ; et chaque fois qu'elle avait une sortie et qu'elle allait chez ses sœurs, c'étaient des pleurs, des désespoirs, des scènes où, sans se plaindre précisément de rien, elle montrait comme une terreur de rentrer, disant qu'elle ne voulait plus rester là, qu'elle s'y déplaisait, qu'elle aimait mieux retourner chez eux. On lui répondait qu'elle avait déjà coûté assez d'argent pour venir, que c'étaient des caprices, qu'elle était très-bien où elle était, et on la renvoyait au café tout en larmes. Elle n'osait dire tout ce qu'elle souffrait à côté de ces garçons de café, effrontés, blagueurs, cyniques, nourris de restes de débauche, salis de tous les vices qu'ils servent, et mêlant au fond d'eux les pourritures d'un *arlequin* d'orgie. A toute heure, elle avait à subir les lâches plaisanteries, les mystifications cruelles, les méchancetés de ces hommes heureux d'avoir leur petit martyr dans cette petite fillette sauvage, ne sachant rien, l'air malingre et opprimé, peureuse et ombrageuse, maigre et pitoyablement vêtue de ses mauvaises petites robes de campagne. Étourdie, comme assommée sous ce supplice de toutes les heures, elle devint leur souffre-douleur. Ils se jouaient de ses ignorances, ils la trompaient et l'abusaient par des farces, ils l'accablaient sous la fatigue, ils l'hébétaient de risées continues et impitoyables qui poussaient presque à l'imbécillité cette intelligence ahurie. Puis encore ils la faisaient rougir de choses qu'ils lui disaient et dont elle se sentait honteuse, sans les comprendre. Ils touchaient avec des demi-mots d'ordure à la naïveté de ses quatorze ans. Et ils s'amusaient à mettre les yeux de sa curiosité d'enfant à la serrure des cabinets.

La petite voulait se confier à ses sœurs, elle n'osait. Comme, avec la nourriture, il lui venait un peu de chair au corps, un peu de couleur aux

joues, une apparence de femme, les libertés
augmentaient et s'enhardissaient. Il y avait des
familiarités, des gestes, des approches, auxquels
elle échappait et dont elle se sauvait pure, mais qui
altéraient sa candeur en effleurant son innocence.
Rudoyée, grondée, brutalisée par le maître de
l'établissement, habitué à abuser de ses bonnes, et
qui lui en voulait de n'avoir ni l'âge ni l'étoffe d'une
maîtresse, elle ne trouvait un peu d'appui, un peu
d'humanité qu'auprès de sa femme. Elle se mit à
aimer cette femme avec une sorte de dévouement
animal et à lui obéir avec des docilités de chien.
Elle faisait toutes ses commissions, sans réflexion
ni conscience. Elle allait porter ses lettres à ses
amants, et elle était adroite à les porter. Elle se
faisait agile, leste, ingénument rusée, pour passer,
glisser, filer entre les soupçons éveillés du mari, et
sans trop savoir ce qu'elle faisait, ce qu'elle cachait,
elle avait une méchante petite joie d'enfant et de
singe à se dire vaguement qu'elle faisait un peu de
mal à cet homme et à cette maison qui lui en faisaient tant. Il se trouvait aussi parmi ses camarades
un vieux garçon du nom de Joseph qui la défendait,
la prévenait des méchants tours complotés contre
elle, et arrêtait, quand elle était là, les conversations
trop libres avec l'autorité de ses cheveux blancs et
d'un intérêt paternel. Cependant l'horreur de cette
maison croissait chaque jour pour Germinie. Une
semaine ses sœurs furent obligées de la ramener de
force au café.

A quelques jours de là, comme il y avait une grande revue au Champ de Mars, les garçons eurent congé pour la journée. Il ne resta que Germinie et le vieux Joseph. Joseph était occupé dans une petite pièce noire à ranger du linge sale. Il dit à Germinie de venir l'aider. Elle entra, cria, tomba, pleura, supplia, lutta, appela désespérément... La maison vide resta sourde.

Revenue à elle, Germinie courut s'enfermer dans sa chambre. On ne la revit plus de la journée. Le lendemain, quand Joseph voulut lui parler et s'avança vers elle, elle eut un recul de terreur, un geste égaré, une épouvante de folle. Longtemps toutes les fois qu'un homme s'approchait d'elle, elle se retirait involontairement d'un premier mouvement brusque, frémissant et nerveux, comme frappée de la peur d'une bête éperdue qui cherche par où se sauver. Joseph, qui craignait qu'elle ne le dénonçât, se laissa tenir à distance et respecta l'affreux dégoût qu'elle lui montrait.

Elle devint grosse. Un dimanche, elle avait été passer la soirée chez sa sœur la portière; après des vomissements; elle se trouva mal. Un médecin, locataire de la maison, prenait sa clef dans la loge: les deux sœurs apprirent par lui la position de leur cadette. Les révoltes d'orgueil intraitables et brutales qu'a l'honneur du peuple, les sévérités implacables de la dévotion, éclatèrent chez les deux femmes en colères indignées. Leur confusion se tourna en rage. Germinie reprit connaissance sous

leurs coups, sous leurs injures, sous les blessures
de leurs mains, sous les outrages de leur bouche.
Il y avait là son beau-frère, qui ne lui pardonnait
pas l'argent qu'avait coûté son voyage et qui la
regardait d'un air goguenard avec une joie sour-
noise et féroce d'Auvergnat, avec un rire qui mit
aux joues de la jeune fille plus de rouge encore que
les soufflets de ses sœurs.

Elle reçut les coups, elle ne repoussa pas les
injures. Elle ne chercha ni à se défendre, ni à
s'excuser. Elle ne raconta point comment les choses
s'étaient passées, et combien peu il y avait de sa
volonté dans son malheur. Elle resta muette : elle
avait une vague espérance qu'on la tuerait. Sa sœur
aînée lui demandant s'il n'y avait pas eu de violence, lui disant qu'il y avait des commissaires de
police, des tribunaux, elle ferma les yeux devant
l'idée horrible d'étaler sa honte. Un instant seulement, lorsque le souvenir de sa mère lui fut jeté à
la face, elle eut un regard, un éclair des yeux dont
les deux femmes se sentirent la conscience traversée : elles se souvinrent que c'étaient elles qui
l'avaient placée, retenue dans cette place, exposée,
presque forcée à sa faute.

Le soir même, la plus jeune sœur de Germinie
l'emmenait dans la rue Saint-Martin, chez une repriseuse de cachemires, avec laquelle elle logeait,
et qui, presque folle de religion, était porte-ban-
nière d'une confrérie de la Vierge. Elle la mit à
coucher avec elle, par terre, sur un matelas, et

l'ayant là toute la nuit sous la main, elle soulagea
sur elle ses longues et venimeuses jalousies, le ressentiment des préférences, des caresses données à
Germinie par sa mère, par son père. Ce furent mille
petits supplices, des méchancetés brutales ou hypo-
crites, des coups de pied dont elle lui meurtrissait
les jambes, des avancements de corps avec lesquels
peu à peu elle poussait sa compagne de lit, par le
froid de l'hiver, sur le carreau de la chambre sans
feu. Dans la journée, la repriseuse s'emparait de
Germinie, la catéchisait, la sermonnait et lui faisait,
avec le détail des supplices de l'autre vie, une
épouvantable peur matérielle de l'enfer dont elle
lui faisait toucher les flammes.

Elle vécut là quatre mois, enfermée, sans qu'on
lui permît de sortir. Au bout de quatre mois, elle
accouchait d'un enfant mort. Quand elle fut réta-
blie, elle entra chez une épileuse de la rue Laffitte,
et elle y eut, les premiers jours, la joie d'une sortie
de prison.

Deux ou trois fois, dans ses courses, elle rencontra le vieux Joseph qui voulait l'épouser, courait
après elle ; elle se sauva de lui : le vieillard ne sut
jamais qu'il avait été père.

Cependant, dans sa nouvelle place, Germinie
dépérissait. La maison où on l'avait prise pour
bonne à tout faire, était ce que les domestiques
appellent « une baraque. » Gaspilleuse et mangeuse,
sans ordre et sans argent, comme il arrive aux
femmes dans les commerces de hasard et les mé-

tiers problématiques de Paris, l'épileuse, presque
toujours entre une saisie et une partie, ne s'occupait guère de la façon dont se nourrissait sa petite
bonne. Elle partait souvent pour toute la journée
sans lui laisser de quoi dîner. La petite se rassa-
siait tant bien que mal de crudités quelconques,
de salades, des choses vinaigrées qui trompent
l'appétit des jeunes femmes, de charbon même
qu'elle grignotait avec les goûts dépravés et les
caprices d'estomac de son âge et de son sexe. Ce
régime, au sortir d'une couche, dans un état de
santé mal raffermi et demandant des fortifiants,
maigrissait, épuisait, minait la jeune fille. Elle
arrivait à faire peur. Son teint devenait de ce blanc
qui paraît verdir au plein jour. Ses yeux gonflés se
cernaient d'une grande ombre bleuâtre. Ses lèvres
décolorées prenaient un ton de violettes fanées.
Elle était essoufflée pour la moindre montée, et
l'on souffrait auprès d'elle de cette incessante vi-
bration qui s'échappait des artères de sa gorge. Les
pieds lents, le corps affaissé, elle allait en se traînant, comme trop faible et pliant sous la vie. Les
facultés et les sens à demi sommeillants, elle s'éva-
nouissait pour un rien, pour la fatigue de peigner
sa maîtresse.

Elle s'éteignait là tout doucement, quand sa sœur
lui trouvait une autre place, chez un ancien acteur,
un comique retiré, vivant de l'argent que lui avait
apporté le rire de tout Paris. Le brave homme était
vieux, et n'avait jamais eu d'enfant. Il prit en pitié

la misérable fille, s'occupa d'elle, la soigna, la
choya. Il la menait à la campagne. Il se promenait avec elle, sur les boulevards, au soleil, et se
sentait mieux réchauffé à son bras. Il était heureux de la voir gaie. Souvent, pour l'amuser, il dé-
crochait de sa garde-robe un costume à demi
mangé, et tâchait de retrouver un bout de rôle
qu'il ne se rappelait plus. Rien que la vue de cette
petite bonne, son bonnet blanc, était un rayon de
jeunesse qui lui revenait. La vieillesse du Jocrisse
s'appuyait sur elle avec la camaraderie, les plaisirs
et les enfances d'un cœur de grand-père. Mais il
mourait au bout de quelques mois; et Germinie retombait à servir des femmes entretenues, des maîtresses de pensionnat, des boutiquières de passage,
quand la mort subite d'une bonne la faisait entrer
chez Mlle de Varandeuil, logée alors rue Taitbout,
dans la maison dont sa sœur était portière.

IV.

Ceux qui voient la fin de la religion catholique
dans le temps où nous sommes, ne savent pas
quelles racines puissantes et infinies elle pousse
encore dans les profondeurs du peuple. Ils ne savent pas les enlacements secrets et délicats qu'elle
a pour la femme du peuple. Ils ne savent pas ce

qu'est la confession, ce qu'est le confesseur pour
ces pauvres âmes de pauvres femmes. Dans le prêtre
qui l'écoute et dont la voix lui arrive doucement,
la femme de travail et de peine voit moins le mi-
nistre de Dieu, le juge de ses péchés, l'arbitre de
son salut, que le confident de ses chagrins et l'ami
de ses misères. Si grossière qu'elle soit, il y a toujours en elle un peu du fond de la femme, ce je ne
sais quoi de fiévreux, de frissonnant, de sensitif et
de blessé, une inquiétude et comme une aspiration
de malade qui appelle les caresses de la parole
ainsi que les bobos d'un enfant demandent le chan-
tonnement d'une nourrice. Il lui faut, aussi bien
qu'à la femme du monde, des soulagements d'expansion, de confidence, d'effusion. Car il est de la
nature de son sexe de vouloir se répandre et s'ap-
puyer. Il existe en elle des choses qu'elle a besoin
de dire et sur lesquelles elle voudrait être inter-
rogée, plainte, consolée. Elle rêve, pour des sentiments cachés et dont elle a la pudeur, un intérêt
apitoyé, une sympathie. Que ses maîtres soient les
meilleurs, les plus familiers, les plus rapprochés
même de la femme qui les sert : ils n'auront pour
elle que les bontés qu'on laisse tomber sur un
animal domestique. Ils s'inquiéteront de la façon
dont elle mange, dont elle se porte; ils soigneront
la bête en elle, et ce sera tout. Ils n'imagineront
pas qu'elle ait une autre place pour souffrir que son
corps; et ils ne lui supposeront pas les malaises
d'âme, les mélancolies et les douleurs immatérielles

dont ils se soulagent par la confidence à leurs
égaux. Pour eux, cette femme qui balaye et fait la
cuisine n'a pas d'idées capables de la faire triste
ou songeuse; et ils ne lui parlent jamais de ses
pensées. A qui donc les portera-t-elle? Au prêtre
qui les attend, les demande, et les accueille, à
l'homme d'église qui est un homme du monde, un
supérieur, un monsieur bien élevé, savant, parlant
bien, toujours doux, accessible, patient, attentif
et ne semblant rien mépriser de l'âme la plus humble, de la pénitente la plus mal mise. Seul, le
prêtre est l'écouteur de la femme en bonnet. Seul,
il s'inquiète de ses souffrances secrètes, de ce qui
la trouble, de ce qui l'agite, de ce qui fait passer
tout à coup dans une bonne, aussi bien que dans
sa maîtresse, une envie de pleurer ou des lourdeurs
d'orage. Il est seul à solliciter ses épanchements, à
tirer d'elle ce que l'ironie de chaque jour y refoule,
à s'occuper de sa santé morale; le seul qui l'élève
au-dessus de sa vie de matière, le seul qui la touche avec des mots d'attendrissement, de charité,
d'espérance, — des mots du ciel tels qu'elle n'en a
jamais entendus dans la bouche des hommes de sa
famille et des mâles de sa classe.

Entrée chez Mlle de Varandeuil, Germinie tomba
dans une dévotion profonde et n'aima plus que
l'église. Elle s'abandonna peu à peu à cette douceur de la confession, à cette voix de prêtre égale,
sereine et basse, qui venait de l'ombre, à ces consultations qui ressemblaient à un attouchement

de paroles caressantes, et dont elle sortait rafraî-
chie, légère, délivrée, heureuse, avec le chatouillement et le soulagement d'un pansement dans toutes
les parties tendres, douloureuses et comprimées de
son être.

Elle ne s'ouvrait et ne pouvait s'ouvrir que là.
Sa maîtresse avait une certaine rudesse masculine
qui repoussait l'expansion. Elle avait des brusque-
ries d'apostrophes et de phrases qui renfonçaient ce
que Germinie eût voulu lui confier. Il était dans sa
nature d'être brutale à toutes les jérémiades qui ne
venaient point d'un mal ou d'un chagrin. Sa bonté
virile n'était point miséricordieuse aux malaises de
l'imagination, à ces tourments que se crée la pensée, à ces ennuis qui s'élèvent des nerfs de la
femme et des troubles de son organisme. Souvent
Germinie la trouvait insensible : la vieille femme
avait été seulement bronzée par son temps et par son
existence. Elle avait l'écorce du cœur dure comme
le corps. Ne se plaignant jamais, elle n'aimait pas
les plaintes autour d'elle. Et du droit de toutes les
larmes qu'elle n'avait pas versées, elle détestait les
pleurs d'enfant chez les grandes personnes.

Bientôt le confessionnal fut comme un lieu de
rendez-vous adorable et sacré pour la pensée de
Germinie. Il eut tous les jours sa première idée, sa
dernière prière. Dans la journée, elle s'y agenouil-
lait comme en songe ; et tout en travaillant il lui
revenait dans les yeux avec son bois de chêne à
filets d'or, son fronton à tête d'ange ailée, son ri-

deau vert aux plis immobiles, le mystère d'ombre
de ses deux côtés. Il lui semblait que maintenant
toute sa vie aboutissait là, et que toutes ses heures
y tendaient. Elle vivait la semaine pour être à ce
jour désiré, promis, appelé. Dès le jeudi, des impatiences la prenaient; elle sentait, dans le redou-
blement d'une angoisse délicieuse, comme l'approche matérielle du bienheureux samedi soir; et le
samedi venu, le service bâclé, le petit dîner de
mademoiselle servi à la hâte, elle se sauvait et
courait à Notre-Dame de Lorette, allant à la péni-
tence comme on va à l'amour. Les doigts mouillés
à l'eau bénite, une génuflexion faite, elle passait
entre les rangs de chaises, sur les dalles, avec le
glissement d'une chatte qui se coule sur un tapis.
Inclinée, presque rampante, elle avançait sans
bruit, dans l'ombre des bas-côtés, jusqu'au confessionnal mystérieux et voilé qu'elle reconnaissait,
et auprès duquel elle attendait son tour, perdue
dans l'émotion d'attendre.

Le jeune prêtre qui la confessait se prêtait à ses
fréquentes confessions. Il ne lui ménageait ni le
temps, ni l'attention, ni la charité. Il la laissait
longuement causer, longuement lui raconter toutes
ses petites affaires. Il était indulgent à ses bavar-
dages d'âme en peine, et lui permettait d'épancher
ses plus petites amertumes. Il acceptait l'aveu de
ses inquiétudes, de ses désirs, de ses troubles; il
ne repoussait et ne dédaignait rien de cette confiance d'une servante qui lui parlait de toutes les

choses délicates et secrètes de son être comme on
en parlerait à une mère et à un médecin.

Ce prêtre était jeune. Il était bon. Il avait vécu
de la vie du monde. Un grand chagrin l'avait jeté,
brisé, dans cette robe où il portait le deuil de son
cœur. Il restait de l'homme au fond de lui, et il
écoutait, avec une pitié triste, ce malheureux cœur
d'une bonne. Il comprenait que Germinie avait besoin de lui, qu'il la soutenait, qu'il l'affermissait,
qu'il la sauvait d'elle-même et la retirait des tentations de sa nature. Il se sentait une mélancolique
sympathie pour cette âme toute faite de tendresse,
pour cette jeune fille à la fois ardente et molle, pour
cette malheureuse, inconsciente d'elle-même, pro-
mise à la passion par tout son cœur, par tout son
corps, et accusant dans toute sa personne la voca-
tion du tempérament. Éclairé par l'expérience de
son passé, il s'étonnait, il s'effrayait quelquefois des
lueurs qui se levaient d'elle, de la flamme qui passait dans ses yeux à l'élancement d'amour d'une
prière, de la pente où ses confessions glissaient, de
ses retours vers cette scène de violence, cette scène
où sa très-sincère volonté de résistance paraissait
au prêtre avoir été trahie par un étourdissement des
sens plus fort qu'elle.

Cette fièvre de religion dura plusieurs années pendant lesquelles Germinie vécut concentrée, silencieuse, rayonnante, toute à Dieu, — au moins elle
le croyait. Cependant peu à peu son confesseur
avait cru s'apercevoir que toutes ses adorations se

tournaient vers lui. A des regards, à des rougeurs, à des paroles qu'elle ne lui disait plus, à d'autres qu'elle s'enhardissait à lui dire pour la première fois, il comprit que la dévotion de sa pénitente s'égarait et s'exaltait en se trompant elle-même. Elle l'épiait à la sortie des offices, le suivait dans la sacristie, s'attachait à lui, courait dans l'église après sa soutane. Le confesseur essaya d'avertir Germinie, de détourner de lui cette ferveur amoureuse. Il devint plus réservé et s'arma de froideur. Désolée de ce changement, de cette indifférence, Germinie, aigrie et blessée, lui avoua un jour, en confession, les sentiments de haine qui lui venaient contre deux jeunes filles, les pénitentes préférées de l'abbé. Le prêtre alors, l'éloignant sans explication, la renvoya à un autre confesseur. Germinie alla se confesser une ou deux fois à cet autre confesseur; puis elle n'y alla plus; puis elle ne pensa plus même à y aller; et de toute sa religion, il ne lui resta plus à la pensée qu'une certaine douceur lointaine et comme l'affadissement d'une odeur d'encens éteint.

Elle en était là quand mademoiselle était tombée malade. Pendant tout le temps de sa maladie, ne voulant pas la quitter, Germinie n'alla pas à la messe. Et le premier dimanche où mademoiselle tout à fait remise n'eut plus besoin de ses soins, elle fut tout étonnée de voir « sa dévote » rester et ne pas se sauver à l'église.

— Ah! çà, lui dit-elle, tu ne vas donc plus voir

tes curés à présent? Qu'est-ce qu'ils t'ont fait,
hein?

— Rien, fit Germinie.

V.

— Voilà, mademoiselle!... Regardez - moi, dit
Germinie.

C'était à quelques mois de là. Elle avait demandé
à sa maîtresse la permission d'aller ce soir-là au bal
de noce de la sœur de son épicier qui l'avait prise
pour demoiselle d'honneur, et elle venait se faire
voir en grande toilette dans sa robe de mousseline
décolletée.

Mademoiselle leva la tête du vieux volume,
imprimé gros, où elle lisait, ôta ses lunettes, les
mit dans le livre pour marquer la page, et fit :

— Toi, ma bigote, toi, au bal! Sais-tu, ma fille...
ça me paraît tout farce! Toi et le rigodon... Ma foi,
il ne te manque plus que d'avoir envie de te marier! Une chienne d'envie!... Mais si tu te maries,
je te préviens : je ne te garde pas... oust! Je n'ai
pas envie de devenir la bonne de tes mioches!...
Approche un peu... Oh! oh! mais... sac à papier!
mademoiselle Montre-tout! On est bien coquette, je
trouve, depuis quelque temps...

— Mais non, mademoiselle, essaya de dire
Germinie.

— Avec cela que chez vous autres, reprit Mlle de
Varandeuil en suivant son idée, les hommes sont
de jolis cadets! Ils te grugeront ce que tu as... sans
compter les tapes... Mais le mariage... je suis sûre
que ça te trotte la cervelle, cette histoire-là, de te
marier quand tu vois les autres... C'est ça qui te
donne cette frimousse-là, je parie? Bon Dieu de
Dieu! Maintenant tourne un peu qu'on te voie, dit
Mlle de Varandeuil avec son ton de caresse brusque;
et, mettant ses deux mains maigres aux deux bras
de son fauteuil, croisant ses deux jambes l'une sur
l'autre, et remuant le bout de son pied, elle se
mit à inspecter Germinie et sa toilette.

— Que diable! dit-elle au bout de quelques
instants d'attention muette, comment, c'est toi?...
Je n'ai donc jamais mis mes yeux pour te regarder... Bon Dieu, oui!... Ah! mais... ah! mais...
Elle mâchonna encore quelques vagues exclamations entre ses dents. — Où diantre as-tu pris ce
museau de chatte amoureuse? fit-elle à la fin; et
elle se mit à la regarder.

Germinie était laide. Ses cheveux, d'un châtain
foncé et qui paraissaient noirs, frisottaient et se tortillaient en ondes revêches, en petites mèches dures
et rebelles, échappées et soulevées sur sa tête malgré la pommade de ses bandeaux lissés. Son front
petit, poli, bombé, s'avançait de l'ombre d'orbites
profondes où s'enfonçaient et se cavaient presque
maladivement ses yeux, de petits yeux éveillés,
scintillants, rapetissés et ravivés par un clignement

de petite fille qui mouillait et allumait leur rire.
Ces yeux on ne les voyait ni bruns ni bleus : ils
étaient d'un gris indéfinissable et changeant, d'un
gris qui n'était pas une couleur, mais une lumière.
L'émotion y passait dans le feu de la fièvre, le plaisir dans l'éclair d'une sorte d'ivresse, la passion
dans une phosphorescence. Son nez court, relevé,
largement troué, avec les narines ouvertes et respi-
rantes, était de ces nez dont le peuple dit qu'il
pleut dedans : sur l'une de ses ailes, à l'angle de
l'œil, une grosse veine bleue se gonflait. La carrure
de tête de la race lorraine se retrouvait dans ses
pommettes larges, fortes, accusées, semées d'une
volée de grains de petite vérole. La plus grande
disgrâce de ce visage était la trop large distance
entre le nez et la bouche. Cette disproportion donnait un caractère presque simiesque au bas de la
tête, où une grande bouche, aux dents blanches,
aux lèvres pleines, plates et comme écrasées, souriait d'un sourire étrange et vaguement irritant.

Sa robe décolletée laissait voir son cou, le haut
de sa poitrine, ses épaules, la blancheur de son dos,
contrastant avec le hâle de son visage. C'était une
blancheur de lymphatique, la blancheur à la fois
malade et angélique d'une chair qui ne vit pas. Elle
avait laissé tomber ses bras le long d'elle, des bras
ronds, polis, avec le joli trou d'une fossette au
coude. Ses poignets étaient délicats; ses mains, qui
ne sentaient pas le service, avaient des ongles de
femme. Et mollement, dans une paresse de grâce,

elle laissait jouer et rondir sa taille indolente, une
taille à tenir dans une jarretière et que faisaient
plus fine encore à l'œil le ressaut des hanches et le
rebondissement des rondeurs ballonnant la robe,
une taille impossible, ridicule de minceur, adorable
comme tout ce qui, chez la femme, a la monstruosité de la petitesse.

De cette femme laide, s'échappait une âpre et
mystérieuse séduction. L'ombre et la lumière, se
heurtant et se brisant à son visage plein de creux
et de saillies, y mettait ce rayonnement de volupté
jeté par un peintre d'amour dans la pochade du
portrait de sa maîtresse. Tout en elle, sa bouche,
ses yeux, sa laideur même, avait une provocation
et une sollicitation. Un charme aphrodisiaque sortait d'elle, qui s'attaquait et s'attachait à l'autre
sexe. Elle dégageait le désir et en donnait la com-
motion. Une tentation sensuelle s'élevait naturellement et involontairement d'elle, de ses gestes, de
sa marche, du moindre de ses remuements, de l'air
où son corps avait laissé une de ses ondulations.
A côté d'elle, on se sentait près d'une de ces créa-
tures troublantes et inquiétantes, brûlantes du mal
d'aimer et l'apportant aux autres, dont la figure
revient à l'homme aux heures inassouvies, tour-
mente ses pensées lourdes de midi, hante ses nuits,
viole ses songes.

Au milieu de l'examen de Mlle de Varandeuil,
Germinie se baissa, se pencha sur elle, et lui embrassa la main à baisers pressés.

— Bon.... bon.... assez de lichades, dit mademoiselle. Tu vous userais la peau... avec ta façon
d'embrasser... Allons, pars, amuse-toi, et tâche de
ne pas rentrer trop tard... ne t'éreinte pas.

Mlle de Varandeuil resta seule. Elle mit ses coudes sur ses genoux, regarda dans le feu, donna des
coups de pincette sur les tisons. Puis, comme elle
avait l'habitude de faire dans ses grandes préoccu-
pations, du plat de sa main elle se frappa sur la
nuque deux ou trois petits coups secs qui mirent
tout de travers son serre-tête noir.

VI.

En parlant mariage à Germinie, Mlle de Varandeuil touchait la cause du mal de Germinie. Elle
mettait la main sur son ennui. L'irrégularité d'humeur de sa bonne, les dégoûts de sa vie, les lan-
gueurs, le vide et le mécontentement de son être,
venaient de cette maladie que la médecine appelle
la mélancolie des vierges. La souffrance de ses
vingt-quatre ans était le désir ardent, irrité, poignant du mariage, de cette chose trop saintement
honnête pour elle et qui lui semblait impossible
devant l'aveu que sa probité de femme voulait faire
de sa chute, de son indignité. Des pertes, des malheurs de famille venaient l'arracher à ses idées.

Son beau-frère, le mari de sa sœur la portière, avait fait le rêve des Auvergnats : il avait voulu joindre aux profits de sa loge les gains du commerce de bric-à-brac. Il avait commencé modestement par cet étal dans la rue, aux portes des ventes après décès, où l'on voit, rangés sur du papier bleu, des flambeaux en plaqué, des ronds de serviette en ivoire, des lithographies coloriées, encadrées d'une dentelle d'or sur fond noir, et trois ou quatre volumes dépareillés de Buffon. Ce qu'il gagna sur les flambeaux en plaqué le grisa. Il loua dans une allée de passage, en face d'un raccommodeur de parapluies, une boutique noire, et il se mit à faire là le commerce de cette curiosité qui va et vient dans les salles basses de l'Hôtel des Commissaires-priseurs. Il vendit des assiettes à coq, des morceaux du sabot de Jean-Jacques Rousseau, et des aquarelles de Ballue signées Watteau. A ce métier, il mangea ce qu'il avait gagné, puis s'endetta de quelques mille francs. Sa femme, pour remonter un peu le ménage et tâcher de sortir des dettes, demandait et obtenait une place d'ouvreuse de loges au Théâtre-Historique. Elle faisait garder le soir sa porte par sa sœur la couturière, se couchait à une heure, se levait à cinq. Au bout de quelques mois, elle attrapa dans les corridors du théâtre une pleurésie qui traîna et l'enleva au bout de six semaines. La pauvre femme laissait une petite fille de trois ans, attaquée d'une rougeole qui avait pris le caractère le plus pernicieux dans l'empuantissement de la soupente

et dans l'air où l'enfant respirait depuis plus d'un
mois la mort de sa mère. Le père était parti au pays
pour tâcher d'emprunter de l'argent. Il se remariait
là-bas. On n'en eut plus de nouvelles.

En sortant de l'enterrement de sa sœur, Germinie
courut chez une vieille femme vivant de ces cu-
rieuses industries qui empêchent à Paris la Misère
de mourir complétement de faim. Cette vieille femme
faisait plusieurs métiers. Tantôt elle coupait d'égale
grandeur des crins de brosse, tantôt elle séparait
des morceaux de pain d'épice. Quand cela chômait,
elle faisait la cuisine et débarbouillait les enfants de
petits marchands ambulants. Dans le Carême, elle
se levait à quatre heures du matin, et allait prendre
à Notre-Dame une chaise qu'elle revendait, lorsque le
monde arrivait, dix ou douze sous. Pour se chauffer,
dans le trou où elle logeait rue Saint-Victor, elle
allait, à l'heure où le jour tombe, arracher en se
cachant de l'écorce aux arbres du Luxembourg.
Germinie, qui la connaissait pour lui donner toutes
les semaines les croûtes de la cuisine, lui louait
une chambre de domestique dans la maison au
sixième, et l'y installait avec la petite fille. Elle fit
cela d'un premier mouvement, sans réfléchir. Les
duretés de sa sœur, lors de sa grossesse, elle ne se
les rappelait plus : elle n'avait pas même eu besoin
de les pardonner.

Germinie n'eut plus alors qu'une pensée : sa
nièce. Elle voulait la faire revivre, et l'empêcha
de mourir à force de la soigner. Elle s'échappait

à tout moment de chez mademoiselle, grimpait
quatre à quatre au sixième, courait embrasser
l'enfant, lui donner de la tisane, l'arranger dans
son lit, la voir, redescendait essoufflée et toute
rouge de plaisir. Les soins, les caresses, ce souffle
du cœur dont on ranime un petit être prêt à s'éteindre, les consultations, les visites de médecin, les
médicamentations coûteuses, les remèdes des riches, Germinie n'épargna rien pour la petite et lui
donna tout. Ses gages passaient à cela. Pendant
près d'un an, elle lui fit prendre tous les matins du
jus de viande : elle qui était dormeuse, se levait à
cinq heures du matin pour le faire, et elle se réveillait toute seule, comme les mères. L'enfant était
enfin sauvée, quand un matin Germinie reçut la
visite de sa sœur la couturière, qui était mariée depuis deux ou trois ans avec un ouvrier mécanicien,
et qui venait lui faire ses adieux : son mari suivait
des camarades qu'on venait d'embaucher pour aller
en Afrique. Elle partait avec lui et proposait à Germinie de lui prendre la petite et de l'emmener là-
bas avec son enfant. Ils s'en chargeaient. Germinie
n'aurait qu'à payer le voyage. C'était une séparation à laquelle il lui faudrait toujours se résoudre, à
cause de sa maîtresse. Puis elle était sa tante aussi.
Et elle ajoutait paroles sur paroles pour se faire
donner l'enfant avec lequel, elle et son mari, comptaient, une fois en Afrique, apitoyer Germinie, lui
attraper ses gages, lui carotter le cœur et la bourse.

Se séparer de sa nièce, cela coûtait beaucoup à

Germinie. Elle avait mis un peu de son existence sur cette enfant. Elle s'y était attachée par les inquiétudes et les sacrifices. Elle l'avait disputée et reprise à la maladie : cette vie de la petite fille était son miracle. Cependant elle comprenait qu'elle ne pourrait jamais la prendre chez mademoiselle; que mademoiselle, à son âge, avec la fatigue de ses années et le besoin de tranquillité des vieilles gens, ne supporterait jamais le bruit toujours remuant d'un enfant. Puis, cette petite fille dans la maison prêtait aux cancans et faisait causer toute la rue : on disait que c'était sa fille. Germinie s'en ouvrit à sa maîtresse. Mlle de Varandeuil savait tout. Elle savait qu'elle avait pris sa nièce ; mais elle avait fait semblant de l'ignorer, elle avait voulu fermer les yeux et ne rien voir pour tout permettre. Elle conseilla à Germinie de confier sa nièce à sa sœur, en lui montrant toutes les impossibilités de la garder, et lui donna l'argent pour payer le voyage du ménage.

Ce départ fut un déchirement pour Germinie. Elle se trouva isolée et inoccupée. N'ayant plus cette enfant, elle ne sut plus quoi aimer; son cœur s'ennuya, et, dans le vide d'âme où elle se trouvait sans cette petite, elle revint à la religion et reporta ses tendresses à l'église.

Au bout de trois mois, elle reçut la nouvelle de la mort de sa sœur. Le mari, qui était de la race des ouvriers geignards et pleurards, lui faisait dans sa lettre, avec de grosses phrases émues et des

ficelles d'attendrissement, un tableau désolant de
sa position, avec l'enterrement à payer, des fièvres
qui l'empêchaient de travailler, deux enfants en
bas âge, sans compter la petite, une maison sans
femme pour faire chauffer la soupe. Germinie pleura
sur la lettre ; puis sa pensée se mit à vivre dans
cette maison, à côté de ce pauvre homme, au milieu des pauvres enfants, dans cet affreux pays
d'Afrique ; et une vague envie de se dévouer commença à s'éveiller en elle. D'autres lettres suivaient
où, en la remerciant de ses secours, son beau-frère
donnait à sa misère, à l'abandon où il se trouvait,
au malheur qui l'enveloppait, une couleur encore
plus dramatique, la couleur que le peuple donne
aux choses avec ses souvenirs du boulevard du
Crime et ses lambeaux de mauvaises lectures. Une
fois prise à la blague de ce malheur, Germinie ne
put s'en détacher. Elle croyait entendre, là-bas, des
cris d'enfants l'appeler. Elle s'enfonçait, s'absorbait
dans la résolution et le projet de partir. Elle était
poursuivie de cette idée et de ce mot d'Afrique
qu'elle remuait et retournait sans cesse au fond
d'elle, sans une parole. Mlle de Varandeuil, la
voyant si rêveuse et si triste, lui demanda ce qu'elle
avait, mais en vain : Germinie ne parla pas. Elle
était tiraillée, torturée entre ce qui lui semblait un
devoir et ce qui lui paraissait une ingratitude, entre
sa maîtresse et le sang de ses sœurs. Elle pensait
qu'elle ne pouvait pas quitter mademoiselle. Et puis
elle se disait que Dieu ne voulait pas qu'elle aban-

donnât sa famille. Elle regardait l'appartement en
se disant : Il faut pourtant que je m'en aille! Et puis
elle avait peur que mademoiselle ne fût malade
quand elle ne serait plus là. Une autre bonne! A
cette idée, elle était prise de jalousie, et elle croyait
déjà voir quelqu'un lui voler sa maîtresse. A d'autres moments, ses idées de religion la jetant à des
idées d'immolation, elle était toute prête à vouer
son existence à celle de ce beau-frère. Elle voulait
aller habiter avec cet homme qu'elle détestait, avec
lequel elle avait toujours été mal, qui avait à peu
près tué sa sœur de chagrin, qu'elle savait ivrogne
et brutal ; et tout ce qu'elle en attendait, tout ce
qu'elle en craignait, la certitude et la peur de tout
ce qu'elle aurait à souffrir, ne faisait que l'exalter,
l'enflammer, la pousser au sacrifice avec plus d'impatience et d'ardeur. Tout cela souvent en un instant tombait : à un mot, à un geste de mademoiselle, Germinie revenait à elle-même et ne se
reconnaissait plus. Elle se sentait tout entière et
pour toujours rattachée à sa maîtresse, et elle
éprouvait comme une horreur d'avoir seulement
pensé à détacher sa vie de la sienne. Elle lutta ainsi
deux ans. Puis un beau jour, par un hasard, elle
apprit que sa nièce était morte quelques semaines
après sa sœur : son beau-frère lui avait caché cette
mort, pour la tenir et l'attirer à lui, avec ses quelques sous, en Afrique. A cette révélation, Germinie,
perdant toute illusion, fut guérie d'un seul coup.
A peine si elle se rappela qu'elle avait voulu partir.

VII.

Vers ce temps, au bout de la rue, une petite crèmerie sans affaires changeait de propriétaire, à la suite de la vente du fonds par autorité de justice. La boutique était restaurée. On la repeignait. Les vitres de la devanture s'ornaient d'inscriptions en lettres jaunes. Des pyramides de chocolat de la Compagnie coloniale, des bols de café à fleurs, espacés de petits verres à liqueur, garnissaient les planches de l'étalage. A la porte brillait l'enseigne d'un pot au lait de cuivre coupé par le milieu.

La femme qui essayait de remonter ainsi la maison, la nouvelle crémière, était une personne d'une cinquantaine d'années, débordante d'embonpoint et gardant encore quelques restes de beauté à demi submergés sous sa graisse. On disait dans le quartier qu'elle s'était établie avec l'argent d'un vieux monsieur qu'elle avait servi jusqu'à sa mort dans son pays, près de Langres; car il se trouvait qu'elle était payse de Germinie, non du même village, mais d'un petit endroit à côté; et sans s'être jamais rencontrées ni vues là-bas, elle et la bonne de mademoiselle se connaissaient de nom, et avaient le rapprochement de connaissances communes, de

souvenirs des mêmes lieux. La grosse femme était
complimenteuse, doucereuse, caressante. Elle disait : Ma belle, à tout le monde, faisait la petite
voix, et jouait l'enfant avec la langueur dolente des
personnes corpulentes. Elle détestait les gros mots,
rougissait, s'effarouchait pour un rien. Elle adorait
les secrets, tournait tout en confidence, faisait des
histoires, parlait toujours à l'oreille. Sa vie se passait à bavarder et à gémir. Elle plaignait les autres,
elle se plaignait elle-même; elle se lamentait sur
ses malheurs et sur son estomac. Quand elle avait
trop mangé, elle disait dramatiquement : Je vais
mourir. Et rien n'était aussi pathétique que ses
indigestions. C'était une nature perpétuellement
attendrie et larmoyante : elle pleurait indistincte-
ment pour un cheval battu, pour quelqu'un qui
était mort, pour du lait qui avait tourné. Elle pleurait sur les faits divers des journaux, elle pleurait
en voyant passer des passants.

Germinie fut bien vite séduite et apitoyée par
cette crémière câline, bavarde, toujours émue,
appelant à elle l'expansion des autres et paraissant
si tendre. Au bout de trois mois, presque rien n'entrait chez mademoiselle qui ne vînt de chez la mère
Jupillon. Germinie s'y fournissait de tout ou à peu
près. Elle passait des heures dans la boutique. Une
fois là, elle avait peine à s'en aller, elle restait et
ne pouvait se lever. Une lâcheté machinale la retenait. Sur la porte, elle causait encore, pour n'être
pas encore partie. Elle se sentait attachée chez la

crémière par l'invisible charme des endroits où l'on
revient sans cesse et qui finissent par vous étreindre comme des choses qui vous aimeraient. Et puis
la boutique, pour elle, c'étaient les trois chiens, les
trois vilains chiens de Mme Jupillon; elle les avait
toujours sur les genoux, elle les grondait, elle les
embrassait, elle leur parlait; et quand elle avait
chaud de leur chaleur, il lui passait dans le bas
du cœur les contentements d'une bête qui se frotte
à ses petits. La boutique, c'était encore pour elle
toutes les histoires du quartier, le rendez-vous des
cancans, la nouvelle du billet non payé par celle-ci,
de la voiture de fleurs apportée à celle-là, un endroit à l'affût de tout, et où tout entrait, jusqu'au
peignoir de dentelle allant en ville sur le bras
d'une bonne.

Tout, à la longue, la liait là. Son intimité avec la
crémière se resserrait par tous les liens mystérieux
des amitiés de femmes du peuple, par le bavardage
continuel, l'échange journalier des riens de la vie,
les conversations pour parler, le retour du même
bonjour et du même bonsoir, le partage des caresses
aux mêmes animaux, les sommeils côte à côte et
chaise contre chaise. La boutique finit par devenir
son lieu d'acoquinement, un lieu où sa pensée, sa
parole, ses membres même et son corps trouvaient
des aises merveilleuses. Le bonheur arriva à être,
pour elle, ce moment où le soir, assise et somno-
lente, dans un fauteuil de paille, auprès de la mère
Jupillon endormie ses lunettes sur le nez, elle ber-

çait les chiens roulés en boule dans la jupe de sa
robe; et tandis que la lampe, prête à mourir, pâ-
lissait sur le comptoir, elle restait, laissant son
regard se perdre et s'éteindre doucement, avec ses
idées, au fond de la boutique, sur l'arc de triomphe
en coquilles d'escargot, reliées de vieille mousse,
sous l'arc duquel était un petit Napoléon de cuivre.

VIII.

Mme Jupillon, qui disait avoir été mariée et si-
gnait *Veuve Jupillon,* avait un fils. C'était encore
un enfant. Elle l'avait mis à Saint-Nicolas, dans
cette grande maison d'éducation religieuse où,
pour trente francs par mois, une instruction rudi-
mentaire et un métier sont donnés aux enfants du
peuple, à beaucoup d'enfants naturels. Germinie
prit l'habitude d'accompagner le jeudi madame
Jupillon lorsqu'elle allait voir *Bibi.* Cette visite devint pour elle une distraction et une attente. Elle
faisait dépêcher la mère, arrivait en avance à l'omnibus, et elle était toute contente d'y monter avec
un gros panier de provisions sur lequel elle croisait
ses bras pendant la route.

Là-dessus, il arriva à la mère Jupillon un mal à
la jambe, un anthrax qui l'empêcha de marcher

pendant près de dix-huit mois. Germinie alla seule
à Saint-Nicolas, et comme elle était prompte et fa-
cile à se donner aux autres, elle s'occupa de cet
enfant comme s'il lui tenait par quelque chose. Elle
ne manquait pas un jeudi, et arrivait toujours les
mains pleines de la desserte de la semaine, de gâteaux, de fruits, de sucreries qu'elle achetait. Elle
embrassait le gamin, s'inquiétait de sa santé, tâtait
s'il avait son gilet de tricot sous sa blouse, le trouvait trop rouge d'avoir couru, lui essuyait la figure
avec son mouchoir, et lui faisait montrer le dessous
de ses souliers pour voir s'ils n'étaient pas troués.
Elle lui demandait si on était content de lui, s'il
faisait bien ses devoirs, s'il avait eu beaucoup de
bons points. Elle lui parlait de sa mère, et lui re-
commandait de bien aimer le bon Dieu ; et jusqu'à
ce que la cloche de deux heures sonnât, elle se promenait avec lui dans la cour : l'enfant lui donnait
le bras, tout fier d'être avec une femme mieux habillée que la plupart de celles qui venaient, avec
une femme en soie. Il avait envie d'apprendre le
flageolet : cela ne coûtait que cinq francs par mois.
Mais sa mère ne voulait pas les donner. Germinie,
en cachette, lui apporta chaque mois les cent sous.
C'était une humiliation pour lui, quand il sortait en
promenade, et les deux ou trois fois par an qu'il
venait chez sa mère, de porter la petite blouse
d'uniforme. A sa fête, une année, Germinie déplia
devant lui un gros paquet : elle lui avait fait faire
une tunique ; à peine si, dans toute la pension,

vingt de ses camarades étaient de famille assez
aisée pour en porter.

Elle le gâta ainsi quelques années, ne le laissant
souffrir du désir de rien, flattant, dans l'enfant
pauvre, les caprices et les orgueils de l'enfant riche, lui adoucissant les privations et les duretés de
cette école professionnelle qui forme à la vie ouvrière, porte la blouse, mange à l'assiette de
faïence brune, et trempe à son mâle apprentissage
le peuple pour le travail. Cependant le garçon
grandissait. Germinie ne s'en apercevait pas : elle
le voyait toujours enfant. Par habitude, elle se
baissait toujours pour l'embrasser. Un jour elle fut
appelée devant l'abbé qui dirigeait la pension.
L'abbé lui parla de renvoyer le jeune Jupillon. Il
s'agissait de mauvais livres surpris entre ses mains.
Germinie, tremblante à l'idée des coups qui attendaient l'enfant chez sa mère, pria, supplia, im-
plora : elle finit par obtenir de l'abbé la grâce du
coupable. En redescendant, elle voulut gronder
Jupillon; mais au premier mot de sa morale, Bibi
lui jeta tout à coup en plein visage un regard et un
sourire où il n'y avait plus rien de l'enfant qu'il
était hier. Elle baissa les yeux, et ce fut elle qui
rougit. Quinze jours se passèrent sans qu'elle revînt
à Saint-Nicolas.

IX.

Dans le temps où le fils Jupillon sortit de pension, la bonne d'une femme entretenue qui demeurait au-dessous de mademoiselle venait quelquefois
passer la soirée chez Mme Jupillon avec Germinie.
Originaire de ce grand-duché de Luxembourg qui
fournit Paris de cochers de coupé et de bonnes de
lorettes, cette fille était ce que l'on appelle popula-
cièrement « une grande bringue; » elle avait un
air de cavale, des sourcils de porteur d'eau, des
yeux fous. Elle se mit bientôt à venir tous les soirs.
Elle payait des gâteaux et des petits verres à tout
le monde, s'amusait à faire gaminer le petit Jupillon, jouait avec lui à des jeux de main, s'asseyait
sur lui, lui jetait au nez qu'il était beau, le traitait
en enfant, et le plaisantait, en polissonnant, de
n'être pas encore un homme. Le jeune garçon,
heureux et tout fier de ces attentions de la première
femme qui s'occupait de lui, laissait voir au bout
de peu de temps ses préférences pour Adèle : ainsi
s'appelait la nouvelle venue.

Germinie était passionnément jalouse. La jalousie
était le fond de sa nature; c'était la lie et l'amertume de ses tendresses. Ceux qu'elle aimait, elle
voulait les avoir tout à elle, les posséder absolu-

ment. Elle exigeait qu'ils n'aimassent qu'elle. Elle
ne pouvait admettre qu'ils pussent distraire et
donner à d'autres la moindre parcelle de leur affection : cette affection, depuis qu'elle l'avait méritée,
n'était plus à eux ; ils n'étaient plus maîtres d'en
disposer. Elle détestait les gens que sa maîtresse
avait l'air de recevoir mieux que les autres, et
d'accueillir intimement. Par sa mine de mauvaise
humeur et son air rechigné, elle avait éloigné, à
peu près chassé de la maison, deux ou trois vieilles
amies de mademoiselle dont les visites la faisaient
souffrir comme si ces vieilles femmes venaient dé-
rober quelque chose dans l'appartement, lui prendre
un peu de sa maîtresse. Des gens qu'elle avait
aimés lui étaient devenus odieux : elle n'avait pas
trouvé qu'ils l'aimassent assez ; elle les haïssait
pour tout l'amour qu'elle avait voulu d'eux. En
tout, son cœur était exigeant et despote. Donnant
tout, il demandait tout. Dans ses affections, au
moindre indice de refroidissement, au moindre signe de partage, elle éclatait et se dévorait, passait
des nuits à pleurer, prenait le monde en exécration.

Voyant cette femme s'installer dans la boutique,
se familiariser avec le jeune homme, toutes les jalousies de Germinie s'inquiétèrent et se tournèrent
en rage. Sa haine se souleva et se révolta, avec
son dégoût, contre cette créature affichée, éhontée,
que l'on voyait le dimanche attablée sur les boulevards extérieurs avec des militaires, et qui avait le

lundi des bleus au visage. Elle employa tout pour
la faire éloigner par Mme Jupillon ; mais c'était une
des meilleures pratiques de la crèmerie, et la crémière se refusa tout doucement à l'écarter. Germinie se retourna vers le fils, lui dit que c'était une
malheureuse. Mais cela ne fit qu'attacher le jeune
homme à cette vilaine femme dont la mauvaise réputation le flattait. D'ailleurs, il avait les cruelles
taquineries de la jeunesse, et il redoublait d'amabilité auprès d'elle, rien que pour voir « le nez » que
faisait Germinie, et jouir de la désoler. Bientôt
Germinie s'aperçut que cette femme avait des in-
tentions plus sérieuses qu'elle ne se l'était d'abord
imaginé : elle comprit ce qu'elle voulait de cet enfant, car c'était toujours un enfant pour elle que ce
grand jeune homme de dix-sept ans. Dès lors, elle
s'attacha à leurs pas ; elle ne les quitta plus, elle
ne les laissa pas un moment seuls, elle se mit de
leurs parties, au théâtre, à la campagne, entra dans
toutes leurs promenades, fut toujours là, présente
et gênante, essayant de retenir la bonne et de lui
rendre la pudeur avec un mot à voix basse : — Un
enfant ! tu n'as pas honte ? lui disait-elle. L'autre,
comme à une bonne farce, partait d'un gros rire.
Dans ces sorties du spectacle, animées, échauffées
par la fièvre de la représentation et l'excitation du
théâtre, dans ces retours de la campagne, chargés
du soleil de tout le jour, grisés de ciel et de grand
air, fouettés du vin du dîner, au milieu des jeux et
des libertés auxquels s'enhardissent à la nuit les

ivresses de plaisir, les joies de ripaille et les sens
en goguette de la femme du peuple, Germinie
essayait d'être toujours entre la bonne et Jupillon.
Elle tâchait à chaque minute de rompre ces amours
bras dessus, bras dessous, de les délier, de les
désaccoupler. Sans se lasser, elle les séparait, les
retirait continuellement l'un de l'autre. Elle mettait son corps entre ces corps qui se cherchaient.
Elle se glissait entre ces gestes qui voulaient se
toucher ; elle se glissait entre ces lèvres tendues et
ces bouches qui s'offraient. Mais de tout ce qu'elle
empêchait, elle avait l'effleurement et l'atteinte.
Elle sentait le frôlement de ces mains qu'elle séparait, de ces caresses qu'elle arrêtait au passage et
qui se trompaient en s'égarant sur elle. Des baisers qu'elle dér ait, il lui passait contre la joue le
souffle et l'haleine. Sans le vouloir, et troublée
d'une certaine horreur, elle se mêlait aux étreintes,
elle prenait une part des désirs dans ce frottement
et cette lutte qui diminuaient chaque jour autour
de sa personne le respect et la retenue du jeune
homme.

Il arriva qu'un jour elle fut moins forte contre
elle-même qu'elle n'avait été jusque-là. Cette fois,
elle ne se déroba pas si brusquement aux avances.
Jupillon sentit qu'elle s'y arrêtait. Germinie le sentit mieux que lui; mais elle était à bout d'efforts
et de tourments, épuisée de souffrir. Cet amour
d'une autre, qu'elle avait détourné de Jupillon, elle
se l'était lentement entré tout entier dans le cœur.

Maintenant, il y était enfoncé, et toute saignante de jalousie, elle se trouvait affaiblie, sans résistance, défaillante comme une personne blessée à mort devant le bonheur qui lui venait.

Pourtant elle repoussa les tentatives, les hardiesses du jeune homme, sans rien dire, sans parler. Elle ne songeait pas à lui appartenir autrement ni à se livrer davantage. Elle vivait de la pensée d'aimer, croyant qu'elle en vivrait toujours. Et dans le ravissement qui lui soulevait l'âme, elle écartait sa chute et repoussait ses sens. Elle demeurait frémissante et pure, perdue et suspendue dans des abîmes de tendresse, ne goûtant et ne voulant de l'amant que la caresse, comme si son cœur n'était fait que pour la douceur d'embrasser.

X.

Cet amour heureux et non satisfait produisit dans l'être physique de Germinie un singulier phénomène physiologique. On aurait dit que la passion qui circulait en elle renouvelait et transformait son tempérament lymphatique. Il ne lui semblait plus puiser la vie comme autrefois, goutte à goutte, à une source avare : une force généreuse et pleine lui coulait dans les veines; le feu d'un sang riche lui courait dans le corps. Elle sentait une chaude

santé la remplir, et il lui passait des joies de vivre
qui battaient des ailes dans sa poitrine comme un
oiseau dans du soleil.

Une merveilleuse animation lui était venue. La
misérable énergie nerveuse qui la soutenait avait
fait place à une activité bien portante, à une allé-
gresse bruyante, remuante, débordante. Elle ne
connaissait plus ses anciennes faiblesses, l'accable-
ment, la prostration, l'assoupissement, les molles
paresses. Ses matins si lourds et si engourdis étaient
aujourd'hui des réveils vifs et clairs qui s'ouvraient
en une seconde à la gaieté du jour. Elle s'habillait
en hâte, folâtrement; ses doigts prestes allaient tout
seuls, et elle s'étonnait d'être si vive, si pleine d'entrain à ces heures défaillantes de l'avant-déjeuner
où elle s'était senti si souvent le cœur sur les lèvres.
Et toute la journée c'était en elle la même bonne
humeur du corps, la même gaieté dans le mouvement. Il lui fallait toujours aller, marcher, courir,
agir, se dépenser. Par instant, ce qu'elle avait vécu
lui paraissait éteint; les sensations d'être qu'elle
avait éprouvées jusque-là se reculaient pour elle
dans le lointain d'un songe et dans le fond d'une
mémoire endormie. Le passé était derrière elle,
comme si elle l'avait traversé avec le voile d'un
évanouissement et l'inconscience d'une somnambule. C'était la première fois qu'elle avait le sentiment, l'impression à la fois âpre et douce, violente et divine, du jeu de la vie éclatant dans sa
plénitude, sa régularité, sa puissance.

Elle montait et descendait pour un rien. Sur un mot de mademoiselle, elle dégringolait les cinq étages. Quand elle était assise, ses pieds dansaient sur le parquet. Elle frottait, nettoyait, rangeait, battait, secouait, lavait, sans repos ni trêve, toujours à l'ouvrage, remplissant l'appartement de ses allées, de ses venues, du tapage incessant de sa personne. — Mon Dieu ! lui disait sa maîtresse étourdie comme par le bruit d'un enfant, es-tu bousculante, Germinie ! l'es-tu assez !

Un jour, en entrant dans la cuisine de Germinie, mademoiselle vit un peu de terre dans une boîte à cigares posée dans le plomb. — Qu'est-ce que c'est ça ? lui dit-elle. — C'est du gazon... que j'ai semé... pour voir, fit Germinie. — Tu aimes donc le gazon maintenant?... Il ne te manque plus que d'avoir des serins !

XI.

Au bout de quelques mois, la vie, toute la vie de Germinie appartint à la crémière. Le service de mademoiselle n'était guère assujettissant et lui prenait bien peu de temps. Un merlan, une côtelette, c'était toute la cuisine à faire. Le soir, mademoiselle aurait pu la garder auprès d'elle pour lui tenir compagnie : elle aimait mieux l'envoyer promener, la pousser dehors, lui faire prendre un peu d'air, de distraction. Elle ne lui demandait que d'être rentrée à dix heures pour l'aider à se mettre au lit; et encore quand Germinie se trouvait en retard, mademoiselle se déshabillait et se couchait fort bien toute seule. Toutes ces heures que lui laissait sa maîtresse, Germinie vint les vivre et les passer dans la boutique. Elle descendait maintenant à la crémerie, dès le matin, à l'ouverture des volets que la plupart du temps elle rentrait, prenait son café au lait, restait jusqu'à neuf heures, remontait pour le chocolat de mademoiselle, et du déjeuner au dîner elle trouvait moyen de revenir deux ou trois fois, s'attardant et bavardant dans l'arrière-boutique pour la moindre commission. — Quelle pie borgne tu fais! lui disait mademoiselle avec une voix qui grognait et un regard qui souriait.

A cinq heures et demie, le petit dîner desservi, elle descendait quatre à quatre les escaliers, s'installait chez la mère Jupillon, y attendait dix heures, regrimpait les cinq étages, et en cinq minutes déshabillait sa maîtresse qui se laissait faire, tout en étant un peu étonnée de la voir si pressée d'aller se coucher : elle se rappelait le temps où Germinie avait la manie de porter son sommeil de fauteuil en fauteuil, et de ne jamais vouloir monter à sa chambre. La bougie soufflée fumait encore sur la table de nuit de mademoiselle que Germinie était déjà chez la crémière, cette fois pour jusqu'à minuit, une heure : elle ne partait souvent que quand un sergent de ville, voyant de la lumière, cognait aux volets et faisait fermer.

Pour être toujours là et avoir le droit de toujours y être, pour s'incruster dans cette boutique, ne jamais quitter des yeux l'homme de son amour, le couver, le garder, se frotter perpétuellement à lui, elle s'était faite la domestique de la maison. Elle balayait la boutique, elle préparait la cuisine de la mère et la pâtée des chiens. Elle servait le fils; elle faisait son lit, elle brossait ses habits, elle cirait ses chaussures, heureuse et fière de toucher à ce qu'il touchait, émue de mettre la main où il mettait son corps, prête à baiser sur le cuir de ses bottes la boue qui venait de lui!

Elle faisait l'ouvrage, elle tenait la boutique, elle servait les pratiques : Mme Jupillon se reposait de tout sur elle; et tandis que la bonne fille travaillait et suait, la grosse femme, se donnant sur sa porte de majestueux loisirs de rentière, échouée sur une chaise en travers du trottoir, humant la fraîcheur de la rue, tâtait et retâtait sous son tablier, dans sa poche de marchande, ce délicieux argent de gain, l'argent de la vente qui sonne si doux à l'oreille du petit commerce de Paris que le boutiquier retiré reste tout mélancolique aux premiers jours de n'en avoir plus sous les doigts le tintement et le frétillement.

XII.

Quand le printemps fut venu : — Si nous allions
à l'entrée des champs? disait presque tous les soirs
Germinie à Jupillon.

Jupillon mettait sa chemise de flanelle à carreaux
rouges et noirs, sa casquette en velours noir ; et ils
partaient pour ce que les gens du quartier appellent
« l'entrée des champs. »

Ils montaient la chaussée Clignancourt, et avec
le flot des Parisiens de faubourg se pressant à aller
boire un peu d'air, ils marchaient vers ce grand
morceau de ciel se levant tout droit des pavés, au
haut de la montée, entre les deux lignes des maisons, et tout vide quand un omnibus n'en débou-
chait pas. La chaleur tombait, les maisons n'avaient
plus de soleil qu'à leur faîte et à leurs cheminées.
Comme d'une grande porte ouverte sur la campagne, il venait du bout de la rue, du ciel, un
souffle d'espace et de liberté.

Au Château-Rouge, ils trouvaient le premier
arbre, les premières feuilles. Puis, à la rue du
Château, l'horizon s'ouvrait devant eux dans une
douceur éblouissante. La campagne, au loin, s'étendait, étincelante et vague, perdue dans le poudroie-
ment d'or de sept heures. Tout flottait dans cette

poussière de jour que le jour laisse derrière lui sur
la verdure qu'il efface et les maisons qu'il fait
roses.

Ils descendaient, suivaient le trottoir charbonné
de jeux de *marelle*, de longs murs par-dessus lesquels passait une branche, des lignes de maisons
brisées, espacées de jardins. A leur gauche, se
levaient des têtes d'arbres toutes pleines de lumière,
des bouquets de feuilles transpercés du soleil couchant qui mettait des raies de feu sur les barreaux
des grilles de fer. Après les jardins, ils passaient
les palissades, les enclos à vendre, les constructions
jetées en avant dans les rues projetées et tendant
au vide leurs pierres d'attente, les murailles pleines
à leur pied de tas de culs de bouteille, de grandes
et plates maisons de plâtre, aux fenêtres encom-
brées de cages et de linges, avec l'Y d'un plomb à
chaque étage, des entrées de terrains aux apparences de basse-cour avec des tertres broutés par
des chèvres.

Çà et là, ils s'arrêtaient, sentaient les fleurs,
l'odeur d'un maigre lilas poussant dans une étroite
cour. Germinie cueillait une feuille en passant et
la mordillait.

Des vols d'hirondelles, joyeux, circulaires et
fous, tournaient et se nouaient sur sa tête. Les
oiseaux s'appelaient. Le ciel répondait aux cages.
Elle entendait tout chanter autour d'elle, et elle
regardait d'un œil heureux les femmes en camisole
aux fenêtres, les hommes en manches de chemise

7.

dans les jardinets, les mères, sur le pas des portes, avec de la marmaille entre les jambes.

La descente finissait, le pavé cessait. A la rue succédait une large route, blanche, crayeuse, poudreuse, faite de débris, de platras, d'émiettements de chaux et de briques, effondrée, sillonnée par les ornières, luisantes au bord, que font le fer de grosses roues et l'écrasement des charrois de pierres de taille. Alors commençait ce qui vient où Paris finit, ce qui pousse où l'herbe ne pousse pas, un de ces paysages d'aridité que les grandes villes créent autour d'elles, cette première zone de banlieue *intra muros* où la nature est tarie, la terre usée, la campagne semée d'écailles d'huîtres. Ce n'était plus que des terrains à demi clos, montrant des charrettes et des camions les brancards en l'air sur le ciel, des chantiers à scier des pierres, des usines en planches, des maisons d'ouvriers en construction, trouées et tout à jour, portant le drapeau des maçons, des landes de sable gris et blanc, des jardins de maraîchers tirés au cordeau tout en bas des fondrières vers lesquelles descend, en coulées de pierrailles, le remblayage de la route.

Bientôt se dressait le dernier réverbère pendu à un poteau vert. Du monde allait et venait toujours. La route vivait et amusait l'œil. Germinie croisait des femmes portant la canne de leur mari, des lorettes en soie au bras de leurs frères en blouse, des vieilles en madras se promenant, avec le repos du travail, les bras croisés. Des ouvriers tiraient

leurs enfants dans de petites voitures, des gamins
revenaient, avec leurs lignes, de pêcher à Saint-
Ouen, des gens traînaient au bout d'un bâton des
branches d'acacia en fleur.

Quelquefois une femme enceinte passait tendant
les bras devant elle à un tout petit enfant, et mettait sur un mur l'ombre de sa grossesse.

Tous allaient tranquillement, bienheureusement,
d'un pas qui voulait s'attarder, avec le dandinement
allègre et la paresse heureuse de la promenade.
Personne ne se pressait, et sur la ligne toute plate
de l'horizon, traversée de temps en temps par la
fumée blanche d'un train de chemin de fer, les
groupes de promeneurs faisaient des taches noires,
presque immobiles, au loin.

Ils arrivaient derrière Montmartre à ces espèces
de grands fossés, à ces carrés en contre-bas où se
croisent de petits sentiers foulés et gris. Un peu
d'herbe était là frisée, jaunie et veloutée par le
soleil qu'on apercevait se couchant tout en feu
dans les entre-deux des maisons. Et Germinie
aimait à y retrouver les cardeuses de matelas au
travail, les chevaux d'équarrissage pâturant la terre
pelée, les pantalons garance des soldats jouant aux
boules, les enfants enlevant un cerf-volant noir dans
le ciel clair. Au bout de cela, l'on tournait, pour
aller traverser le pont du chemin de fer, par ce
mauvais campement de chiffonniers, le quartier des
limousins du bas de Clignancourt. Ils passaient vite
contre ces maisons bâties de démolitions volées, et

suant les horreurs qu'elles cachent, ces huttes,
tenant de la cabane et du terrier, effrayaient vaguement Germinie : elle y sentait tapis tous les crimes
de la Nuit.

Mais aux fortifications, son plaisir revenait. Elle
courait s'asseoir avec Jupillon sur le talus. A côté
d'elle, étaient des familles en tas, des ouvriers cou-
chés à plat sur le ventre, de petits rentiers regardant les horizons avec une lunette d'approche, des
philosophes de misère, arc-boutés des deux mains
sur leurs genoux, l'habit gras de vieillesse, le chapeau noir aussi roux que leur barbe rousse. L'air était
plein de bruits d'orgue. Au-dessous d'elle, dans le
fossé, des sociétés jouaient aux quatre coins. Devant
les yeux, elle avait une foule bariolée, des blouses
blanches, des tabliers bleus d'enfants qui couraient,
un jeu de bague qui tournait, des cafés, des débits
de vin, des fritureries, des jeux de macarons, des
tirs à demi cachés dans un bouquet de verdure d'où
s'élevaient des mâts aux flammes tricolores ; puis au
delà, dans une vapeur, dans une brume bleuâtre,
une ligne de têtes d'arbres dessinait une route. Sur
la droite, elle apercevait Saint-Denis et le grand
vaisseau de sa basilique ; sur la gauche, au-dessus
d'une file de maisons qui s'effaçaient, le disque
du soleil se couchant sur Saint-Ouen était d'un feu
couleur cerise et laissait tomber dans le bas du ciel
gris comme des colonnes rouges qui le portaient en
tremblant. Souvent le ballon d'un enfant qui jouait
passait une seconde sur cet éblouissement.

Ils descendaient, passaient la porte, longeaient les débits de saucisson de Lorraine, les marchands de gaufres, les cabarets en planches, les tonnelles sans verdure et au bois encore blanc où un pêle-mêle d'hommes, de femmes, d'enfants, mangeaient des pommes de terre frites, des moules et des crevettes, et ils arrivaient au premier champ, à la première herbe vivante : sur le bord de l'herbe, il y avait une voiture à bras chargée de pain d'épice et de pastilles de menthe, et une marchande de coco vendait à boire sur une table dans le sillon... Étrange campagne où tout se mêlait, la fumée de la friture à la vapeur du soir, le bruit des palets d'un jeu de tonneau au silence versé du ciel, l'odeur de la poudrette à la senteur des blés verts, la barrière à l'idylle, et la Foire à la Nature ! Germinie en jouissait pourtant ; et poussant Jupillon plus loin, marchant juste au bord du chemin, elle se mettait à passer, en marchant, ses jambes dans les blés pour sentir sur ses bas leur fraîcheur et leur chatouillement.

Quand ils revenaient, elle voulait remonter sur le talus. Il n'y avait plus de soleil. Le ciel était gris en bas, rose au milieu, bleuâtre en haut. Les horizons s'assombrissaient ; les verdures se fonçaient, s'assourdissaient, les toits de zinc des cabarets prenaient des lumières de lune, des feux commençaient à piquer l'ombre, la foule devenait grisâtre, les blancs de linge devenaient bleus. Tout peu à peu s'effaçait, s'estompait, se perdait dans un reste

mourant de jour sans couleur, et de l'ombre qui
s'épaississait commençait à monter, avec le tapage
des crécelles, le bruit d'un peuple qui s'anime à la
nuit, et du vin qui commence à chanter. Sur le
talus, le haut des grandes herbes se balançait sous
la brise qui les inclinait. Germinie se décidait à
partir. Elle revenait, toute remplie de la nuit tom-
bante, s'abandonnant à l'incertaine vision des
choses entrevues, passant les maisons sans lumière,
revoyant tout sur son chemin comme pâli, lassée
par la route dure à ses pieds, et contente d'être
lasse, lente, fatiguée, défaillante à demi, et se
trouvant bien.

Aux premiers reverbères allumés de la rue du
Château, elle tombait d'un rêve sur le pavé.

XIII.

Mme Jupillon avait, quand elle voyait Germinie,
une physionomie de bonheur, quand elle l'embrassait des effusions, quand elle lui parlait des caresses
de la voix, quand elle la regardait des douceurs de
regard. La bonté de l'énorme femme semblait, avec
elle, s'abandonner à l'émotion, à la tendresse, à la
confiance d'une sorte de tendresse maternelle. Elle
faisait entrer Germinie dans la confidence de ses
comptes de marchande, de ses secrets de femme,

du fond le plus intime de sa vie. Elle semblait se
livrer à elle comme à une personne de son sang
qu'on initie à des intérêts de famille. Quand elle
parlait d'avenir, il était toujours question de Germinie comme de quelqu'un dont elle ne devait être
jamais séparée et qui faisait partie de la maison.
Souvent, elle laissait échapper de certains sourires
discrets et mystérieux, des sourires qui avaient l'air
de tout voir et de ne pas se fâcher. Quelquefois
aussi, quand son fils était assis à côté de Germinie,
arrêtant tout à coup sur eux des yeux qui se
mouillaient, des yeux de mère, elle embrassait le
couple d'un regard qui semblait unir et bénir les
deux têtes de ses enfants.

Sans jamais parler, sans prononcer un mot qui
pût être un engagement, sans s'ouvrir ni se lier, et
tout en répétant que son fils était encore bien jeune
pour entrer en ménage, elle encouragea les espé-
rances et les illusions de Germinie par l'attitude de
toute sa personne, ses airs de secrète indulgence et
de complicité de cœur, par ces silences où elle
semblait lui ouvrir les bras d'une belle-mère. Et
déployant tous ses talents de fausseté, usant de ses
mines de sentiment, de sa finesse bon enfant, de
cette ruse ronde et enveloppée qu'ont les gens gras,
la grosse femme arrivait à faire tomber devant l'assurance, la promesse tacite de ce mariage, les dernières résistances de Germinie qui à la fin se laissait arracher par l'ardeur du jeune homme ce qu'elle
croyait donner d'avance à l'amour du mari.

Dans tout ce jeu, la crémière n'avait voulu qu'une chose : s'attacher et conserver une domestique qui ne lui coûtait rien.

XIV.

Comme Germinie descendait un jour l'escalier de service, elle entendit une voix l'appeler par-dessus la rampe, et Adèle lui crier de lui remonter deux sous de beurre et dix sous d'absinthe.

— Ah! tu t'assiéras bien une minute, par exemple, lui dit Adèle quand elle lui rapporta l'absinthe et le beurre. On ne te voit plus, tu n'entres plus... Voyons! tu as bien le temps d'être avec ta vieille... C'est moi qui ne pourrais pas vivre avec une figure d'antechrist comme ça! Reste donc... C'est la maison sans ouvrage ici aujourd'hui... Il n'y a pas le sou... Madame est couchée... Toutes les fois qu'il n'y a pas d'argent, elle se couche, madame; elle reste au lit toute la journée à lire des romans. Veux-tu de ça? Et elle lui offrit son verre d'absinthe. — Non? c'est vrai, toi, tu ne bois pas... C'est drôle de ne pas boire... T'as bien tort... Dis donc, tu serais bien gentille de me faire un mot pour mon chéri... Labourieux... tu sais bien, je t'en ai parlé... Tiens, v'la la plume à madame... et de son papier, qui sent bon... Y es-tu?... En v'la un vrai, ma chère, c't' homme-là! Il est dans la

boucherie, je t'ai dit... Ah! par exemple, il ne faut
pas le contrarier!... Quand il vient de boire un
verre de sang, après avoir tué ses bêtes, il est
comme fou... et si vous l'obstinez... ah! dame, il
cogne!... Mais qu'est-ce que tu veux? C'est d'être
fort qu'il est comme ça... Si tu le voyais se taper
sur la poitrine des coups à tuer un bœuf, et vous
dire : Ça, c'est un mur!... Ah! c'est un monsieur,
celui-la!... Soignes-y sa lettre, hein? Que ça l'en-
tortille... Dis-lui des choses gentilles, tu sais... et
un peu tristes... Il adore ça... Au spectacle, il
n'aime que quand on pleure... Tiens! mets que
c'est toi qui écrives à un amoureux...

Germinie se mit à écrire.

— Dis donc, Germinie! Tu ne sais pas? Une
drôle d'idée qui a passé par la tête de madame...
Est-ce curieux des femmes comme ça, qui peuvent
aller dans le plus grand, qui peuvent tout avoir, se
payer des rois si ça leur va! Et il n'y a pas à
dire... c'est que quand on est comme madame,
quand on a ce corps-là!... Et puis avec des affu-
tiots comme elles s'en mettent tout plein, tout leur
tralala de robes, de la dentelle partout, enfin tout,
qu'est-ce que tu veux qu'on y résiste? Et si ce n'est
pas un monsieur, si c'est quelqu'un comme nous...
juge comme cela le pince encore plus : c'est ça qui
lui monte le coco, une femme en velours... Oui,
ma chère, figure-toi, v'la t'il pas que madame est
toquée de ce gamin de Jupillon! Il ne nous manquait plus que ça pour crever de faim, ici!

Germinie, la plume levée sur la lettre com-
mencée, regardait Adèle en la dévorant des yeux.

— Tu en restes de là, n'est-ce pas? dit Adèle en
lampant et savourant l'absinthe à petites gorgées, la
figure allumée de joie devant le visage décomposé
de Germinie. Ah! le fait est que c'est cocasse; mais
pour vrai, c'est vrai, je t'en flanque mon billet...
Elle a remarqué le gamin sur le pas de la boutique,
l'autre jour en revenant des Courses... Elle est entrée deux ou trois fois sous prétexte d'acheter quelque chose. Elle doit se faire apporter de la parfumerie... je crois, demain... Ah! bast, n'est-ce pas?
Ça les regarde... Eh bien! et ma lettre? Ça t'embête ce que je t'ai dit? Tu faisais ta bégueule... Moi
je ne savais pas... Ah! bien, c'est ça, nous y sommes... Ce que tu me disais pour le petit... je crois
bien que tu ne voulais pas qu'on y touche! Far-
ceuse!

Et sur un geste de dénégation de Germinie :

— Va donc, va donc! reprit Adèle. Qué que ça
me fait? Un enfant que, si on le mouchait, il lui
sortirait du lait! Merci! Ce n'est pas mon genre...
Enfin, ce sont tes affaires... Voyons maintenant ma
lettre, hein?

Germinie se pencha sur la feuille de papier. Mais
elle avait la fièvre; ses doigts nerveux faisaient
cracher la plume. — Tiens, fit-elle en la rejetant
au bout de quelques instants, je ne sais pas ce que
j'ai aujourd'hui... Je t'écrirai cela un autre jour...

— Comme tu voudras, ma petite... mais j'y

compte. Viens donc demain... Je te raconterai les
farces de madame... Nous rirons !

Et, la porte fermée, Adèle se mit à pouffer de
rire : il ne lui en avait coûté qu'une blague pour
avoir le secret de Germinie.

XV.

L'amour n'avait été pour le jeune Jupillon que la
satisfaction d'une certaine curiosité du mal, cherchant dans la connaissance et la possession d'une
femme le droit et le plaisir de la mépriser. Cet
homme, sortant de l'enfance, avait apporté à sa
première liaison, pour toute ardeur et toute
flamme, les froids instincts de polissonnerie qu'é-
veillent chez les enfants les mauvais livres, les con-
fidences de camarades, les conversations de pension, le premier souffle d'impureté qui déflore le
désir. Ce que le jeune homme met autour de la
femme qui lui cède, ce dont il la voile, les caresses,
les mots aimants, les imaginations de tendresse,
rien de cela n'existait pour Jupillon. La femme
n'était pour lui qu'une image obscène; et une passion de femme lui paraissait uniquement je ne sais
quoi de défendu, d'illicite, de grossier, de cynique
et de drôle, une chose excellente pour la désillusion
et l'ironie.

L'ironie, — l'ironie basse, lâche et mauvaise du bas peuple, — c'était tout ce garçon. Il incarnait le type de ces Parisiens qui portent sur la figure le scepticisme gouailleur de la grande ville de blague où ils sont nés. Le sourire, cet esprit et cette malice de la physionomie parisienne, était toujours chez lui moqueur, impertinent. Jupillon avait la gaieté de la bouche méchante, presque de la cruauté aux deux coins des lèvres retroussées et tressaillantes de mouvements nerveux. Sur son visage pâle des pâleurs que renvoie au teint l'eauforte mordant le cuivre, dans ses petits traits nets, décidés, effrontés, se mêlaient la crânerie, l'énergie, l'insouciance, l'intelligence, l'impudence, toutes sortes d'expressions coquines qu'adoucissait chez lui, à de certaines heures, un air de câlinerie féline. Son état de coupeur de gants, — il s'était arrêté à la ganterie après deux ou trois essais malheureux d'apprentissages divers, — l'habitude de travailler à la vitrine, d'être un spectacle pour les passants, avaient donné à toute sa personne un aplomb et des élégances de *poseur*. A l'atelier sur la rue, avec sa chemise blanche, sa petite cravate noire à la Colin, son pantalon serré sur les reins, il avait pris les dandinements, les prétentions de tenue, les grâces « canaille » de l'ouvrier regardé. Et de douteuses élégances, la raie au milieu de la tête, les cheveux sur les tempes, des cols de chemise rabattus lui découvrant tout le cou, la recherche des apparences et des coquetteries féminines, lui

donnaient une tournure incertaine, que faisaient
plus ambiguë sa figure imberbe et seulement tachée
de deux petits pinceaux de moustache, ses traits
sans sexe où la passion et la colère mettaient tout
le mauvais d'une mauvaise petite tête de femme.
Mais pour Germinie tous ces airs et ce genre de
Jupillon étaient de la distinction.

Ainsi fait, n'ayant rien en lui pour aimer, inca-
pable de se laisser attacher même par ses sens,
Jupillon se trouva tout embarrassé et tout ennuyé
devant cette adoration qui s'enivrait d'elle-même et
dont la fureur allait toujours croissant. Germinie
l'assommait. Il la trouvait ridicule dans l'humiliation, comique dans le dévouement. Il en était las,
dégoûté, insupporté. Il avait assez de son amour,
assez de sa personne. Et il ne tarda pas à s'en
écarter, sans charité, sans pitié. Il se sauva d'elle.
Il échappa à ses rendez-vous. Il prétexta des contre-
temps, des courses à faire, un travail pressé. Le
soir, elle l'attendait, il ne venait pas ; elle le croyait
occupé : il était à quelque billard borgne, à quelque
bal de barrière.

XVI.

C'était bal à la *Boule-Noire*, un jeudi. On dan-
sait.

La salle avait le caractère moderne des lieux de

plaisir du peuple. Elle était éclatante d'une richesse fausse et d'un luxe pauvre. On y voyait des peintures et des tables de marchands de vin, des appareils de gaz dorés et des verres à boire un *poisson* d'eau-de-vie, du velours et des bancs en bois, les misères et la rusticité d'une guinguette dans le décor d'un palais de carton.

Des lambrequins de velours grenat avec un galon d'or, pendus aux fenêtres, se répétaient économiquement en peinture sous les glaces éclairées d'un bras à trois lumières. Aux murs, dans de grands panneaux blancs, des pastorales de Boucher, cerclées d'un cadre peint, alternaient avec les Saisons de Prudhon, étonnées d'être là; et sur les dessus des fenêtres et des portes, des Amours hydropiques jouaient entre cinq roses décollées d'un pot de pommade de coiffeur de banlieue. Des poteaux carrés, tachés de maigres arabesques, soutenaient le milieu de la salle, au centre de laquelle une petite tribune octogone portait l'orchestre. Une barrière de chêne à hauteur d'appui et qui servait de dossier à une maigre banquette rouge, enfermait la danse. Et contre cette barrière, en dehors, des tables peintes en vert, avec des bancs de bois, se serraient sur deux rangs, et entouraient le bal avec un café.

Dans l'enceinte de la danse, sous le feu aigu et les flammes dardées du gaz, étaient toutes sortes de femmes vêtues de lainages sombres, passés, flétris, des femmes en bonnet de tulle noir, des femmes en paletot noir, des femmes en caracos élimés et râpés aux coutures, des femmes engoncées dans la palatine en fourrure des marchandes en plein vent et des boutiquières d'allées. Au milieu de cela pas un col qui encadrât la jeunesse des visages, pas un bout de jupon clair s'envolant du tourbillon de la danse, pas un réveillon de blanc dans ces femmes sombres jusqu'au bout de leurs bottines ternes, et tout habillées des couleurs de la misère. Cette absence de linge mettait dans le bal un deuil de pauvreté; elle donnait à toutes ces figures quelque chose de triste et de sale, d'éteint, de terreux, comme un vague aspect sinistre où se mêlait le retour de l'Hôpital au retour du Mont-de-piété!

Une vieille en cheveux, la raie sur le côté de la tête, passait, devant les tables, une corbeille remplie de morceaux de gâteau de Savoie et de pommes rouges. De temps en temps la danse, dans son branle et son tournoiement, montrait un bas sale, le type juif d'une vendeuse d'éponges de la rue, des doigts rouges au bout de mitaines noires, une figure bise à moustache, une sous-jupe tachée de la crotte de l'avant-veille, une crinoline d'occasion forcée et toute bossue, de l'indienne de village à fleurs, un morceau de défroque de femme entretenue.

Les hommes avaient le paletot, la petite casquette flasque rabattue par derrière, le cache-nez de laine dénoué et pendant dans le dos. Ils invitaient les femmes en les tirant par les rubans de leurs bonnets, volant derrière elles. Quelques-uns,

en chapeaux, en redingotes, en chemises de couleur, avaient un air de domesticité insolente et
d'écurie de grande maison.

Tout sautait et s'agitait. Les danseuses se déme-
naient, tortillaient, cabriolaient, animées, pataudes
et déchaînées sous le coup de fouet d'une joie bes-
tiale. Et dans les avant-deux, l'on entendait des
adresses se donner : Impasse du Dépotoir.

Ce fut là que Germinie entra, au moment où
finissait le quadrille sur l'air de la *Casquette du
père Bugeaud*, dans lequel les cymbales, les grelots
de poste, le tambour, avaient donné à la danse
l'étourdissement et la folie de leur bruit. D'un regard elle embrassa la salle, tous les hommes rame-
nant leurs danseuses à la place marquée par leurs
casquettes : on l'avait trompée; *il* n'y était pas,
elle ne le vit pas. Cependant elle attendit. Elle entra dans l'enceinte du bal, et s'assit, en tâchant de
ne pas avoir l'air trop gêné, sur le bord d'une
banquette. A leurs bonnets de linge, elle avait
jugé que les femmes assises en file à côté d'elle
étaient des domestiques comme elle : ces camarades l'intimidaient moins que ces petites filles du
bal, en cheveux et en filet, les mains dans les poches de leur paletot, l'œil effronté, la bouche chan-
tonnante. Mais bientôt elle éveilla, même sur son
banc, une attention malveillante. Son chapeau, —
une douzaine de femmes seulement dans le bal portaient chapeau, — son jupon à dents dont le blanc
passait sous sa robe, la broche d'or de son châle,

firent autour d'elle une curiosité hostile. On lui jeta
des regards, des sourires qui lui voulaient du mal.
Toutes les femmes avaient l'air de se demander
d'où sortait cette nouvelle venue, et de se dire
qu'elle venait prendre les amants des autres. Des
amies qui se promenaient dans la salle, nouées
comme pour une valse, avec leurs mains glissées à
la taille, en passant devant elle, lui faisaient baisser les yeux, puis s'éloignaient avec des hausse-
ments d'épaule, en tournant la tête.

Elle changeait de place : elle retrouvait les mêmes
sourires, la même hostilité, les mêmes chuchote-
ments. Elle alla jusqu'au fond de la salle : tous ces
yeux de femmes l'y suivaient; elle se sentait enveloppée de regards de méchanceté et d'envie, depuis
le bas de sa robe jusqu'aux fleurs de son chapeau.
Elle était rouge. Par moments elle craignait de
pleurer. Elle voulait s'en aller, mais le courage lui
manquait pour traverser la salle toute seule.

Elle se mit à regarder machinalement une vieille
femme faisant lentement le tour de la salle d'un
pas silencieux comme le vol d'un oiseau de nuit
qui tourne. Un chapeau noir, couleur de papier
brûlé, enfermait ses bandeaux de cheveux grison-
nants. De ses épaules d'homme, carrées et remon-
tées, pendait un tartan écossais aux couleurs mortes. Arrivée à la porte, elle jeta un dernier regard
dans la salle, et l'embrassa toute de l'œil d'un vau-
tour qui cherche de la viande, et n'en trouve pas.

Tout à coup, on cria : c'était un garde de Paris

qui jetait à la porte un petit jeune homme essayant
de lui mordre les mains, et se cramponnant aux
tables contre lesquelles, en tombant, il faisait le
bruit sec d'une chose qui se casse...

Comme Germinie détournait la tête, elle aperçut
Jupillon : il était là, dans un rentrant de fenêtre, à
une table verte, fumant, entre deux femmes. L'une
était une grande blonde, aux cheveux de chanvre
rares et frisotés, la figure plate et bête, les yeux
ronds. Une chemise de flanelle rouge lui plissait au
dos, et elle faisait sauter avec les deux mains les
deux poches d'un tablier noir sur sa jupe marron.
L'autre, petite, noireaude, toute rouge de s'être
débarbouillée au savon, était encapuchonnée, avec
une coquetterie de harangère, dans une capeline
de tricot blanc à bordure bleue.

Jupillon avait reconnu Germinie. Quand il la vit
se lever et venir à lui, les yeux fixes, il se pencha
à l'oreille de la femme à la capeline, et se carrant
dans sa pose, les deux coudes sur la table, il attendit.

— Tiens ! te v'la, fit-il quand Germinie fut devant lui immobile, droite, muette. En voilà une, de
surprise !... Garçon ! un autre saladier !

Et vidant le saladier de vin sucré dans le verre
des deux femmes : — Voyons, reprit-il, ne fais pas
ta tête... Mets-toi là...

Et comme Germinie ne bougeait pas : — Va
donc ! C'est des dames à mes amis... demande-
leur ! — Mélie, dit à l'autre femme la femme à la

capeline, avec sa voix de *mauvaise gale*, tu ne vois donc pas? C'est la mère à monsieur! Fais y donc place à c'te dame, puisqu'elle veut bien boire avec nous...

Germinie jeta à la femme un regard d'assassin.

— Eh bien! quoi? reprit la femme; ça vous vexe, madame? Excusez! fallait prévenir... Quel âge donc qu'elle se croit, hein, Mélie? Sapristi! Tu les choisis jeunes, toi, tu ne te gênes pas!...

Jupillon souriait en dessous, se dandinait, ricanait en dedans. Toute sa personne laissait percer la joie lâche qu'ont les méchants à voir souffrir ceux qui souffrent de les aimer.

— J'ai à te parler... à toi... pas ici... en bas, lui dit Germinie.

— Bien de l'agrément! Arrives-tu, Mélie? dit la femme à la capeline en rallumant un bout de cigare éteint, oublié par Jupillon sur la table, près d'un rond de citron.

— Qu'est-ce que tu veux? fit Jupillon remué malgré lui par l'accent de Germinie.

— Viens!

Et elle se mit à marcher devant lui. Sur son passage, on se pressait, on riait. Elle entendait des voix, des phrases, un murmure de huées.

XVII.

Jupillon promit à Germinie de ne plus retourner au bal. Mais le jeune homme avait un commencement de réputation à la Brididi, dans ces bastringues de barrière, à la *Boule-Noire*, à la *Reine Blanche*, à l'*Ermitage*. Il était devenu le danseur qui fait lever les consommateurs des tables, le danseur qui suspend toute une salle à la semelle de sa botte jetée à deux pouces au-dessus de sa tête, le danseur qu'invitent et que rafraîchissent quelquefois, pour danser avec elles, les danseuses de l'endroit. Le bal pour lui n'était plus seulement le bal, c'était un théâtre, un public, une popularité, des applaudissements, le murmure flatteur de son nom dans des groupes, l'ovation d'une gloire de cancan dans le feu des quinquets.

Le dimanche, il n'alla pas à la *Boule-Noire*; mais le jeudi qui suivit ce dimanche, il y retourna; et Germinie, voyant bien qu'elle ne pouvait l'empêcher d'y aller, se décida à l'y suivre et à y rester tout le temps qu'il y restait. Assise à une table, au fond, dans le coin le moins éclairé de la salle, elle le suivait et le guettait des yeux pendant toute la contredanse; et le quadrille fini, s'il tardait, elle allait le reprendre, le retirer presque de force des mains et

des caresses des femmes s'obstinant à le tirailler, à
le retenir par un jeu de méchanceté.

Comme bientôt on la connut, l'injure autour
d'elle ne fut plus vague, sourde, lointaine, comme
au premier bal. Les paroles l'attaquèrent en face,
les rires lui parlèrent tout haut. Elle fut obligée de
passer ses trois heures dans des risées qui la dési-
gnaient, la montraient du doigt, la nommaient,
lui clouaient son âge sur la figure. Elle était à
tout moment obligée d'essuyer ce mot : la vieille !
que les jeunes drôlesses lui crachaient en passant,
par-dessus l'épaule. Encore celles-là la regardaient-
elles ; mais souvent des danseuses invitées à boire
par Jupillon, amenées par lui à la table où était
Germinie, buvant le saladier de vin chaud qu'elle
payait, restaient accoudées, la joue sur la main,
paraissant ne pas voir qu'il y avait une femme là,
avançant sur sa place comme sur une place vide,
et ne lui répondant pas quand elle leur parlait.
Germinie eût tué ces femmes que Jupillon lui faisait
régaler et qui la méprisaient tant qu'elles ne s'aper-
cevaient pas seulement de sa présence.

Il arriva qu'à bout de souffrances, révoltée de
tout ce qu'elle buvait là d'humiliations, elle eut
l'idée de danser, elle aussi. Elle ne voyait que ce
moyen de ne pas laisser son amant à d'autres, de
le tenir toute la soirée, peut-être de l'attacher à
son succès si elle avait la chance de réussir. Tout
un mois elle travailla, en cachette, pour arriver à
danser. Elle répéta les figures, les pas. Elle força

son corps, elle sua à chercher ces coups de reins,
ces tours de jupe qu'elle voyait applaudir. Au bout
de cela, elle se risqua : mais tout la démonta et
ajouta à sa gaucherie, le milieu hostile dans lequel
elle se sentait, les sourires d'étonnement et de
pitié qui avaient couru sur les lèvres lorsqu'elle
avait pris place dans l'enceinte de la danse. Elle
fut si ridicule et si moquée qu'elle n'eut pas le
courage de recommencer. Elle se renfonça som-
brement dans son coin obscur, n'en sortant que
pour aller chercher et ramener Jupillon avec la
muette violence d'une femme qui arrache son
homme au cabaret et le remporte par le bras.

Le bruit se répandit bientôt dans la rue que Germinie allait à ces bals, qu'elle n'en manquait pas
un. La fruitière, chez laquelle Adèle avait déjà ba-
vardé, envoya son fils « pour voir ; » il revint en
disant que c'était vrai, et raconta toutes les misères
qu'on faisait à Germinie et qui ne l'empêchaient
pas de revenir. Alors il n'y eut plus de doute dans
le quartier sur les relations de la domestique de
mademoiselle avec Jupillon, relations que quelques
âmes charitables contestaient encore. Le scandale
éclata, et, en une semaine, la pauvre fille, traînée
dans toutes les médisances du quartier, baptisée et
saluée des plus sales noms de la langue des rues,
tomba d'un coup, de l'estime la plus hautement té-
moignée, au mépris le plus brutalement affiché.

Jusque-là son orgueil — et il était grand — avait
joui de ce respect, de cette considération qui en-

toure, dans les quartiers de lorettes, la domestique
qui sert honnêtement une personne honnête. On
l'avait habituée à des égards, à des déférences, à
des attentions. Elle était à part de ses camarades.
Sa probité insoupçonnable, sa conduite dont il n'y
avait rien à dire, sa position de confiance chez mademoiselle, ce qui rejaillissait sur elle de l'honora-
bilité de sa maîtresse, faisaient que les marchands
la traitaient sur un autre pied que les autres bonnes.
On lui parlait la casquette à la main ; on lui disait
toujours : *mademoiselle Germinie*. On se dépêchait
de la servir ; on lui avançait l'unique chaise de la
boutique pour la faire attendre. Lors même qu'elle
marchandait, on restait poli avec elle, et on ne
l'appelait pas *raleuse*. Les plaisanteries un peu trop
vives s'arrêtaient devant elle. Elle était invitée aux
grands repas, aux fêtes de famille, consultée sur les
affaires.

Tout changea dès que furent connues ses relations avec Jupillon, ses assiduités à la *Boule-Noire*.
Le quartier se vengea de l'avoir respectée. Les
bonnes éhontées de la maison s'approchèrent d'elle
comme d'une semblable. Une, dont l'amant était à
Mazas, lui dit : « Ma chère. » Les hommes l'abor-
dèrent avec familiarité, la tutoyèrent du regard, du
ton, du geste, de la main. Les enfants mêmes, sur le
trottoir, autrefois dressés à lui faire « un beau ser-
viteur, » se sauvèrent d'elle comme d'une personne
dont on leur avait dit d'avoir peur. Elle se sentait
traitée sous la main, servie à la diable. Elle ne pou-

vait faire un pas sans marcher dans le mépris et
recevoir sa honte sur la joue.

Ce fut pour elle une horrible déchéance d'elle-
même. Elle souffrit comme si on lui arrachait, lambeau à lambeau, son honneur dans le ruisseau.
Mais à mesure qu'elle souffrait, elle se serrait contre son amour et se cramponnait à lui. Elle ne lui
en voulait pas, elle ne lui reprochait rien. Elle
s'y attachait par toutes les larmes qu'il faisait
pleurer à son orgueil. Et toute repliée, resserrée
sur sa faute, on la voyait dans cette rue où elle
passait tout à l'heure fière et le front haut, aller
furtive et fuyante, l'échine basse, le regard oblique,
inquiète d'être reconnue, pressant le pas devant les
boutiques qui lui balayaient leurs médisances sur
les talons.

XVIII.

Jupillon se plaignait sans cesse de l'ennui de travailler pour les autres, de ne pas être « à ses pièces, »
de ne pouvoir trouver dans la bourse de sa mère
quinze ou dix-huit cents francs. Il ne demandait pas
une plus grosse somme pour louer deux chambres
au rez-de-chaussée et monter un petit fonds de ganterie. Et déjà il faisait ses plans et ses rêves : il
s'établirait dans le quartier, quartier excellent pour
son commerce, plein d'acheteuses et de gâcheuses

de chevreaux à cinq francs. Aux gants, il joindrait
bientôt la parfumerie, les cravates ; puis avec de
gros bénéfices, son fonds revendu, il irait prendre
un magasin rue Richelieu.

Chaque fois qu'il parlait de cela, Germinie lui demandait mille explications. Elle voulait savoir tout
ce qu'il faut pour s'établir. Elle se faisait nommer
les outils, les accessoires, indiquer leurs prix, leurs
débitants. Elle l'interrogeait sur son état, son travail, si curieusement, si longuement, qu'à la fin
Jupillon impatienté finissait par lui dire : — Qu'est-
ce que ça te fait tout ça ? L'ouvrage m'embête déjà
assez ; ne m'en parle pas !

Un dimanche, elle montait avec lui vers Montmartre. Au lieu de prendre par la rue Frochot, elle
prit par la rue Pigalle.

— Mais ce n'est pas par là, lui dit Jupillon. — Je
sais bien, dit-elle, viens toujours.

Elle lui avait pris le bras et marchait en se dé-
tournant un peu de lui pour qu'il ne vît pas ce qui
passait sur son visage. Au milieu de la rue Fon-
taine-Saint-Georges, elle l'arrêta brusquement devant deux fenêtres de rez-de-chaussée, et lui dit :
— Tiens ! Elle tremblait de joie.

Jupillon regarda : il vit entre les deux fenêtres
sur une plaque à lettres de cuivre qui brillaient :

Magasin de Ganterie.

JUPILLON.

Il vit des rideaux blancs à la première fenêtre.

9.

A travers les carreaux de la seconde, il aperçut des casiers, des cartons, et devant, le petit établi de son état, avec les grands ciseaux, le pot à *retailles*, et le couteau à *piquer* pour *déborder* les peaux.

— Ta clef est chez le portier, lui dit-elle.

Ils entrèrent dans la première pièce, dans le magasin.

Elle se mit à vouloir tout lui montrer. Elle lui ouvrait les cartons, et elle riait. Puis poussant la porte de l'autre chambre : — Vois-tu, tu n'étouffe-ras pas là comme dans la soupente de ta mère... Ça te plaît-il? Oh! ce n'est pas beau, mais c'est propre... Je t'aurais voulu de l'acajou.... Ça te plaît-il, cette descente de lit là ?... Et le papier... je je n'y pensais plus... Elle lui mit dans la main une quittance de loyer. — Tiens! c'est pour six mois... Ah! dame, il faut que tu te mettes tout de suite à gagner de l'argent... Voilà mes quatre sous de la caisse d'épargne finis du coup... Ah! tiens, laisse-moi m'asseoir... T'as l'air si content... ça me fait un effet... ça me tourne... je n'ai plus de jambes....

Et elle se laissa glisser sur une chaise. Jupillon se pencha sur elle pour l'embrasser.

— Ah! oui, il n'y en a plus, lui dit-elle, en lui voyant chercher de l'œil ses boucles d'oreilles. C'est comme mes bagues... Tiens, vois-tu, plus rien...

Et elle lui montra ses mains dégarnies des pauvres bijoux qu'elle avait travaillé si longtemps à

s'acheter. — Ç'a été le fauteuil, tout ça, vois-tu...
mais il est tout crin...

Et comme Jupillon restait devant elle avec l'air
d'un homme embarrassé qui cherche les phrases
d'un remerciement :

— Mais tu es tout drôle... Qu'est-ce que tu as?...
Ah! c'est pour ça ?... Et elle lui montra la chambre. — T'es bête!... je t'aime, n'est-ce pas? Eh
bien?

Germinie dit cela simplement, comme le cœur dit
les choses sublimes.

XIX.

Elle devint enceinte.

D'abord elle douta, elle n'osait le croire. Puis,
quand elle fut certaine d'être grosse, une immense
joie la remplit, une joie qui lui noya l'âme. Son
bonheur fut si grand et si fort qu'il étouffa d'un
seul coup les angoisses, les craintes, le tremblement de pensées qui se mêle d'ordinaire à la maternité des femmes non mariées et leur empoisonne
l'attente de l'enfantement, la divine espérance vivante et remuante en elles. L'idée du scandale
de sa liaison découverte, de l'éclat de sa faute
dans le quartier, l'idée de cette chose abominable
qui l'avait fait toujours penser au suicide : le dés-
honneur, même la peur de se voir découverte

par mademoiselle, d'être chassée par elle, rien de
tout cela ne put toucher à sa félicité. Comme si
elle l'eût déjà soulevé dans ses bras devant elle,
l'enfant qu'elle attendait ne lui laissait rien voir
que lui ; et se cachant à peine, elle portait presque
fièrement, sous les regards de la rue, sa honte de
femme dans l'orgueil et le rayonnement de la mère
qu'elle allait être.

Elle se désolait seulement d'avoir dépensé toutes
ses économies, d'être sans argent et en avance de
plusieurs mois sur ses gages avec sa maîtresse. Elle
regrettait amèrement d'être pauvre pour recevoir
son enfant. Souvent, en passant rue Saint-Lazare,
elle s'arrêtait devant un magasin de blanc à l'étalage duquel étaient exposées des layettes d'enfants
riches. Elle dévorait des yeux tout ce joli linge ou-
vragé et coquet, les bavettes de piqué, la longue
robe à courte taille garnie de broderies anglaises,
toute cette toilette de chérubin et de poupée. Une
terrible envie, l'envie d'une femme grosse, la
prenait de briser la glace et de voler tout cela :
derrière l'échafaudage de l'étalage, les commis
habitués à la voir stationner se la montraient en
riant.

Puis encore par instants, dans ce bonheur qui
l'inondait, dans ce ravissement de joie qui soulevait
tout son être, une inquiétude la traversait. Elle se
demandait comment le père accepterait son enfant.
Deux ou trois fois, elle avait voulu lui annoncer sa
grossesse, et n'avait pas osé. Enfin un jour, lui

voyant la figure qu'elle attendait depuis si longtemps pour lui tout dire, une figure où il y avait
un peu de tendresse, elle lui avoua, en rougissant
et comme en lui demandant pardon, ce qui la rendait si heureuse. — En voilà une idée! fit Jupillon.

Puis, quand elle l'eut assuré que ce n'était pas
une idée, qu'elle était positivement grosse de cinq
mois : — De la chance! reprit le jeune homme.
— Merci! Et il jura. — Veux-tu me dire un peu,
qu'est-ce qui lui donnera la becquée, à ce moi-
neau-là?

— Oh! sois tranquille!... il ne pâtira pas, ça me
regarde... Et puis ça sera si gentil!... N'aie pas
peur, on ne saura rien... Je m'arrangerai... Tiens!
les derniers jours, je marcherai comme ça, la tête
en arrière... je ne porterai plus de jupons... je me
serrerai, tu verras!... On ne s'apercevra de rien,
je te dis.... Un petit enfant, à nous deux, songe
donc!

— Enfin puisque ça y est, ça y est, n'est-ce pas?
fit le jeune homme.

— Dis donc, hasarda timidement Germinie, si tu
le disais à ta mère?

— A m'man?.... Ah! non, par exemple... Il faut
que tu accouches.... Ensuite de ça, nous apporte-
rons le moutard à la maison... Ça lui donnera un
coup, et peut-être qu'elle nous lâchera son consentement.

XX.

Le jour des Rois arriva. C'était le jour d'un grand
dîner donné régulièrement chaque année par Mlle de
Varandeuil. Elle invitait ce jour-là tous les enfants
de sa famille, ou de ses amitiés, petits ou grands.
A peine si le petit appartement pouvait les contenir.
On était obligé de mettre une partie des meubles
sur le carré. Et l'on dressait une table dans chacune
des deux pièces qui formaient tout l'appartement
de mademoiselle. Pour les enfants, ce jour était
une grande joie qu'ils se promettaient huit jours
d'avance. Ils montaient en courant l'escalier, derrière les garçons pâtissiers. A table, ils mangeaient
trop sans être grondés. Le soir ils ne voulaient pas
se coucher, grimpaient sur les chaises, et faisaient
un tapage qui donnait toujours à Mlle de Varandeuil
une migraine le lendemain ; mais elle ne leur en
voulait pas : elle avait eu les bonheurs d'une fête
de grand'mère à les entendre, à les voir, à leur
nouer par derrière la serviette blanche qui les faisait
paraître si roses. Et pour rien au monde elle n'eût
manqué de donner ce dîner, qui remplissait son
appartement de vieille fille de toutes ces petites
têtes blondes de petits diables, et y mettait en un
jour du bruit, de la jeunesse et des rires pour un an.

Germinie était en train de faire ce dîner. Elle
fouettait une crème dans une terrine sur ses genoux,
quand tout à coup elle sentit les premières douleurs. Elle se regarda dans le bout de glace cassée
qu'elle avait au-dessus de son buffet de cuisine : elle
se vit pâle. Elle descendit chez Adèle : — Donne-
moi le rouge à ta maîtresse, lui dit-elle. Et elle
s'en mit sur les joues. Puis elle remonta, et ne
voulant pas s'écouter souffrir, elle finit son dîner.
Il fallait le servir, elle le servit. Au dessert, pour
donner des assiettes, elle s'appuyait aux meubles,
se retenait au dossier des chaises, cachant sa torture avec l'horrible sourire crispé des gens dont les
entrailles se tordent.

— Ah! çà, tu es malade?... lui dit sa maîtresse
en la regardant.

— Oui, mademoiselle, un peu... c'est peut-être
le charbon, la cuisine...

— Allons, va te coucher... on n'a plus besoin de
toi, tu desserviras demain.

Elle redescendit chez Adèle.

— Ça y est, lui dit-elle, vite un fiacre... C'est
rue de la Huchette, que tu m'as dit, en face d'un
planeur de cuivre, ta sage-femme, n'est-ce pas?
Tu n'as pas une plume, du papier?

Et elle se mit à écrire un mot pour sa maîtresse.
Elle lui disait qu'elle était trop souffrante, qu'elle
allait à l'hôpital, qu'elle ne lui disait pas où, parce
qu'elle se fatiguerait à venir la voir, que dans huit
jours elle serait revenue.

— Voilà! fit Adèle essoufflée en lui donnant le numéro du fiacre.

— Je peux y rester... lui dit Germinie, pas un mot à mademoiselle... Voilà tout... Jure-moi, pas un mot!

Elle descendait l'escalier, lorsqu'elle rencontra Jupillon :

— Tiens! fit-il, où vas-tu? tu sors?

— Je vais accoucher... Ça m'a pris dans la journée... Il y avait un grand dîner... Ah! ç'a été dur!... Pourquoi viens-tu? Je t'avais dit de ne jamais venir, je ne veux pas!

— C'est que... je vais te dire... dans ce moment-ci j'ai absolument besoin de quarante francs. Mais là, vrai, absolument besoin.

— Quarante francs! Mais je n'ai que juste pour la sage-femme...

— C'est embêtant... voilà! Que veux-tu? Et il lui donna le bras pour l'aider à descendre.—Cristi! je vais avoir du mal à les avoir tout de même.

Il avait ouvert la portière de la voiture : — Où faut-il qu'il te mène?

— A la Bourbe... lui dit Germinie. Et elle lui glissa les quarante francs dans la main.

— Laisse donc, fit Jupillon.

— Ah! va... là ou autre part! Et puis j'ai encore sept francs.

Le fiacre partit.

Jupillon resta un moment immobile sur le trottoir, regardant les deux napoléons dans sa main. Puis il

se mit à courir après le fiacre, et, l'arrêtant, il dit
à Germinie par la portière :

— Au moins, je vais te conduire?

— Non, je souffre trop... J'aime mieux être seule,
lui répondit Germinie, en se tortillant sur les coussins du fiacre.

Au bout d'une éternelle demi-heure, le fiacre
s'arrêta rue de Port-Royal, devant une porte noire
surmontée d'une lanterne violette qui annonçait aux
étudiants en médecine de passage dans la rue qu'il
y avait, cette nuit-là et dans ce moment-là, la curiosité et l'intérêt d'un accouchement laborieux à la
Maternité.

Le cocher descendit de son siége et sonna. Le
concierge, aidé d'une fille de salle, prenant Germinie sous les bras, la monta à l'un des quatre lits de
la salle d'accouchement. Une fois dans le lit, ses
douleurs se calmèrent un peu. Elle regarda autour
d'elle, vit les autres lits vides, et au fond de l'immense pièce, une grande cheminée de campagne
flambante d'un grand feu devant lequel, accrochés
à une barre de fer, séchaient des langes, des draps,
des alèses.

Une demi-heure après, Germinie accouchait; elle
mit au monde une petite fille. On roula son lit dans
une autre salle. Elle était là depuis plusieurs
heures, abîmée dans ce doux affaissement de la
délivrance qui suit les épouvantables déchirements
de l'enfantement, tout heureuse et tout étonnée
de vivre encore, nageant dans le soulagement et

profondément pénétrée du vague bonheur d'avoir
créé. Tout à coup, un cri : — Je me meurs! lui fit
regarder à côté d'elle : elle vit une de ses voisines
jeter ses bras autour du cou d'une élève sage-femme
de garde, retomber presque aussitôt, remuer un
instant sous les draps, puis ne plus bouger. Presque
au même instant, d'un lit à côté, il s'éleva un autre
cri horrible, perçant, terrifié, le cri de quelqu'un
qui voit la mort : c'était une femme qui appelait
avec des mains désespérées la jeune élève; l'élève
accourut, se pencha, et tomba raide évanouie par
terre.

Alors le silence revint; mais entre ces deux mortes
et cette demi-morte que le froid du carreau mit
plus d'une heure à faire revenir, Germinie et les
autres femmes encore vivantes dans la salle restèrent sans même oser tirer la sonnette d'appel et
de secours pendue dans chaque lit.

Il y avait alors à la Maternité une de ces terribles
épidémies puerpérales qui soufflent la mort sur la
fécondité humaine, un de ces empoisonnements de
l'air qui vident, en courant, par rangées, les lits des
accouchées, et qui autrefois faisaient fermer la
Clinique : on croirait voir passer la peste, une peste
qui noircit les visages en quelques heures, enlève
tout, emporte les plus fortes, les plus jeunes, une
peste qui sort des berceaux, la Peste noire des
mères! C'était tout autour de Germinie, à toute
heure, la nuit surtout, des morts telles qu'en fait la
fièvre de lait, des morts qui semblaient violer la

nature, des morts tourmentées, furieuses de cris,
troublées d'hallucination et de délire, des agonies
auxquelles il fallait mettre la camisole de force de la
folie, des agonies qui s'élançaient tout à coup, hors
d'un lit, en emportant les draps, et faisaient frissonner toute la salle de l'idée de voir revenir les
mortes de l'amphithéâtre! La vie s'en allait là comme
arrachée du corps. La maladie même y avait une
forme d'horreur et une monstruosité d'apparence.
Dans les lits, aux lueurs des lampes, les draps se
soulevaient vaguement et horriblement, au milieu,
sous les enflures de la péritonite.

Pendant cinq jours, Germinie, pelotonnée et se
ramassant dans son lit, fermant comme elle pouvait
les yeux et les oreilles, eut la force de combattre
toutes ces terreurs et de n'y céder que par moments.
Elle voulait vivre et elle se rattachait à ses forces
par la pensée de son enfant, par le souvenir de
mademoiselle. Mais le sixième jour, elle fut à bout
d'énergie, son courage l'abandonna. Un froid lui
passa dans l'âme. Elle se dit que tout était fini.
Cette main que la mort vous pose sur l'épaule, le
pressentiment de mourir, la touchait déjà. Elle sentait cette première atteinte de l'épidémie, la croyance
de lui appartenir et l'impression d'en être déjà à
demi possédée. Sans se résigner, elle s'abandonnait.
A peine si sa vie, vaincue d'avance, faisait encore
l'effort de se débattre. Elle en était là, lorsqu'une
tête se pencha, comme une lumière, sur son lit.

C'était la tête de la plus jeune des élèves, une

tête blonde, aux grands cheveux d'or, aux yeux
bleus si doux que les mourantes voyaient le ciel s'y
ouvrir. En l'apercevant, les femmes dans le délire
disaient : — Tiens! la sainte Vierge !

— Mon enfant, dit l'élève à Germinie, vous allez
demander tout de suite votre permis. Il faut vous
en aller. Vous vous mettrez bien chaudement. Vous
vous garnirez bien... Aussitôt que vous serez chez
vous couchée, vous prendrez quelque chose de
bouillant, de la tisane, du tilleul... Vous tâcherez
de suer... Comme ça, vous n'aurez pas de mal...
Mais allez-vous-en... Ici, cette nuit, fit-elle en
promenant son regard sur les lits, il ne ferait pas
bon pour vous... Ne dites pas que c'est moi qui
vous fais partir : vous me feriez mettre à la porte...

XXI.

Germinie se rétablit en quelques jours. La joie
et l'orgueil d'avoir donné le jour à une petite créature où sa chair était mêlée à la chair de l'homme
qu'elle aimait, le bonheur d'être mère, la sauvèrent
des suites d'une couche mal soignée. Elle revint à
la santé, et elle eut à vivre un air de plaisir que sa
maîtresse ne lui avait jamais vu.

Tous les dimanches, quelque temps qu'il fît, elle

s'en allait sur les onze heures : mademoiselle
croyait qu'elle allait voir une amie à la campagne,
et elle était enchantée du bien que faisaient à sa
bonne ces journées au grand air. Germinie prenait
Jupillon qui se laissait emmener sans trop rechigner,
et ils partaient pour Pommeuse où était l'enfant, et
où les attendait un bon déjeuner commandé par la
mère. Une fois dans le vagon du chemin de fer de
Mulhouse, Germinie ne parlait plus, ne répondait
plus. Penchée à la portière, elle semblait avoir toutes
ses pensées devant elle. Elle regardait, comme si
son désir voulait dépasser la vapeur. Le train à
peine arrêté, elle sautait, jetait son billet à l'homme
des billets, et courait dans le chemin de Pommeuse, laissant Jupillon derrière elle. Elle approchait, elle arrivait, elle y était : c'était là ! Elle fondait sur son enfant, l'enlevait des bras de la nourrice
avec des mains jalouses, — des mains de mère ! — le
pressait, le serrait, l'embrassait, le dévorait de baisers, de regards, de rires ! Elle l'admirait un instant,
puis égarée, bienheureuse, folle d'amour, le cou-
vrait jusqu'au bout de ses petits pieds nus des
tendresses de sa bouche. On déjeunait. Elle s'atta-
blait, l'enfant sur ses genoux, et ne mangeait pas :
elle l'avait tant embrassé qu'elle ne l'avait pas
encore vu, et elle se mettait à chercher, à détailler
la ressemblance de la petite avec eux deux. Un
trait était à lui, un autre à elle : — C'est ton nez...
c'est mes yeux... Elle aura les cheveux comme les
tiens avec le temps... Ils friseront !... Vois-tu, voilà

tes mains... c'est tout toi... Et c'était pendant des
heures ce radotage intarissable et charmant des
femmes qui veulent faire à un homme la part de
leur fille. Jupillon se prêtait à tout cela sans trop
d'impatience, grâce à des cigares à trois sous que
Germinie tirait de sa poche et qu'elle lui donnait
un à un. Puis il avait trouvé une distraction : au
bout du jardin passait le Morin. Jupillon était pari-
sien : il aimait la pêche à la ligne.

Et l'été venu, ils se tenaient là toute la journée,
au fond du jardin, au bord de l'eau, Jupillon sur
une planche à laver jetée sur deux piquets, sa ligne
à la main, Germinie, son enfant dans sa jupe, assise
par terre sous le néflier penché sur la rivière. Le
jour étincelait; le soleil brûlait la grande eau cou-
rante d'où se levaient des éclairs de miroir. C'était
comme une joie de feu du ciel et de la rivière, au
milieu de laquelle Germinie tenait sa fille debout et
la faisait piétiner sur elle, nue et rose, avec sa
brassière écourtée, la peau tremblante de soleil par
places, la chair frappée de rayons comme de la
chair d'ange qu'elle avait vue dans les tableaux.
Elle ressentait de divines douceurs, quand la petite,
avec ces mains tâtillonnantes des enfants qui ne parlent pas encore, lui touchait le menton, la bouche,
les joues, s'obstinait à lui mettre les doigts dans
les yeux, les arrêtait, en jouant, sur son regard, et
promenait sur tout son visage le chatouillement et
le tourment de ces chères petites menottes qui
semblent chercher à l'aveuglette la face d'une mère:

c'était comme si la vie et la chaleur de son enfant lui erraient sur la figure. De temps en temps, en-voyant par-dessus la tête de la petite la moitié de son sourire à Jupillon, elle lui criait : — Mais re-garde-la donc !

Puis, l'enfant s'endormait avec cette bouche ouverte qui rit au sommeil. Germinie se penchait sur son souffle; elle écoutait son repos. Et peu à peu bercée à cette respiration d'enfant, elle s'ou-bliait délicieusement à regarder ce pauvre lieu de son bonheur, le jardin agreste, les pommiers aux feuilles garnies de petits escargots jaunes, aux pommes rosées du côté du midi, les *rames* où s'en-roulaient, au pied, tordues et grillées, les tiges de pois, le carré de choux, les quatre tournesols dans le petit rond au milieu de l'allée; puis, tout près d'elle, au bord de la rivière, les places d'herbe remplies de *foirolle*, les têtes blanches des orties contre le mur, les boîtes de laveuses et les bou-teilles d'eau de lessive, la botte de paille éparpillée par la folie d'un jeune chien sortant de l'eau. Elle regardait et rêvait. Elle songeait au passé, en ayant son avenir sur les genoux. De l'herbe, des arbres, de la rivière qui étaient là, elle refaisait, avec le souvenir, le rustique jardin de sa rustique enfance. Elle revoyait les deux pierres descendant à l'eau où sa mère, avant de la coucher, l'été, lui lavait les pieds quand elle était toute petite...

— Dites donc, père Remalard, dit, par une des plus chaudes journées d'août, Jupillon, posté sur sa planche, au bonhomme qui le regardait, — savez-vous que ça ne pique pas pour un liard avec le ver rouge?

  — Y faudrait de l'asticot, dit sentencieusement le paysan.

  — Eh bien! on se payera de l'asticot! Père Remalard, faut avoir un mou de veau jeudi, vous m'accrocherez ça dans c't arbre... et dimanche nous verrons bien.

Le dimanche, Jupillon fit une pêche miraculeuse, et Germinie entendit la première syllabe sortir de la bouche de sa fille.

XXII.

Le mercredi matin, en descendant, Germinie trouva une lettre pour elle. Dans cette lettre, écrite au revers d'une quittance de blanchisseur, la femme Remalard lui disait que son enfant était tombée malade presque aussitôt qu'elle était partie; que depuis elle allait toujours plus mal; qu'elle avait consulté le docteur; qu'il lui avait parlé d'une mauvaise mouche qui avait piqué la petite; qu'elle avait été la faire voir une seconde fois; qu'elle ne savait plus que faire; qu'elle avait fait faire des pèlerinages pour elle. La lettre finissait : « Si vous voyiez comme j'ai de l'embarras pour votre petite...

si vous voyiez comme elle est gentille quand elle
n'endure pas de mal! »

Cette lettre fit à Germinie l'effet d'un grand coup
qui vous pousse en avant. Elle sortit et se dirigea
machinalement du côté du chemin de fer qui menait
chez sa petite. Elle était en cheveux et en pantoufles; mais elle n'y songeait pas. Il fallait qu'elle vît
son enfant, qu'elle le vît tout de suite. Après, elle
reviendrait. Elle pensa un moment au déjeuner de
mademoiselle, puis l'oublia. Tout à coup, à mi-
chemin dans la rue, elle vit l'heure à l'horloge d'un
bureau de fiacres : elle se rappela qu'il n'y avait
pas de départ à cette heure-là. Elle retourna sur
ses pas, se dit qu'elle allait bâcler le déjeuner, puis
qu'elle trouverait un prétexte pour être libre le
reste de la journée. Mais le déjeuner servi, elle ne
trouva rien : elle avait la tête si pleine de son enfant qu'elle ne put inventer un mensonge; son
imagination était stupide. Et puis, si elle avait
parlé, demandé, elle aurait éclaté; elle se sentait
sur les lèvres : C'est pour voir ma petite! La nuit,
elle n'osa se sauver; mademoiselle avait été un peu
souffrante la nuit précédente : elle avait peur
qu'elle n'eût besoin d'elle.

Le lendemain, quand elle entra chez mademoiselle avec une histoire imaginée la nuit, toute prête
à lui demander à sortir, mademoiselle lui dit, en
lisant la lettre qu'elle lui avait remontée de chez le
portier : — Ah! c'est ma vieille de Belleuse qui
a besoin de toi toute la journée pour l'aider à ses

confitures... Allons, mes deux œufs, en poste, et
décampe... Hein, quoi, ça te chiffonne?.. Qu'est-ce
qu'il y a?

— Moi?.. mais pas du tout, eut la force de dire
Germinie.

Tout ce long jour, elle le passa au feu des bas-
sines, au ficèlement des pots, dans la torture des
gens que la vie cloue loin du mal de ceux qu'ils
aiment. Elle eut le déchirement des malheureux qui
ne peuvent aller où sont leurs inquiétudes, et creu-
sant jusqu'au fond le désespoir de l'éloignement et
de l'incertitude, se figurent à toute minute qu'on
va mourir sans eux.

En ne trouvant pas de lettre le jeudi soir, pas de
lettre le vendredi matin, elle se rassura. Si la petite
allait plus mal, la nourrice lui aurait écrit. La petite
allait mieux ; elle se la figurait sauvée, guérie. Cela
manque toujours de mourir, et cela reprend si vite,
les enfants! Et puis la sienne était forte. Elle se
décida à attendre, à patienter jusqu'au dimanche
dont elle n'était plus séparée que par quarante-huit
heures, trompant le reste de ses craintes avec les
superstitions qui disent oui à l'espérance, se per-
suadant que sa fille était « réchappée, » parce
que le matin la première personne qu'elle avait
rencontrée était un homme, parce qu'elle avait
vu dans la rue un cheval rouge, parce qu'elle
avait deviné qu'un passant tournerait à telle rue,
parce qu'elle avait remonté un étage en tant d'en-
jambées.

Le samedi, dans la matinée, en entrant chez la mère Jupillon, elle la trouva en train de pleurer de grosses larmes sur une motte de beurre qu'elle recouvrait d'un linge mouillé.

— Ah! c'est vous, fit la mère Jupillon. Cette pauvre charbonnière!... J'en pleure, tenez! Elle sort d'ici... C'est que vous ne savez pas... Ils ne peuvent se faire la figure propre dans leur état qu'avec du beurre... Et voilà que son amour de petite fille... Elle est à la mort, vous savez, ce chéri d'enfant... Ce que c'est que de nous! Ah! mon Dieu, oui... Eh bien! elle lui a dit comme ça tout à l'heure : Maman, je veux que tu me débarbouilles au beurre, tout de suite... pour le bon Dieu... Hi! hi!

Et la mère Jupillon se mit à sangloter.

Germinie s'était sauvée. De la journée elle ne put tenir en place. A tout moment, elle montait dans sa chambre préparer les petites affaires qu'elle voulait apporter à sa petite le lendemain, pour la mettre « blanchement, » lui faire une petite toilette de ressuscitée. Comme elle redescendait le soir pour aller coucher mademoiselle, Adèle lui remit une lettre qu'elle avait trouvée pour elle en bas.

XXIII.

Mademoiselle avait commencé à se déshabiller, quand Germinie entra dans sa chambre, fit quelques pas, se laissa tomber sur une chaise, et presque aussitôt, après deux ou trois soupirs, longs, profonds, arrachés et douloureux, mademoiselle la vit, se renversant et se tordant, rouler à bas de la chaise et tomber à terre. Elle voulut la relever ; mais Germinie était agitée de mouvements convulsifs si violents que la vieille femme fut obligée de laisser retomber sur le parquet ce corps furieux dont tous les membres contractés et ramassés un moment sur eux-mêmes se lançaient à droite, à gauche, au hasard, partaient avec le bruit sec de la détente d'un ressort, jetaient à bas tout ce qu'ils cognaient. Aux cris de mademoiselle sur le carré, une bonne courut chez un médecin d'à côté qu'elle ne trouva pas ; quatre autres femmes de la maison aidèrent mademoiselle à enlever Germinie et à la porter sur le lit de sa chambre, où on l'étendit, après lui avoir coupé les lacets de son corset.

Les terribles secousses, les détentes nerveuses des membres, les craquements de tendons avaient cessé ; mais sur le cou, sur la poitrine que découvrait la robe dégrafée, passaient des mouvements ondulatoires pareils à des vagues levées sous la peau et que l'on voyait courir jusqu'aux pieds, dans un frémissement de jupe. La tête renversée, la figure rouge, les yeux pleins d'une tendresse triste, de cette angoisse douce qu'ont les yeux des blessés, de grosses veines se dessinant sous le menton, haletante et ne répondant pas aux questions, Germinie portait les deux mains à sa gorge, à son cou, et les égratignait; elle semblait vouloir arracher de là la sensation de quelque chose montant et descendant au dedans d'elle. Vainement on lui faisait respirer de l'éther, boire de l'eau de fleur d'oranger : les ondes de douleur qui passaient dans son corps continuaient à le parcourir ; et dans son visage persistait cette même expression de douceur mélancolique et d'anxiété sentimentale qui semblait mettre une souffrance d'âme sur la souffrance de chair de tous ses traits. Longtemps, tout parut blesser ses sens et les affecter douloureusement, l'éclat de la lumière, le bruit des voix, le parfum des choses. Enfin, au bout d'une heure, tout à coup des pleurs, un déluge s'échappant de ses yeux, emportait la terrible crise. Ce ne fut plus qu'un tressaillement de loin en loin, dans ce corps accablé, bientôt apaisé par la lassitude, par un brisement général. Il fallut porter Germinie dans sa chambre.

La lettre que lui avait remise Adèle, était la nouvelle de la mort de sa fille.

XXIV.

A la suite de cette crise, Germinie tomba dans un abrutissement de douleur. Pendant des mois, elle resta insensible à tout; pendant des mois, envahie et remplie tout entière par la pensée du petit être qui n'était plus, elle porta dans ses entrailles la mort de son enfant comme elle avait porté sa vie. Tous les soirs, quand elle remontait dans sa chambre, elle tirait de la malle placée au pied de son lit le béguin et la brassière de sa pauvre chérie. Elle les regardait, elle les touchait ; elle les étendait sur sa couverture ; elle restait des heures à pleurer dessus, à les baiser, à leur parler, à leur dire les mots qui font causer le chagrin d'une mère avec l'ombre d'une petite fille.

Pleurant sa fille, la malheureuse se pleurait elle-même. Une voix lui murmurait que, cet enfant vivant, elle était sauvée ; que cet enfant à aimer, c'était sa Providence ; que tout ce qu'elle redoutait d'elle-même irait sur cette tête et s'y sanctifierait, ses tendresses, ses élancements, ses ardeurs, tous les feux de sa nature. Il lui semblait sentir d'avance son cœur de mère apaiser et purifier son cœur de femme. Dans sa fille, elle voyait je ne sais quoi de céleste qui la rachèterait et la guérirait, comme un petit ange de délivrance, sorti de ses fautes pour la disputer et la reprendre aux influences mauvaises qui la poursuivaient et dont elle se croyait parfois possédée.

Quand elle commença à sortir de ce premier anéantissement de son désespoir, quand, la perception de la vie et la sensation des choses lui revenant, elle regarda autour d'elle avec des yeux qui voyaient, elle fut réveillée de sa douleur par une amertume plus aiguë.

Devenue trop grosse, trop lourde pour le service de sa crèmerie, et trouvant qu'elle avait encore trop à faire malgré tout ce que faisait Germinie, Mme Jupillon avait fait venir pour l'aider une nièce de son pays. C'était la jeunesse de la campagne que cette petite, une femme où il y avait encore de l'enfant, vive et vivace, les yeux noirs et pleins de soleil, les lèvres comme une chair de cerise, pleines, rondes et rouges, l'été de son pays dans le teint, la chaleur de la santé dans le sang. Ardente et naïve, la jeune fille était allée, aux premiers jours, vers son cousin, simplement, naturellement, par cette pente d'un même âge qui fait chercher la jeunesse à la jeunesse. Elle s'était jetée au-devant de lui avec l'impudeur de l'innocence, une effronterie candide, les libertés qu'apprennent les champs, la folie heureuse d'une riche nature, toutes sortes d'audaces, d'ignorances, d'ingénuités hardies et de coquetteries rustiques

contre lesquelles la vanité de son cousin n'avait
point su se défendre. A côté de cette enfant, Germinie
n'eut plus de repos. La jeune fille la blessait à toutes
les minutes, par sa présence, son contact, ses caresses, tout ce qui avouait l'amour dans son corps
amoureux. L'occupation qu'elle avait de Jupillon,
le service qui l'approchait de lui, les émerveil-
lements de provinciale qu'elle lui montrait, les
demi-confidences qu'elle laissait venir à ses lèvres,
le jeune homme sorti, sa gaîté, ses plaisanteries, sa
bonne humeur bien portante, tout exaspérait Germinie, tout soulevait en elle de sourdes colères ;
tout blessait ce cœur entier et si jaloux que les animaux mêmes le faisaient souffrir en paraissant
aimer quelqu'un qu'il aimait.

Elle n'osait parler à la mère Jupillon, lui dénoncer la petite, de peur de se trahir ; mais toutes les
fois qu'elle se trouvait seule avec Jupillon, elle
éclatait en récriminations, en plaintes, en querelles.
Elle lui rappelait une circonstance, un mot, quelque
chose qu'il avait fait, dit, répondu, un rien oublié
par lui, et qui saignait toujours en elle. — Es-tu
folle ? lui disait Jupillon, une gamine !... — Une gamine, ça ?... laisse donc ! qu'elle a des yeux que tous
les hommes la regardent dans la rue !.. L'autre jour
je suis sortie avec elle... j'étais honteuse... Je ne sais
pas comment elle a fait, nous avons été suivies tout
le temps par un monsieur... — Eh bien ! qu'est-ce
qu'il y a ? Elle est jolie, voilà ! — Jolie ! jolie ! Et
sur ce mot Germinie se jetait, comme à coups de

griffes, sur la figure de la jeune fille, et la déchirait en paroles enragées.

Souvent elle finissait par dire à Jupillon : — Tiens! tu l'aimes! — Eh bien! après? répondait Jupillon auquel ne déplaisaient pas ces disputes, la vue et le jeu de cette colère qu'il piquait avec des taquineries, l'amusement de cette femme qu'il voyait, sous ses sarcasmes et son sang-froid, perdre à demi la raison, s'égarer, trébucher dans un commencement de folie, donner de la tête contre les murs.

A la suite de ces scènes, qui se répétaient, revenaient presque chaque jour, une révolution se faisait dans ce caractère mobile, extrême et sans milieu, dans cette âme où les violences se touchaient. Longuement empoisonné, l'amour se décomposait et se tournait en haine. Germinie se mettait à détester son amant, à chercher tout ce qui pouvait le lui faire détester davantage. Et sa pensée revenant à sa fille, à la perte de son enfant, à la cause de sa mort, elle se persuadait que c'était lui qui l'avait tuée. Elle lui voyait des mains d'assassin. Elle le prenait en horreur, elle s'éloignait, se sauvait de lui comme de la malédiction de sa vie, avec l'épouvante qu'on a de quelqu'un qui est votre Malheur!

XXV.

Un matin, après une nuit où elle avait retourné en elle toutes ses idées de désolation et de haine, entrant chez la crémière prendre ses quatre sous de lait, Germinie trouva dans l'arrière-boutique deux ou trois bonnes de la rue qui « tuaient le ver. » Attablées, elles sirotaient des cancans et des liqueurs.

— Tiens ! dit Adèle, en frappant de son verre contre la table, te v'là déjà, mademoiselle de Varandeuil?

— Qu'est-ce que c'est que ça? fit Germinie en prenant le verre d'Adèle. J'en veux...

— T'as si soif que ça à ce matin?... De l'eau-de-vie et de l'absinthe, rien que ça!... le *mêlo* de mon *piou*, tu sais bien? le militaire... il ne buvait que ça... C'est raide, hein?

— Ah! oui, dit Germinie avec le mouvement de lèvres et le plissement d'yeux d'un enfant auquel on donne un verre de liqueur au dessert d'un grand dîner.

— C'est bon tout de même... — Son cœur se levait. — Madame Jupillon... la bouteille par ici... je paye.

Et elle jeta de l'argent sur la table. Au bout de trois verres, elle cria : — Je suis *paf!* Et elle partit d'un éclat de rire.

Mlle de Varandeuil avait été ce matin-là toucher son petit semestre de rentes. Quand elle rentra à onze heures, elle sonna une fois, deux fois : rien ne vint. Ah! se dit-elle, elle sera descendue. Elle ouvrit avec sa clef, alla à sa chambre, entra : les matelas et les draps de son lit en train d'être fait retombaient jetés sur deux chaises ; et Germinie était étendue en travers de la paillasse, dormant inerte, comme une masse, dans l'avachissement d'une soudaine léthargie.

Au bruit de mademoiselle, Germinie se releva d'un bond, passa sa main sur ses yeux :— Hein? fit-elle, comme si on l'appelait ; son regard rêvait.

— Qu'est-ce qu'il y a? fit Mlle de Varandeuil effrayée. Tu es tombée? As-tu quelque chose?

— Moi! non, répondit Germinie, j'ai dormi... Quelle heure est-il? Ce n'est rien... Ah! c'est bête...

Et elle se mit à fourrager la paillasse en tournant le dos à sa maîtresse pour lui cacher le rouge de la boisson sur son visage.

XXVI.

Un dimanche matin, Jupillon s'habillait dans la
chambre que lui avait meublée Germinie. Sa mère
assise le contemplait avec cet ébahissement d'orgueil qu'ont les yeux des mères du peuple devant
un fils qui se met en *monsieur*. — C'est que t'es mis
comme le jeune homme du premier! lui dit-elle.
On dirait son paletot... C'est pas pour dire, mais
le riche te va joliment, à toi...

Jupillon, en train de faire le nœud de sa cravate,
ne répondit pas.

— Tu vas en faire, de ces malheureuses! reprit
la mère Jupillon, et donnant à sa voix un ton
d'insinuation caressante : — Dis donc, bibi, que je
te dise, grand mauvais sujet : les jeunesses qui
fautent, tant pis pour elles! ça les regarde, c'est
leur affaire... Tu es un homme, n'est-ce pas?... t'as
l'âge, t'as le physique, t'as tout... Moi je peux pas
toujours te tenir à l'attache... Alors, que je m'ai dit,
autant l'une que l'autre... Va pour celle-là... Et j'ai
fait celle qui ne voit rien... Eh bien! oui, pour
Germinie... Comme t'avais là ton agrément... Ça
t'empêchait de manger ton argent avec de mauvaises femmes... et puis je n'y voyais pas d'in-
convénients à cette fille, jusqu'à maintenant... Mais

c'est plus ça à c't' heure... Ils font des histoires dans
le quartier... un tas d'horreurs qu'ils disent sur
nous... Des vipères, quoi!... Tout ça, nous sommes
au-dessus, je sais bien... Quand on a été honnête
toute sa vie, Dieu merci!... Mais on ne sait jamais
ce qui retourne : mademoiselle n'aurait qu'à mettre
le nez dans les affaires de sa bonne... Moi d'abord
la justice, rien que l'idée, ça me retourne les sens...
Qu'est-ce que tu dis de ça, hein, bibi?

— Dame, maman... ce que tu voudras.

— Ah! je savais bien que tu l'aimais, ta bonne
chérie de maman! fit en l'embrassant la mon-
strueuse femme. — Eh bien! invite-la à dîner ce
soir... Tu monteras deux bouteilles de notre Lu-
nel... du deux francs... de celui qui tape... Et
qu'elle vienne sûr... Fais-lui des yeux... qu'elle
croie que c'est aujourd'hui le grand jour... Mets
tes beaux gants : tu seras plus révérend...

Le soir Germinie arriva sur les sept heures, tout
heureuse, toute gaie, tout espérante, la tête remplie de rêves par l'air de mystère mis par Jupillon
à l'invitation de sa mère. L'on dîna, l'on but, l'on
rit. La mère Jupillon commença à laisser tomber
des regards émus, mouillés, noyés sur le couple
assis en face d'elle. Au café, elle dit, comme pour
rester seule avec Germinie : — Bibi, tu sais que tu
as une course à faire ce soir...

Jupillon sortit. Mme Jupillon, tout en prenant son
café à petites gorgées, tourna alors vers Germinie
le visage d'une mère qui demande le secret d'une

fille, et enveloppe d'avance sa confession du pardon de ses indulgences. Un instant, les deux femmes restèrent ainsi, silencieuses, l'une attendant que l'autre parlât, l'autre ayant le cri de son cœur au bord de ses lèvres. Tout à coup Germinie s'élança de sa chaise et se précipita dans les bras de la grosse femme : — Si vous saviez, Mme Jupillon!...

Elle parlait, pleurait, embrassait. — Oh! vous ne m'en voudrez pas!... Eh bien! oui, je l'aime... j'en ai eu un enfant... C'est vrai, je l'aime... Voilà trois ans...

A chaque mot, la figure de Mme Jupillon s'était refroidie et glacée. Elle écarta sèchement Germinie, et de sa voix la plus dolente, avec un accent de lamentation et de désolation désespérée, elle se mit à dire comme une personne qui suffoque : — Oh! mon Dieu!... vous!... me dire des choses comme ça!... à moi!... à sa mère!... en face! Mon Dieu, faut-il!... Mon fils... un enfant... un innocent d'enfant! Vous avez eu le front de me le débaucher!... Et vous me dites encore que c'est vous! Non, ce n'est pas Dieu possible!... Moi qui avais si confiance... C'est à ne plus pouvoir vivre... Il n'y a donc plus de sûreté en ce monde!... Ah! mademoiselle, tout de même, je n'aurais jamais cru ça de vous!... Bon! voilà des choses qui me tournent... Ah! tenez, ça me fait une révolution... je me connais, je suis capable d'en faire une maladie!

— Madame Jupillon! madame Jupillon! murmurait d'un ton d'imploration Germinie en se mourant

de honte et de douleur sur la chaise où elle était
retombée. Je vous demande pardon... Ç'a été plus
fort que moi... Et puis je pensais... j'avais cru...

— Vous aviez cru!... Ah! mon Dieu, vous aviez
cru! Qu'est-ce que vous aviez cru? Vous la femme
de mon fils, n'est-ce pas? Ah! Seigneur Dieu!
c'est-il possible, ma pauvre enfant?

Et prenant, à mesure qu'elle lançait à Germinie
de ces mots qui font plaie, une voix plus plaintive
et plus gémissante, la mère Jupillon reprit : — Mais,
ma pauvre fille, voyons, faut une raison... Qu'est-ce
que j'ai toujours dit? Que ça serait à faire, si vous
aviez dix ans de moins sur votre naissance. Voyons,
votre date, c'est 1820 que vous m'avez dit... et nous
voilà en 49... Vous marchez sur vos trente ans,
savez-vous, ma brave enfant... Tenez! ça me fait
mal de vous dire ça... Je voudrais tant ne pas vous
faire de la peine... Mais il n'y a qu'à vous voir, ma
pauvre demoiselle... Que voulez-vous? C'est l'âge...
Vos cheveux... on mettrait un doigt dans votre
raie...

— Mais, dit Germinie en qui une noire colère
commençait à gronder, ce qu'il me doit, votre
fils?... Mon argent? L'argent que j'ai retiré de la
caisse d'épargne, l'argent que j'ai emprunté pour
lui, l'argent que j'ai...

— Ah! de l'argent? il vous doit? Ah! oui, ce que
vous lui avez prêté pour commencer à travailler...
Eh bien! v'la-t-il pas! Est-ce que vous croyez avoir
affaire à des voleurs? Est-ce qu'on a envie de vous

le nier, votre argent, quoiqu'il n'y ait pas de papier... à preuve que l'autre jour... ça me revient...
cet honnête homme d'enfant voulait faire l'écrit de
ça, au cas qu'il viendrait à mourir... Mais tout de
suite, on est des filous, voilà, ça ne fait pas un pli!
Ah! mon Dieu, si c'est la peine de vivre dans un
temps comme ça! Ah! je suis bien punie de m'être
attachée à vous! Mais tenez, voilà que j'y vois clair
à présent... Ah! vous êtes politique, vous!... Vous
avez voulu vous payer mon fils, et pour toute la
vie!... Excusez! Ah! bien merci... C'est moins cher
de vous le rendre, votre argent... Le reste d'un
garçon de café!... mon pauvre cher enfant!... Dieu
l'en préserve!

Germinie avait arraché de la patère son châle et
son chapeau. Elle était dehors.

XXVII.

Mademoiselle était assise dans son grand fauteuil au coin de la cheminée où dormait toujours
un peu de braise sous les cendres. Son serre-tête
noir, abaissé sur les rides de son front, lui descendait presque jusqu'aux yeux. Sa robe noire, en
forme de fourreau, laissait pointer ses os, plissait
maigrement sur la maigreur de son corps et tombait tout droit de ses genoux. Un petit châle noir

croisé était noué derrière son dos à la façon des petites filles. Elle avait posé sur ses cuisses ses mains
retournées et à demi ouvertes, de pauvres mains
de vieille femme, gauches et raidies, enflées aux
articulations et aux nœuds des doigts par la goutte.
Enfoncée dans la pose fléchie et cassée qui fait soulever la tête aux vieillards pour vous voir et vous
parler, elle se tenait ramassée et comme enterrée
dans tout ce noir d'où ne sortaient que son visage
jauni par la bile des tons du vieil ivoire, et la
flamme chaude de son regard brun. A la voir, à
voir ces yeux vivants et gais, ce corps misérable,
cette robe de pauvreté, cette noblesse à porter
l'âge et tous ses deuils, on eût cru voir une fée
aux Petits-Ménages.

Germinie était à côté d'elle. La vieille demoiselle
se mit à lui dire : — Il y est toujours le bourrelet
sous la porte, hein, Germinie?

— Oui, mademoiselle.

— Sais-tu, ma fille, reprit Mlle de Varandeuil
après un silence, sais-tu que quand on est né dans
un des plus beaux hôtels de la rue Royale... qu'on
a dû posséder le Grand et le Petit-Charolais...
qu'on a dû avoir pour campagne le château de Cli-
chy-la-Garenne... qu'il fallait deux domestiques
pour porter le plat d'argent sur lequel on servait le
rôti chez votre grand'mère... sais-tu qu'il faut
encore pas mal de philosophie, — et mademoiselle
se passa avec difficulté une main sur les épaules, —
pour se voir finir ici... dans ce diable de nid à rhu-

matismes où, malgré tous les bourrelets du monde, il vous passe de ces gueux de courants d'air... C'est cela, ranime un peu le feu...

Et allongeant ses pieds vers Germinie agenouillée devant la cheminée, les lui mettant, en riant, sous le nez : — Sais-tu qu'il en faut pas mal de cette philosophie-là... pour porter des bas percés!... Bête! ce n'est pas pour te gronder; je sais bien, tu ne peux tout faire... Par exemple, tu pourrais bien faire venir une femme pour raccommoder... Ce n'est pas bien difficile... Pourquoi ne dis-tu pas à cette petite qui est venue l'année dernière? Elle avait une figure qui me revenait.

— Oh! elle était noire comme une taupe, mademoiselle.

— Bon! j'étais sûre... Toi d'abord, tu ne trouves jamais personne de bien... Ce n'est pas vrai ça? Mais est-ce que ce n'était pas une nièce à la mère Jupillon? On pourrait la prendre un jour... deux jours par semaine...

— Jamais cette traînée-là ne remettra les pieds ici.

— Allons, encore des histoires! Tu es étonnante toi pour adorer les gens, et puis ne plus pouvoir les voir... Qu'est-ce qu'elle t'a fait?

— C'est une perdue, je vous dis.

— Bah! qu'est-ce que ça fait à mon linge!

— Mais, mademoiselle...

— Eh bien! trouves-m'en une autre... Je n'y tiens pas à celle-là... Mais trouves-m'en une.

— Oh! les femmes qu'on fait venir ne travaillent pas... Je vous raccommoderai, moi... Il n'y a besoin de personne.

— Toi?... Oh! si nous comptons sur ton aiguille!... dit gaiement mademoiselle; et puis est-ce que la mère Jupillon te laissera jamais le temps...

— Madame Jupillon?... Ah! pour la poussière que je ferai maintenant chez elle!...

— Bah! Comment? Elle aussi! la voilà dans les lanlaire?... Oh! oh! Dépêche-toi de faire une autre connaissance, car sans cela, bon Dieu de Dieu! nous allons avoir de vilains jours!

XXVIII.

L'hiver de cette année dut assurer à Mlle de Varandeuil une part de paradis. Elle eut à subir tous les contre-coups du chagrin de sa bonne, le tourment de ses nerfs, la vengeance de ses humeurs contrariées, aigries, et où les approches du printemps allaient bientôt mettre cette espèce de folie méchante que donnent aux sensibilités maladives la saison critique, le travail de la nature, la fécondation inquiète et irritante de l'été.

Germinie se mit à avoir des yeux essuyés qui ne pleuraient plus, mais qui avaient pleuré. Elle eut un éternel : — Je n'ai rien, mademoiselle, — dit

de cette voix sourde qui étouffe un secret. Elle prit
des poses muettes et désolées, des attitudes d'enterrement, de ces airs avec lesquels le corps d'une
femme dégage de la tristesse et fait un ennui de
son ombre. Avec sa figure, son regard, sa bouche, les
plis de sa robe, sa présence, avec le bruit qu'elle
faisait en travaillant dans la pièce à côté, avec son
silence même, elle enveloppait mademoiselle du
désespoir de sa personne. Au moindre mot, elle se
hérissait. Mademoiselle ne pouvait plus lui adresser
une observation, lui demander la moindre chose,
témoigner une volonté, un désir : tout était pris par
elle comme un reproche. Elle avait là-dessus des
sorties farouches. Elle grognait en pleurant : — Ah!
je suis bien malheureuse! Je vois bien que mademoiselle ne m'aime plus! Sa *grippe* contre les gens
trouvait des bougonnements sublimes : — Elle vient
toujours quand il pleut, celle-là! disait-elle, pour
un peu de crotte laissé sur le tapis par Mme de Belleuse. La semaine du jour de l'an, cette semaine où
tout ce qui restait de parents et d'alliés à Mlle de
Varandeuil montait sans exception, les plus riches
comme les plus pauvres, ses cinq étages, et attendait à sa porte, sur le carré, pour se relayer sur
les six chaises de sa chambre, Germinie redoubla de
mauvaise humeur, de remarques impertinentes, de
plaintes maussades. A tout moment, forgeant des
torts à sa maîtresse, elle la punissait par un mutisme
que rien ne pouvait rompre. Alors c'étaient des
rages d'ouvrage. Tout autour d'elle, mademoiselle

entendait à travers les cloisons des coups de balai
et de plumeau furieux, des frottements, des batte-
ments saccadés, le travail nerveux de la domestique
qui semble dire en malmenant les meubles : — Eh
bien, on le fait ton ouvrage!

Les vieilles gens sont patients avec les anciens
domestiques. L'habitude, la volonté qui s'éteint,
l'horreur du changement, la crainte des nouveaux
visages, tout les dispose à des faiblesses, à des concessions, à des lâchetés. Malgré sa vivacité, sa facilité à s'emporter, à éclater, à jeter feu et flamme,
mademoiselle ne disait rien. Elle avait l'air de ne
rien voir. Elle faisait semblant de lire quand Germinie
entrait. Elle attendait, racoquinée dans son fauteuil,
que l'humeur de sa bonne se passât ou crevât. Elle
baissait le dos sous l'orage; elle n'avait contre sa
bonne, ni un mot, ni une pensée d'amertume. Elle
la plaignait seulement, pour la faire autant souffrir.

C'est que Germinie n'était pas une bonne pour
Mlle de Varandeuil, elle était le Dévouement qui
devait lui fermer les yeux. Cette vieille femme isolée
et oubliée par la mort, seule au bout de sa vie,
traînant ses affections de tombe en tombe, avait
trouvé sa dernière amie dans sa domestique. Elle
avait mis son cœur sur elle comme sur une fille
d'adoption, et elle était malheureuse surtout de ne
pouvoir la consoler. D'ailleurs, par instants, du fond
de ses mélancolies sombres et de ses humeurs
mauvaises, Germinie lui revenait et se jetait à
genoux devant sa bonté. Tout à coup, pour un rayon

de soleil, pour une chanson de mendiant, pour un
de ces riens qui passent dans l'air et détendent
l'âme, elle fondait en larmes et en tendresses;
c'étaient des effusions brûlantes, un bonheur d'embrasser, comme une joie de revivre qui effaçait
tout. D'autres fois, c'était pour un bobo de mademoiselle; la vieille bonne se retrouvait aussitôt avec
le sourire de son visage et la douceur de ses mains.
Quelquefois, dans ces moments-là, mademoiselle
lui disait : — Voyons, ma fille... tu as quelque
chose... Voyons, dis? Et Germinie répondait :
— Non, mademoiselle, c'est le temps... — Le
temps! répétait mademoiselle d'un air de doute,
le temps...

XXIX.

Par une soirée de mars, la mère et le fils Jupillon
causaient, au coin du poêle de leur arrière-boutique.

Jupillon venait de tomber au sort. L'argent que
la mère avait mis de côté pour le racheter avait été
mangé par six mois de mauvaises affaires, par des
crédits à des lorettes de la rue, qui avaient mis un
beau matin la clef sous le paillasson de leur porte.
Lui-même, en mauvaises affaires, était sous le coup
d'une saisie. Dans la journée, il était allé demander
à un ancien patron de lui avancer de quoi s'acheter

un homme. Mais le vieux parfumeur ne lui pardonnait pas de l'avoir quitté et de s'être établi : il avait
refusé net.

La mère Jupillon désolée se lamentait en lar-
moyant. Elle répétait le numéro tiré par son fils :
— Vingt-deux ! vingt-deux !... Et elle disait : — Je
t'avais pourtant cousu dans ton paletot une arai-
gnée noire, *velouteuse*, avec sa toile !... Ah ! j'aurais
bien plutôt dû faire comme on m'avait dit, te mettre
ton béguin avec lequel on t'a baptisé... Ah ! le bon
Dieu n'est pas juste !... Et le fils de la fruitière
qui en a eu un de bon !... Soyez donc honnête !...
Et ces deux coquines du 18 qui lèvent justement le
pied avec mon argent !... Je crois bien qu'elles m'en
donnaient de ces poignées de main... Elles me re-
font de plus de sept cents francs, sais-tu ? Et la mo-
ricaude d'en face... et cette affreuse petite qui avait
le front de manger des pots de fraises de vingt
francs... ce qu'elles m'en emportent encore, celles-
là ! Mais va, tu n'es pas encore parti, tout de
même... Je vendrai plutôt la crèmerie... je me re-
mettrai en service, je ferai la cuisine, je ferai des
ménages, je ferai tout !... Pour toi, mais je tirerais
de l'argent d'un caillou !

Jupillon fumait et laissait dire sa mère. Quand
elle eut fini : — Assez causé ! maman... tout ça,
c'est des mots, fit-il. Tu te tourmentes la digestion,
ce n'est pas la peine... Tu n'as besoin de rien
vendre... t'as pas besoin de te fouler... je me rachè-
terai et sans que ça te coûte un sou, veux-tu parier ?

— Jésus! fit Mme Jupillon.

— J'ai mon idée.

Et après un silence, Jupillon reprit : Je n'ai pas
voulu te contrarier, à cause de Germinie... tu sais,
lors des histoires... t'as cru qu'il était temps de
me la casser avec elle... qu'elle nous ferait des
affaires... et tu l'as flanquée à la porte, raide...
Moi, ce n'était pas mon plan... je trouvais qu'elle
n'était pas si mauvaise que cela pour le beurre
de la maison... Mais enfin, t'as cru bien faire...
Et puis, peut-être, au fait, tu as bien fait : au lieu
de la calmer, tu l'as chauffée pour moi.... mais
chauffée... je l'ai rencontrée une ou deux fois...
elle est d'un changé... Elle sèche, quoi!

— Mais tu sais bien, elle n'a plus le sou...

— A elle, je ne dis pas... Mais què que ça fait ?
Elle trouvera... Elle est encore bonne pour 2,300
balles, va!

— Et si tu es compromis?

— Oh! elle ne les volera pas...

— Savoir!

— Eh bien! ça ne sera qu'à sa maîtresse... Est-
ce que tu crois que sa Mademoiselle la fera pincer
pour ça? Elle la chassera, et puis ça restera là...
Nous lui conseillerons de prendre l'air d'un autre
quartier... voilà... et nous ne la verrons plus...
Mais ce serait trop bête qu'elle vole... Elle s'ar-
rangera, elle cherchera, elle se retournera... je
ne sais pas comment, par exemple, mais tu comprends, ça la regarde. C'est le moment de mon-

trer ses talents... Au fait, tu ne sais pas, on dit
que sa vieille est souffrante... Si elle venait à s'en
aller, cette bonne demoiselle, et qu'elle lui laisse
tout le bibelot, comme ça court dans le quartier...
hein? m'man, ça serait encore pas mal bête de
l'avoir envoyée à la balançoire? Il faut mettre des
gants, vois-tu, m'man, quand c'est des personnes
auxquelles il peut tomber comme ça quatre ou cinq
mille livres de rente sur le casaquin...

—Ah! mon Dieu... qu'est-ce que tu me dis! Mais
après la scène que je lui ai faite... oh! non, elle ne
voudra jamais revenir ici.

— Eh bien ! moi je te la ramènerai.... et pas
plus tard que ce soir, fit Jupillon en se levant, et
roulant une cigarette entre les doigts : — Tu sais,
dit-il à sa mère, pas d'excuses, c'est inutile... Et de
la froideur... Aie l'air de la recevoir seulement pour
moi, par faiblesse... On ne sait pas ce qui peut arriver : faut toujours se garder à carreau.

XXX.

Jupillon se promenait de long en large, sur le
rottoir, devant la maison de Germinie, quand Germinie sortit.

— Bonsoir, Germinie, lui dit-il dans le dos.

Elle se retourna comme sous un coup, et fit in-

stinctivement en avant, sans lui répondre, deux ou
trois pas qui se sauvaient.

— Germinie!

Jupillon ne lui dit que cela, sans bouger, sans la
suivre. Elle revint à lui comme une bête ramenée à
la main et dont on retire la corde.

— Quoi? fit-elle. C'est-il encore de l'argent,
hein?... ou des sottises de ta mère à me dire?

— Non, c'est que je m'en vais, lui dit Jupillon
d'un air sérieux. Je suis tombé au sort... et je
pars.

— Tu pars? dit-elle. Ses idées avaient l'air de
n'être pas éveillées.

— Tiens, Germinie, reprit Jupillon... Je t'ai fait
de la peine... Je n'ai pas été gentil avec toi... je
sais bien... Il y a eu un peu de ma cousine...
Qu'est-ce que tu veux?...

— Tu pars? reprit Germinie en lui prenant le
bras. Ne mens pas... tu pars?

— Puisque je te dis qu'oui... et que c'est vrai...
Je n'attends plus que ma feuille de route... Il faut
plus de deux mille francs pour un homme cette
année... On dit qu'il va y avoir la guerre : enfin,
c'est une chance...

Et, tout en parlant, il faisait descendre la rue à
Germinie.

— Où me mènes-tu? lui dit-elle.

— Chez m'man donc... pour qu'on se raccom-
mode toutes les deux, et que ça finisse, les histoires...

— Après ce qu'elle m'a dit? Jamais!

Et Germinie repoussa le bras de Jupillon.

— Alors, si c'est comme ça, adieu...

Et Jupillon leva sa casquette.

— Faudra-t-il que je t'écrive du régiment?

Germinie eut un instant de silence, un moment d'hésitation. Puis brusquement : — Marchons, dit-elle, et faisant signe à Jupillon de marcher à côté d'elle, elle remonta la rue.

Tous deux se mirent à aller à côté l'un de l'autre, sans rien se dire. Ils arrivèrent à une route pavée qui se reculait et s'allongeait éternellement entre deux lignes de réverbères, entre deux rangées d'arbres tortillés jetant au ciel une poignée de branches sèches et plaquant à de grands murs plats leur ombre immobile et maigre. Là, sous le ciel aigu et glacé d'une réverbération de neige, ils marchaient longtemps, s'enfonçant dans le vague, l'infini, l'inconnu d'une rue qui suit toujours le même mur, les mêmes arbres, les mêmes réverbères, et conduit toujours à la même nuit. L'air humide et chargé qu'ils respiraient sentait le sucre, le suif et la charogne. Par moments, il leur passait comme un flamboiement devant les yeux : c'était une tapissière dont la lanterne donnait sur des bestiaux éventrés et des carrés de viande saignante jetés sur la croupe d'un cheval blanc : ce feu sur ces chairs, dans l'obscurité, ruisselait en incendie de pourpre, en fournaise de sang.

— Eh bien! as-tu fait tes réflexions? fit Jupillon.

Ce n'est pas gai, sais-tu? ta petite avenue Trudaine.

— Marchons, répondit Germinie.

Et elle recommença, sans parler, sa marche saccadée, violente, agitée de tous les tumultes de son âme. Ses pensées passaient dans ses gestes. L'égarement venait à son pas, la folie à ses mains. Par moments, elle avait, derrière elle, l'ombre d'une femme de la Salpêtrière. Deux ou trois passants s'arrêtèrent un instant, la regardèrent, puis, comme ils étaient de Paris, passèrent.

Tout à coup elle s'arrêta, et faisant un geste de résolution désespérée : — Ah! mon Dieu, une épingle de plus dans la pelote, fit-elle. — Allons!

Et elle prit le bras de Jupillon.

— Oh! je sais bien, lui dit Jupillon quand ils furent près de la crèmerie, ma mère n'a pas été juste pour toi. Vois-tu, elle a été trop honnête toute sa vie, cette femme... Elle ne sait pas, elle ne comprend pas... Et puis, tiens, je vais te dire, moi, le fond de tout : c'est qu'elle m'aime tant qu'elle est jalouse des femmes qui m'aiment... Entre donc, va!

Et il la poussa dans les bras de Mme Jupillon qui l'embrassa, lui marmotta quelques paroles de regret, et se dépêcha de pleurer pour se tirer d'embarras et faire la scène plus attendrissante.

Tout ce soir-là, Germinie resta les yeux fixés sur Jupillon, l'effrayant presque avec son regard.

— Allons, lui dit-il en la reconduisant, ne sois donc pas bonnet de nuit comme ça... Il faut une

philosophie en ce monde... Eh bien! me voilà soldat... voilà tout! On n'en revient pas toujours, c'est
vrai... Mais enfin... Tiens! je veux que nous nous
amusions, les quinze jours qui me restent... parce
que c'est autant de pris... et que si je ne reviens
pas... Eh bien! je t'aurai au moins laissé sur un
bon souvenir de moi...

Germinie ne répondit rien.

XXXI.

De huit jours, Germinie ne remit pas les pieds
dans la boutique.

Les Jupillon, ne la voyant pas revenir, commençaient à désespérer. Enfin, un soir, sur les dix
heures et demie, elle poussa la porte, entra sans
dire bonjour ni bonsoir, alla à la petite table où
étaient assis la mère et le fils à demi sommeillants,
posa sous sa main, fermée avec un serrement de
griffe, un vieux morceau de toile qui sonna.

— Voilà! fit-elle.

Et lâchant les coins du morceau de toile, elle
répandit ce qui était dedans : il coula sur la table
de gras billets de banque recollés par derrière,
rattachés avec des épingles, de vieux louis à l'or
verdi, des pièces de cent sous toutes noires, des
pièces de quarante sous, des pièces de dix sous,

de l'argent de pauvre, de l'argent de travail, de l'argent de tirelire, de l'argent sali par des mains sales, fatigué dans le porte-monnaie de cuir, usé dans le comptoir plein de sous, — de l'argent sentant la sueur. Un moment, elle regarda tout ce qui était étalé comme pour se convaincre les yeux; puis avec une voix triste et douce, la voix de son sacrifice, elle dit simplement à Mme Jupillon :

— Ça y est... C'est les deux mille trois cents francs... pour qu'il se rachète...

— Ah! ma bonne Germinie! fit la grosse femme en suffoquant sous une première émotion; et elle se jeta au cou de Germinie qui se laissa embrasser. Oh! vous allez prendre quelque chose avec nous, une tasse de café...

— Non, merci, dit Germinie, je suis rompue... Dame! j'ai eu à courir, allez, pour les trouver... Je vais me coucher... Une autre fois...

Et elle sortit.

Elle avait eu « à courir », comme elle disait, pour rassembler une pareille somme, réaliser cette chose impossible : trouver deux mille trois cents francs, deux mille trois cents francs dont elle n'avait pas les premiers cinq francs ! Elle les avait quêtés, mendiés, arrachés pièce à pièce, presque sou à sou. Elle les avait ramassés, grattés ici et là, sur les uns, sur les autres, par emprunts de deux cents, de cent francs, de cinquante francs, de vingt francs, de ce qu'on avait voulu. Elle avait emprunté à son portier, à son épicier, à sa fruitière, à sa

marchande de volaille, à sa blanchisseuse; elle
avait emprunté aux fournisseurs du quartier, aux
fournisseurs des quartiers qu'elle avait d'abord ha-
bités avec mademoiselle. Elle avait fait entrer dans
la somme tous les argents, jusqu'à la misérable
monnaie de son porteur d'eau. Elle avait quémandé
partout, extorqué humblement, prié, supplié, in-
venté des histoires, dévoré la honte de mentir et
de voir qu'on ne la croyait pas. L'humiliation d'a-
vouer qu'elle n'avait pas d'argent placé, comme on
le croyait et comme par orgueil elle le laissait
croire, la commisération de gens qu'elle méprisait,
les refus, les aumônes, elle avait tout subi, essuyé
ce qu'elle n'aurait pas essuyé pour trouver du pain,
et non une fois auprès d'une personne, mais auprès
de trente, de quarante, auprès de tous ceux qui lui
avaient donné ou dont elle avait espéré quelque
chose.

Enfin cet argent, elle l'avait réuni; mais il était
son maître et la possédait pour toujours. Elle appartenait aux obligations qu'elle avait aux gens, au
service que lui avaient rendu ses fournisseurs en
sachant bien ce qu'ils faisaient. Elle appartenait à
sa dette, à ce qu'elle aurait à payer chaque année.
Elle le savait; elle savait que tous ses gages y pas-
seraient, qu'avec les arrangements usuraires laissés
par elle au gré de ses créanciers, les reconnais-
sances exigées par eux, les trois cents francs de
mademoiselle ne feraient guère que payer les intérêts des deux mille trois cents francs de son em-

prunt. Elle savait qu'elle devrait, qu'elle devrait
toujours, qu'elle était à jamais vouée aux privations, à la gêne, à tous les retranchements de l'en-
tretien, de la toilette. Sur les Jupillon, elle n'avait
pas beaucoup plus d'illusions que sur son avenir.
Son argent avec eux était perdu, elle en avait le
pressentiment. Elle n'avait pas même fait le calcul
que ce sacrifice toucherait le jeune homme. Elle
avait agi d'un premier mouvement. On lui aurait
dit de mourir pour qu'il ne partît pas, qu'elle fût
morte. L'idée de le voir militaire, cette idée du
champ de bataille, du canon, des blessés, devant
laquelle, de terreur, la femme ferme les yeux, l'a-
vait décidée à faire plus que mourir : à vendre sa
vie pour cet homme, à signer pour lui sa misère
éternelle!

XXXII.

C'est un effet ordinaire des désordres nerveux de
l'organisme de dérégler les joies et les peines humaines, de leur ôter la proportion et l'équilibre,
et de les pousser à l'extrémité de leur excès. Il
semble que, sous l'influence de cette maladie d'im-
pressionnabilité, les sensations aiguisées, raffinées,
spiritualisées, dépassent leur mesure et leur limite
naturelles, atteignent au delà d'elles-mêmes, et
mettent une sorte d'infini dans la jouissance et la

souffrance de la créature. Maintenant les rares joies qu'avait encore Germinie étaient des joies folles, des joies dont elle sortait ivre et avec les caractères physiques de l'ivresse.—Mais, ma fille, ne pouvait s'empêcher de lui dire Mademoiselle, on croirait que tu es grise. — Pour une fois qu'on s'amuse, répondait Germinie, mademoiselle vous le fait bien payer. Et quand elle retombait dans ses peines, dans ses chagrins, dans ses inquiétudes, c'était une désolation plus intense encore, plus furieuse et délirante que sa gaieté.

Le moment était arrivé où la terrible vérité, entrevue, puis voilée par des illusions dernières, finissait par apparaître à Germinie. Elle voyait qu'elle n'avait pu attacher Jupillon par le dévouement de son amour, le dépouillement de tout ce qu'elle avait, tous ces sacrifices d'argent qui engageaient sa vie dans l'embarras et les transes d'une dette impossible à payer. Elle sentait qu'il lui apportait à regret son amour, un amour où il mettait l'humiliation d'une charité. Quand elle lui avait annoncé qu'elle était une seconde fois grosse, cet homme, qu'elle allait faire encore père, lui avait dit : Eh bien ! c'est amusant les femmes comme toi ! toujours pleine ou fraîche vide alors !... Il lui venait les idées, les soupçons qui viennent au véritable amour quand on le trompe, les pressentiments de cœur qui disent aux femmes qu'elles ne sont plus seules à posséder leur amant, et qu'il y en a une autre parce qu'il doit y en avoir une autre.

Elle ne se plaignait plus, elle ne pleurait plus, elle ne récriminait plus. Elle renonçait à une lutte avec cet homme armé de froideur, qui savait si bien, avec ses ironies glacées de voyou, outrager sa passion, sa déraison, ses folies de tendresse. Et elle se mettait à attendre dans une angoisse résignée, quoi? Elle ne savait : peut-être qu'il ne voulût plus d'elle!

Navrée et silencieuse, elle épiait Jupillon; elle le guettait, elle le surveillait; elle essayait de le faire parler, en jetant des mots dans ses distractions. Elle tournait autour de lui, ne voyait, ne saisissait, ne surprenait rien, et cependant elle restait persuadée qu'il y avait quelque chose et que ce qu'elle craignait était vrai : elle sentait une femme dans l'air.

Un matin, comme elle était descendue de meilleure heure qu'à son habitude, elle l'aperçut à quelques pas devant elle sur le trottoir. Il était habillé; il se regardait en marchant. De temps en temps, pour voir le vernis de ses bottes, il levait un peu le bas de son pantalon. Elle se mit à le suivre. Il allait tout droit sans se retourner. Elle arriva derrière lui à la place Bréda. Il y avait sur la place, à côté de la station de voitures, une femme qui se promenait. Germinie ne la voyait que de dos. Jupillon alla à elle, la femme se retourna : c'était sa cousine. Ils se mirent à marcher à côté l'un de l'autre, allant et revenant sur la place; puis par la rue Bréda ils se dirigèrent vers la rue de Navarin. Là, la jeune

fille prit le bras de Jupillon, ne s'appuya pas
d'abord, puis peu à peu, à mesure qu'ils allaient,
elle s'inclina avec le mouvement d'une branche
qu'on fait plier et se laissa aller à lui. Ils marchaient lentement, si lentement, que Germinie était
parfois forcée de s'arrêter pour ne pas être trop près
d'eux. Ils montèrent la rue des Martyrs, traversèrent
la rue de la Tour-d'Auvergne, descendirent la rue
Montholon. Jupillon parlait; la cousine ne disait
rien, écoutait Jupillon, et, distraite comme une
femme qui respire un bouquet, allait en jetant de
côté de temps en temps un petit regard vague, un
petit coup d'œil d'enfant qui a peur.

Arrivés à la rue Lamartine devant le passage des
Deux-Sœurs, ils tournèrent sur eux-mêmes; Germinie n'eut que le temps de se jeter dans une porte
d'allée. Ils passèrent sans la voir. La petite était
sérieuse et paresseuse à marcher. Jupillon lui parlait dans le cou. Un moment ils s'arrêtèrent : Jupillon faisait de grands gestes; la jeune fille regardait fixément le pavé. Germinie crut qu'ils allaient
se quitter; mais ils se remirent à marcher ensemble
et firent quatre ou cinq tours, revenant et repassant devant le passage. A la fin, ils y entrèrent.
Germinie s'élança de sa cachette, bondit sur leurs
pas. De la grille du passage elle vit un bout de
robe disparaître dans la porte d'un petit hôtel meublé, à côté d'une boutique de liquoriste. Elle courut à cette porte, regarda dans l'escalier, ne vit
plus rien... Alors tout son sang lui monta à

la tête avec une idée, une seule idée que répétait
sa bouche idiote : Du vitriol !... du vitriol !... du vitriol ! Et sa pensée devenant instantanément l'ac-
tion même de sa pensée, son délire la transportant
tout à coup dans son crime, elle montait l'escalier
avec la bouteille bien cachée sous son châle ; elle
frappait à la porte très-fort, et toujours... On finissait par venir ; il entre-bâillait la porte... Elle ne lui
disait ni son nom, ni rien... Elle passait sans s'occuper de lui... Elle était forte à le tuer ! et elle
allait au lit, à *elle !* Elle lui prenait le bras, elle lui
disait : Oui, c'est moi... tu vas voir ! Et sur sa
figure, sur sa gorge, sur sa peau, sur tout ce qu'elle
avait de jeune et d'orgueilleux, de beau pour l'a-
mour, Germinie voyait le vitriol marquer, brûler,
creuser, bouillonner, faire quelque chose d'horrible
qui l'inondait de joie ! La bouteille était vide, et elle
riait !... Et, dans son affreux rêve, son corps aussi
rêvant, ses pieds se mirent à marcher. Son pas alla
devant elle, descendit le passage, prit la rue, la
mena chez un épicier. Il y avait dix minutes qu'elle
était là plantée devant le comptoir, avec des yeux
qui n'y voyaient pas, les yeux vides et perdus de
quelqu'un qui va assassiner. — Voyons, qu'est-ce
que vous demandez ? lui dit l'épicière, impatientée,
presque effrayée de cette femme qui ne bougeait
pas.

— Ce que je demande ?... fit Germinie. Elle était
si pleine et si possédée de ce qu'elle voulait, qu'elle
avait cru demander du vitriol. — Ce que je de-

mande?... Elle se passa la main sur son front. —
Ah! tiens, je ne sais plus...

Et elle sortit en trébuchant de la boutique.

XXXIII.

Dans la torture de cette vie, où elle souffrait mort
et passion, Germinie, cherchant à étourdir les horreurs de sa pensée, était revenue au verre qu'elle
avait pris un matin des mains d'Adèle et qui lui
avait donné toute une journée d'oubli. De ce jour,
elle avait bu. Elle avait bu à ces petites *lichades*
matinales des bonnes de femmes entretenues. Elle
avait bu avec l'une, elle avait bu avec l'autre. Elle
avait bu avec des hommes qui venaient déjeuner
chez la crémière ; elle avait bu avec Adèle qui buvait comme un homme et qui prenait un vil plaisir
à voir descendre aussi bas qu'elle cette bonne de
femme honnête.

D'abord, elle avait eu besoin, pour boire, d'entraînement, de société, du choc des verres, de
l'excitation de la parole, de la chaleur des défis ;
puis bientôt, elle était arrivée à boire seule. C'est
alors qu'elle avait bu dans le verre à demi plein,
remonté sous son tablier et caché dans un recoin
de la cuisine ; qu'elle avait bu solitairement et
désespérément ces mélanges de vin blanc et d'eau-de-

vie qu'elle avalait coup sur coup jusqu'à ce qu'elle
y eût trouvé ce dont elle avait soif : le sommeil.
Car ce qu'elle voulait ce n'était point la fièvre de
tête, le trouble heureux, la folie vivante, le rêve
éveillé et délirant de l'ivresse; ce qu'il lui fallait,
ce qu'elle demandait, c'était le noir bonheur du sommeil, d'un sommeil sans mémoire et sans rêve,
d'un sommeil de plomb tombant sur elle comme un
coup d'assommoir sur la tête d'un bœuf : et elle le
trouvait dans ces liqueurs mêlées qui la foudroyaient
et lui couchaient la face sur la toile cirée de la table
de cuisine.

Dormir de ce sommeil écrasant, rouler, le jour,
dans cette nuit, cela était devenu pour elle comme
la trêve et la délivrance d'une existence qu'elle
n'avait plus le courage de continuer ni de finir. Un
immense besoin de néant, c'était tout ce qu'elle
éprouvait dans l'éveil. Les heures de sa vie qu'elle
vivait de sang-froid, en se voyant elle-même, en
regardant dans sa conscience, en assistant à ces
hontes, lui semblaient si abominables! Elle aimait
mieux les mourir. Il n'y avait plus que le sommeil
au monde pour lui faire tout oublier, le sommeil
congestionné de l'Ivrognerie qui berce avec les
bras de la Mort.

Là, dans ce verre, qu'elle se forçait à boire et
qu'elle vidait avec frénésie, ses souffrances, ses
douleurs, tout son horrible présent allait se noyer,
disparaître. Dans une demi-heure, sa pensée ne
penserait plus, sa vie n'existerait plus; rien d'elle

ne serait plus pour elle, et il n'y aurait plus même
de temps à côté d'elle. « Je bois mes embêtements, »
avait-elle répondu à une femme qui lui avait dit
qu'elle s'abîmerait la santé à boire. Et comme
dans les réactions qui suivaient ses ivresses, il lui
revenait un plus douloureux sentiment d'elle-même,
une désolation et une détestation plus grandes de
ses fautes et de ses malheurs, elle cherchait des
alcools plus forts, de l'eau-de-vie plus dure, elle
buvait jusqu'à de l'absinthe pure pour tomber dans
une léthargie plus inerte, et faire plus complet son
évanouissement à toutes choses.

Elle finit par atteindre ainsi à des moitiés de
journée d'anéantissement, dont elle ne sortait qu'à
demi éveillée avec une intelligence stupéfiée, des
perceptions émoussées, des mains qui faisaient les
choses par habitude, des gestes de somnambule, un
corps et une âme où la pensée, la volonté, le souvenir semblaient avoir encore la somnolence et le
vague des heures confuses du matin.

XXXIV.

Une demi-heure après l'affreuse rencontre où, sa
pensée touchant au crime comme avec les doigts,
elle avait voulu, elle avait cru défigurer sa rivale
avec du vitriol, Germinie rentrait rue de Laval, en

remontant de chez l'épicier une bouteille d'eau-de-vie.

Depuis deux semaines, elle était maîtresse de l'appartement, libre de ses ivresses et de ses abrutissements. Mlle de Varandeuil, qui d'habitude ne bougeait guère, était, par extraordinaire, allée passer six semaines chez une de ses vieilles amies en province ; et elle n'avait pas voulu emmener Germinie avec elle, par crainte de donner aux autres domestiques le mauvais exemple et la jalousie d'une bonne habituée aux douceurs du service et traitée sur un autre pied qu'eux.

Entrée dans la chambre de mademoiselle, Germinie ne prit que le temps de jeter à terre son châle et son chapeau, et elle se mit à boire, le goulot de la bouteille d'eau-de-vie entre les dents, à gorgées précipitées jusqu'à ce que tout dans la chambre tournât autour d'elle, et qu'il n'y eût plus rien de la journée dans sa tête. Alors, chancelante, se sentant tomber, elle voulut se mettre sur le lit de sa maîtresse pour dormir ; l'ivresse la jeta de côté sur la table de nuit. De là, elle roula à terre, ne remua plus : elle ronflait. Mais le coup avait été si violent que dans la nuit elle eut une fausse couche, suivie d'une de ces pertes par où la vie s'écoule. Elle voulut se relever, aller appeler sur le carré, elle essaya de se mettre sur ses pieds : elle ne le put pas. Elle se sentait glisser à la mort, y entrer, y descendre avec une lenteur molle. Enfin, s'arrachant un dernier effort, elle se traîna jusqu'à

la porte de l'escalier ; mais là, il lui fut impossible
de se soulever jusqu'à la serrure, impossible de
crier. Et elle aurait fini d'y mourir, si Adèle, dans
la matinée, en passant, inquiète d'entendre un
gémissement, n'avait été chercher un serrurier pour
ouvrir la porte, et une sage-femme pour délivrer la
mourante.

Quand, au bout d'un mois, mademoiselle revint,
elle trouva Germinie levée, mais d'une faiblesse si
grande qu'elle était obligée de s'asseoir à tout
moment, et d'une pâleur telle qu'elle n'avait plus
l'air d'avoir de sang dans le corps. On lui dit qu'elle
avait eu une perte dont elle avait manqué mourir :
mademoiselle ne soupçonna rien.

XXXV.

Germinie accueillit le retour de mademoiselle
avec des caresses attendries, mouillées de larmes.
Sa tendresse ressemblait à celle d'un enfant malade ; elle en avait la lente douceur, l'air de prière,
la tristesse de souffrance peureuse et effarouchée.
De ses mains pâles aux veines bleues, elle cherchait
à toucher sa maîtresse. Elle s'approchait d'elle avec
une sorte d'humilité tremblante et fervente. Le plus
souvent, assise en face d'elle sur un tabouret et la
regardant d'en bas, avec les yeux d'un chien, elle

se soulevait de temps en temps pour aller l'embrasser sur quelque endroit de sa robe, revenait s'asseoir, puis un instant après recommençait.

Il y avait du déchirement et de l'imploration dans ces caresses, dans ces baisers de Germinie. La mort qu'elle avait entendue venir à elle comme une personne, avec le pas de quelqu'un, ces heures de défaillance où, dans le lit, seule avec elle-même, elle avait revu sa vie et remonté son passé, le ressouvenir et la honte de tout ce qu'elle avait caché à Mlle de Varandeuil, la terreur d'un jugement de Dieu se levant du fond de ses anciennes idées de religion, tous les reproches, toutes les peurs qui se penchent à l'oreille d'une agonie, avaient fait dans sa conscience une suprême épouvante ; et le remords, le remords qu'elle n'avait jamais pu tuer en elle, était maintenant tout vivant et tout criant dans son être affaibli, ébranlé, encore mal renoué à la vie, à peine rattaché à la croyance de vivre.

Germinie n'était point une de ces natures heureuses qui font le mal et en laissent le souvenir derrière elles, sans que le regret de leurs pensées y retourne jamais. Elle n'avait pas, comme Adèle, une de ces grosses organisations matérielles qui ne se laissent traverser par rien que par des impressions animales. Elle n'avait pas une de ces consciences qui se dérobent à la souffrance par l'abrutissement et par cette épaisse stupidité dans laquelle une femme végète, naïvement fautive. Chez elle, une sensitivité maladive, une sorte d'éréthisme cérébral, une disposition de tête à toujours travailler, à s'agiter dans l'amertume, l'inquiétude, le mécontentement d'elle-même, un sens moral qui s'était comme redressé en elle après chacune de ses déchéances, tous les dons de délicatesse, d'élection et de malheur s'unissaient pour la torturer, et retourner, chaque jour, plus avant et plus cruellement dans son désespoir, le tourment de ce qui n'aurait guère mis de si longues douleurs chez beaucoup de ses pareilles.

Germinie cédait à l'entraînement de la passion ; mais aussitôt qu'elle y avait cédé, elle se prenait en mépris. Dans le plaisir même, elle ne pouvait s'oublier entièrement et se perdre. Il se levait toujours dans sa distraction l'image de mademoiselle avec son austère et maternelle figure. A mesure qu'elle s'abandonnait et descendait de son honnêteté, Germinie ne sentait pas l'impudeur lui venir. Les dégradations où elle s'abîmait ne la fortifiaient point contre le dégoût et l'horreur d'elle-même. L'habitude ne lui apportait pas l'endurcissement. Sa conscience souillée rejetait ses souillures, se débattait dans ses hontes, se déchirait dans ses repentirs, et ne lui laissait pas même une seconde la pleine jouissance du vice, l'entier étourdissement de la chute.

Aussi quand mademoiselle, oubliant la domestique qu'elle était, se penchait sur elle avec une de ces familiarités brusques de la voix et du geste qui l'approchaient tout près de son cœur, Germinie confuse,

prise tout à coup de timidités rougissantes, devenait
muette et comme imbécile sous l'horrible douleur
de voir toute son indignité. Elle s'enfuyait, elle
s'arrachait sous un prétexte à cette affection si
odieusement trompée et qui, en la touchant, remuait
et faisait frissonner tous ses remords.

XXXVI.

Le miracle de cette vie de désordre et de déchirement, de cette vie honteuse et brisée, fut qu'elle
n'éclatât pas. Germinie n'en laissa rien jaillir au
dehors, elle n'en laissa rien monter à ses lèvres,
elle n'en laissa rien voir dans sa physionomie, rien
paraître dans son air, et le fond maudit de son
existence resta toujours caché à sa maîtresse.

Il était bien arrivé quelquefois à Mlle de Varandeuil de sentir à côté d'elle vaguement un secret
dans sa bonne, quelque chose qu'elle lui cachait,
une obscurité dans sa vie. Elle avait eu des instants
de doute, de défiance, une inquiétude instinctive,
des commencements de perception confuse, le flair
d'une trace qui va en s'enfonçant et se perd dans
du sombre. Elle avait cru par moments toucher
dans cette fille à des choses fermées et froides, à
un mystère, à de l'ombre. Par moments encore, il lui avait semblé que les yeux de sa

bonne ne disaient pas ce que disait sa bouche.
Sans le vouloir, elle avait retenu une phrase que
Germinie répétait souvent : « Péché caché, péché à
moitié pardonné. » Mais ce qui occupait surtout sa
pensée, c'était l'étonnement de voir que malgré
l'augmentation de ses gages, malgré les petits
cadeaux journaliers qu'elle lui faisait, Germinie
n'achetait plus rien pour sa toilette, n'avait plus
de robes, n'avait plus de linge. Où son argent
passait-il? Elle lui avait presque avoué avoir retiré
ses dix-huit cents francs de la Caisse d'épargne.
Mademoiselle ruminait cela, puis se disait que
c'était là tout le mystère de sa bonne, c'était de
l'argent, des embarras, sans doute des engage-
ments pris autrefois pour sa famille, et peut-être de
nouveaux envois « à sa canaille de beau-frère. »
Elle avait si bon cœur et si peu d'ordre ! Elle savait
si peu ce qu'était une pièce de cent sous ! Ce n'était
que cela : mademoiselle en était sûre ; et comme
elle connaissait la nature entêtée de sa bonne et
qu'elle n'espérait pas la faire changer, elle ne lui
parlait de rien. Quand cette explication ne satis-
faisait pas complétement mademoiselle, elle mettait ce qui était inconnu et mystérieux pour elle
dans sa bonne sur le compte d'une nature de
femme un peu cachotière, gardant du caractère et
des méfiances de la paysanne, jalouse de ses
petites affaires et se plaisant à enfouir un coin de
sa vie tout au fond d'elle, comme au village on
entasse des sous dans un bas de laine. Ou bien,

elle se persuadait que c'était la maladie, son état
de souffrance continuel qui lui donnait ces lubies
et cette dissimulation. Et sa pensée, dans sa
recherche et sa curiosité, s'arrêtait là, avec la
paresse et aussi un peu l'égoïsme des pensées de
vieilles gens, qui, craignant instinctivement le bout
des choses et le fond des gens, ne veulent point
trop s'inquiéter ni trop savoir. Qui sait? Peut-être
toute cette cachoterie n'était-elle rien qu'une misère indigne de l'inquiéter ou de l'intéresser, une
chamaillade, une brouillerie de femmes. Elle s'endormait là-dessus, rassurée, et cessait de chercher.

Et comment mademoiselle eût-elle pu deviner
les dégradations de Germinie et l'horreur de son
secret? Dans ses chagrins les plus poignants, dans
ses ivresses les plus folles, la malheureuse gardait
l'incroyable force de tout retenir et de tout ren-
foncer. De sa nature passionnée, débordée, qui
se versait si naturellement dans l'expansion, jamais
ne s'échappait une phrase, un mot qui fût un
éclair, une lueur. Déboires, mépris, chagrins, sacrifices, mort de son enfant, trahison de son amant,
agonie de son amour, tout demeura en elle silencieux, étouffé, comme si elle appuyait des deux
mains sur son cœur. Les rares défaillances qui
lui prenaient et où elle semblait se débattre avec
des douleurs qui l'étranglaient, ces caresses fiévreuses, furieuses à Mlle de Varandeuil, ces effusions subites, ressemblant à des crises voulant
accoucher de quelque chose, finissaient toujours

sans paroles et se sauvaient dans des larmes.

La maladie même avec ses affaiblissements et ses énervements ne tira rien d'elle. Elle ne put entamer cette héroïque volonté de se taire jusqu'au bout. Les crises de nerfs lui arrachaient des cris, et rien que des cris. Jeune fille, elle rêvait tout haut ; elle força ses rêves à ne plus parler, elle ferma les lèvres de son sommeil. Comme à son haleine mademoiselle aurait pu s'apercevoir qu'elle buvait, elle mangea de l'ail et de l'échalotte, et cacha avec leur empuantissement l'odeur de ses ivresses. Ses ivresses mêmes, ses torpeurs soûles, elle les dressa à se réveiller au pas de sa maîtresse et à rester éveillées devant elle.

Elle menait ainsi comme deux existences. Elle était comme deux femmes, et à force d'énergie, d'adresse, de diplomatie féminine, avec un sang-froid toujours présent dans le trouble même de la boisson, elle parvint à séparer ces deux existences, à les vivre toutes les deux sans les mêler, à ne pas laisser se confondre les deux femmes qui étaient en elle, à rester auprès de Mlle de Varandeuil la fille honnête et rangée qu'elle avait été, à sortir de l'orgie sans en emporter le goût, à montrer quand elle venait de quitter son amant une sorte de pudeur de vieille fille dégoûtée du scandale des autres bonnes. Elle n'avait ni un propos, ni un genre de tenue qui éveillât le soupçon de sa vie clandestine ; rien en elle ne sentait ses nuits. En mettant le pied sur le paillasson de l'appartement

de Mlle de Varandeuil, en l'approchant, en se trouvant en face d'elle, elle prenait la parole, l'attitude,
même de certains plis de robe qui écartent d'une
femme jusqu'à la pensée des approches de l'homme.
Elle parlait librement de toutes choses, comme
n'ayant à rougir de rien. Elle était amère aux fautes
et aux hontes d'autrui, ainsi qu'une personne sans reproche. Elle plaisantait de l'amour avec sa maîtresse,
gaiement, sans embarras, d'une façon détachée : on
aurait cru l'entendre causer d'une vieille connaissance qu'elle aurait perdue de vue. Et il y avait
autour de ses trente-cinq ans, pour tous ceux qui
ne la voyaient que comme Mlle de Varandeuil et
chez elle, une certaine atmosphère de chasteté
particulière, le parfum d'honnêteté sévère et insoupçonnable, spécial aux vieilles bonnes et aux
femmes laides.

Cependant tout ce mensonge d'apparences n'était
pas de l'hypocrisie chez Germinie. Il ne venait pas
d'une duplicité perverse, d'un calcul corrompu :
c'était son affection pour mademoiselle qui la faisait
être ce qu'elle était chez elle. Elle voulait à tout
prix lui éviter le chagrin de la voir et de pénétrer
au fond d'elle. Elle la trompait uniquement pour
garder sa tendresse, avec une sorte de respect ; et
dans l'horrible comédie qu'elle jouait, un sentiment pieux, presque religieux, se glissait, pareil au
sentiment d'une fille mentant aux yeux de sa mère
pour ne pas lui désoler le cœur.

XXXVII.

Mentir! elle ne pouvait plus que cela. Elle éprouvait comme une impossibilité de se retirer d'où elle était. Elle ne soutenait même pas l'idée d'un effort pour en sortir, tant la tentative lui paraissait inutile, tant elle se trouvait lâche, abîmée et vaincue, tant elle se sentait encore toute nouée à cet homme par toutes sortes de chaînes basses et de liens dégradants, jusque par le mépris qu'il ne lui cachait plus!

Quelquefois, en réfléchissant sur elle-même, elle était effrayée. Des idées, des peurs de village lui revenaient. Et ses superstitions de jeunesse lui disaient tout bas que cet homme lui avait jeté un sort, que peut-être il lui avait fait manger du *pain à chanter.* Et sans cela, aurait-elle été comme elle était? Aurait-elle eu, rien qu'à le voir, cette émotion de tout l'être, cette sensation presque animale de l'approche d'un maître? Aurait-elle senti tout son corps, sa bouche, ses bras, l'amour et la caresse de ses gestes aller involontairement à lui? Lui aurait-elle appartenu ainsi tout entière? Longuement et amèrement, elle se rappelait à elle-même tout ce qui aurait dû la guérir, la sauver, les dédains de cet homme, ses injures, la corruption

des plaisirs qu'il avait exigés d'elle, et elle était
forcée de s'avouer que rien ne lui avait coûté à
sacrifier pour cet homme et qu'elle avait dévoré
pour lui jusqu'aux derniers dégoûts. Elle cherchait
à imaginer le degré d'abaissement où son amour
refuserait de descendre, elle ne le trouvait pas. Il
pouvait faire d'elle ce qu'il voulait, l'insulter, la
battre, elle resterait à lui sous le talon de ses
bottes! Elle ne se voyait pas ne lui appartenant
plus. Elle ne se voyait pas sans lui. Cet homme à
aimer lui était nécessaire, elle se réchauffait à lui,
elle vivait de lui, elle le respirait. Autour d'elle,
rien ne lui semblait exister de pareil parmi les
femmes de sa condition. Aucune des camarades
qu'elle approchait ne mettait dans une liaison
l'âpreté, l'amertume, le tourment, le bonheur de
souffrir qu'elle trouvait dans la sienne. Aucune n'y
mettait cela qui la tuait et dont elle ne pouvait se
passer.

A elle-même, elle se paraissait extraordinaire et
d'une nature à part, du tempérament des bêtes que
les mauvais traitements attachent. Il y avait des
jours où elle ne se reconnaissait plus, et où elle se
demandait si elle était toujours la même femme.
En repassant toutes les bassesses auxquelles Jupillon
l'avait pliée, elle ne pouvait croire que c'était elle
qui avait subi cela. Elle qui se connaissait violente,
bouillante, toute pleine de passions chaudes, de
révoltes et d'orages, elle avait passé par ces sou-
missions et ces docilités! Elle avait réprimé ses

colères, refoulé les idées de sang qui lui étaient
montées au cerveau tant de fois! Elle avait toujours
obéi, toujours patienté, toujours baissé la tête!
Aux pieds de cet homme, elle avait fait ramper son
caractère, ses instincts, son orgueil, sa vanité, et
plus que tout cela, sa jalousie, les rages de son
cœur! Pour le garder, elle en était venue à le partager, à lui permettre des maîtresses, à le recevoir
des mains des autres, à chercher sur sa joue les
endroits où ne l'avait pas embrassé sa cousine!
Et maintenant, tout au bout de tant d'immola-
tions dont elle l'avait lassé, elle le retenait par
un plus dégoûtant sacrifice, elle l'attirait par des
cadeaux, elle lui ouvrait sa bourse pour le faire
venir à des rendez-vous, elle achetait son amabilité
en satisfaisant ses fantaisies et ses caprices, elle
payait cet homme qui se faisait marchander ses
baisers et demandait des pourboires à l'amour! Et
elle vivait, allant d'un jour à l'autre avec la terreur de ce que le misérable pourrait lui demander
le lendemain.

XXXVIII.

« Il lui faut vingt francs... » Germinie se répéta
cela plusieurs fois machinalement, mais sa pensée
n'allait pas au delà des mots qu'elle se disait. La
marche, la montée des cinq étages l'avaient étour-

die. Elle tomba assise sur la chauffeuse graisseuse
de sa cuisine, baissa la tête, posa le bras sur la
table. La tête lui bourdonnait. Ses idées s'en allaient, puis revenaient comme en foule, s'étouffaient
en elle, et de toutes il ne lui en restait qu'une, toujours plus aiguë, plus fixe : Il lui faut vingt francs!
vingt francs!... vingt francs!... Et elle regarda autour d'elle comme si elle allait les trouver là, dans
la cheminée, dans le panier aux ordures, sous le
fourneau. Puis elle songea aux gens qui lui devaient,
à une bonne allemande qui avait promis de la rembourser, il y avait de cela plus d'un an. Elle se
leva, noua son bonnet. Elle ne se disait plus : Il lui
faut vingt francs; elle se disait : Je les aurai.

Elle descendit chez Adèle : — Tu n'as pas vingt
francs pour une note qu'on apporte?... mademoiselle est sortie.

— Pas de chance, dit Adèle; j'ai donné mes derniers vingt francs à madame hier soir pour aller
souper. Cette rosse-là n'est pas encore rentrée...
Veux-tu trente sous?

Elle courut chez l'épicier. C'était un dimanche;
il était trois heures : l'épicier venait de fermer.

Il y avait du monde chez la fruitière; elle demanda quatre sous d'herbes.

— Je n'ai pas d'argent, dit-elle. Elle espérait que
la fruitière lui dirait : En voulez-vous? La fruitière
lui dit : En voilà un genre? comme si on avait
peur! Il y avait d'autres bonnes : elle sortit sans
rien dire.

— Il n'y a rien pour nous? dit-elle au portier. Ah! tenez, vous n'auriez pas vingt francs, mon Pipelet, ça m'éviterait de remonter.

— Quarante, si vous voulez...

Elle respira. Le portier alla dans le fond de sa loge à une armoire. — Ah! sapristi! ma femme a pris la clef... Tiens! comme vous êtes pâle!...

— Ce n'est rien... Et elle s'enfuit dans la cour vers la porte de l'escalier de service.

En remontant, voici ce qu'elle pensait : Il y a des gens qui trouvent des pièces de vingt francs... C'est aujourd'hui qu'il en a besoin, il me l'a dit... Mademoiselle m'a donné mon argent il n'y a pas cinq jours, je ne peux pas lui demander... Après ça, vingt francs de plus ou de moins, pour elle, qu'est-ce que c'est?... L'épicier me les aurait prêtés, bien sûr... J'en ai eu un autre rue Taitbout; il ne fermait que le soir, le dimanche, celui-là...

Elle était à son étage devant sa porte. Elle se pencha sur la rampe de l'escalier des maîtres, regarda si personne ne montait, entra, alla droit à la chambre de mademoiselle, ouvrit la fenêtre, respira largement, les deux coudes sur le barreau d'appui. Des moineaux accoururent des cheminées d'alentour, croyant qu'elle allait leur jeter du pain. Elle ferma la fenêtre et regarda dans la chambre sur le dessus de la commode, d'abord une veine de marbre, puis une petite cassette de bois des Iles, puis la clef, une petite clef d'acier oubliée dans la serrure. Tout à coup, ses oreilles tintèrent, elle

15

crut qu'on sonnait. Elle alla ouvrir : il n'y avait
personne. Elle revint avec le sentiment d'être seule,
alla prendre un torchon à la cuisine et se mit à
frotter l'acajou d'un fauteuil en tournant le dos à
la commode ; mais elle voyait toujours la cassette,
elle la voyait ouverte, elle voyait le coin à droite où
mademoiselle mettait son or, les petits papiers dans
lesquels elle l'empapillottait cent francs par cent
francs ; ses vingt francs étaient là!.. Elle fermait les
yeux comme à un éblouissement. Elle sentait le
vertige dans sa conscience ; mais aussitôt elle se
soulevait tout entière contre elle-même, et il lui
semblait que son cœur indigné lui remontait dans
la poitrine. En un moment, l'honneur de toute sa
vie s'était dressé entre sa main et cette clef. Son
passé de probité, de désintéressement, de dévouement, vingt ans de résistance aux mauvais conseils
et à la corruption de ce quartier pourri, vingt ans
de mépris pour le vol, vingt ans où sa poche n'a-
vait pas eu un liard à ses maîtres, vingt ans d'indifférence au lucre, vingt ans où la tentation n'avait
pas approché d'elle, sa longue et naturelle honnêteté, la confiance de mademoiselle, tout cela lui
revint d'un seul coup. Ses jeunes années l'embras-
sèrent et la reprirent. De sa famille même, du souvenir de ses parents, de la mémoire pure de son
misérable nom, des morts dont elle venait, il se
leva comme un murmure d'ombres gardiennes autour d'elle... Une seconde elle fut sauvée.

Puis insensiblement, de mauvaises idées se glis-

sèrent une à une dans sa tête. Elle se chercha des
sujets d'amertume, des raisons d'ingratitude contre
sa maîtresse. Elle compara à ses gages le chiffre
des gages dont se vantaient par vanité les autres
bonnes de la maison. Elle trouva que mademoiselle
était bienheureuse, qu'elle aurait dû l'augmenter
davantage depuis qu'elle était chez elle. Et puis
pourquoi, se demanda-t-elle tout à coup, laisse-
t-elle la clef à sa cassette? Et elle se mit à penser
que cet argent qui était là n'était pas de l'argent
pour vivre, mais des économies de mademoiselle
pour acheter une robe de velours à une filleule ; de
l'argent qui dormait... se dit-elle encore. Elle pré-
cipitait ses raisons comme pour s'empêcher de
discuter ses excuses. Et puis, c'est pour une fois...
Elle me les prêterait, si je lui demandais... Et je
les lui rendrai...

Elle avança la main, elle fit tourner la clef... Elle
s'arrêta ; il lui sembla que le grand silence qui était
autour d'elle la regardait et l'écoutait. Elle leva les
yeux : la glace lui jeta son visage. Devant cette
figure qui était la sienne, elle eut peur ; elle recula
d'épouvante et de honte comme devant la face de
son crime : c'était la tête d'une voleuse qu'elle avait
sur les épaules !

Elle s'était sauvée dans le corridor. Tout à coup,
elle tourna sur ses talons, alla droit à la cassette,
donna un tour de clef, jeta la main, fouilla sous des
médaillons de cheveux et des bijoux de souvenir,
prit une pièce à tâtons dans un rouleau de cinq

louis, ferma la cassette et s'enfuit dans la cuisine...
Elle tenait la petite pièce dans sa main et n'osait la
regarder.

XXXIX.

Ce fut alors que les abaissements, les dégradations de Germinie commencèrent à paraître dans
toute sa personne, à l'hébéter, à la salir. Une
sorte de sommeil gagna ses idées. Elle ne fut plus
vive ni prompte à penser. Ce qu'elle avait lu, ce
qu'elle avait appris parut s'échapper d'elle. Sa mémoire, qui retenait tout, devint confuse et oublieuse.
L'esprit de la bonne de Paris s'en alla peu à peu de
sa conversation, de ses réponses, de son rire. Sa
physionomie, tout à l'heure si éveillée, n'eut plus
d'éclairs. Dans toute sa personne on aurait cru voir
revenir la paysanne bête qu'elle était en arrivant
du pays, lorsqu'elle allait demander du pain d'é-
pice chez un papetier. Elle n'avait plus l'air de
comprendre. Mademoiselle lui voyait faire, à ce
qu'elle lui disait, une figure d'idiote. Elle était obligée de lui expliquer, de lui répéter deux ou trois
fois ce que jusque-là Germinie avait saisi à demi-
mot. Elle se demandait, en la voyant ainsi, lente et
endormie, si on ne lui avait pas changé sa bonne. —
Mais tu deviens donc une bête d'imbécile ! lui disait-

elle parfois impatientée. Elle se souvenait du temps
où Germinie lui était si utile pour retrouver une
date, mettre une adresse sur une carte, dire le jour
où on avait rentré le bois ou entamé la pièce de
vin, toutes choses qui échappaient à sa vieille tête.
Germinie ne se rappelait plus rien. Le soir, quand
elle comptait avec mademoiselle, elle ne pouvait
retrouver ce qu'elle avait acheté le matin ; elle disait : Attendez!... et après un geste vague, rien ne
lui revenait. Mademoiselle, pour ménager ses yeux
fatigués, avait pris l'habitude de se faire lire par
elle le journal : Germinie arriva à tellement ânon-
ner, à lire avec si peu d'intelligence, que mademoiselle fut obligée de la remercier.

Son intelligence allant ainsi en s'affaissant, son
corps aussi s'abandonnait et se délaissait. Elle renonçait à la toilette, à la propreté même. Dans son
incurie, elle ne gardait rien des soins de la femme;
elle ne s'habillait plus. Elle portait des robes tachées
de graisse et déchirées sous les bras, des tabliers en
loques, des bas troués dans des savates avachies.
Elle laissait la cuisine, la fumée, le charbon, le ci-
rage, la souiller et s'essuyer après elle comme après
un torchon. Autrefois, elle avait eu la coquetterie
et le luxe des femmes pauvres, l'amour du linge.
Personne dans la maison n'avait de bonnets plus
frais. Ses petits cols, tout unis et tout simples,
étaient toujours de ce blanc qui éclaire si joliment
la peau et fait toute la personne nette. Maintenant
elle avait des bonnets fatigués, fripés, avec lesquels

elle semblait avoir dormi. Elle se passait de man-
chettes, son col laissait voir contre la peau de son
cou un liseré de crasse, et on la sentait plus sale
encore en dessous qu'en dessus. Une odeur de misère, croupie et rance, se levait d'elle. Quelquefois
c'était si fort que Mlle de Varandeuil ne pouvait
s'empêcher de lui dire : — Va donc te changer,
ma fille... tu sens le pauvre...

Dans la rue, elle n'avait plus l'air d'appartenir
à quelqu'un de propre. Elle ne semblait plus la domestique d'une personne honnête. Elle perdait l'aspect d'une servante qui, se soignant et se respec-
tant dans sa mise même, porte sur elle le reflet de
sa maison et l'orgueil de ses maîtres. De jour en
jour elle devenait cette créature abjecte et débrail-
lée dont la robe glisse au ruisseau, — une *souillon*.

Se négligeant, elle négligeait tout autour d'elle.
Elle ne rangeait plus, elle ne nettoyait plus, elle
ne lavait plus. Elle laissait le désordre et la saleté
entrer dans l'appartement, envahir l'intérieur de
mademoiselle, ce petit intérieur dont la propreté
faisait autrefois mademoiselle si contente et si fière.
La poussière s'amassait, les araignées filaient derrière les cadres, les glaces se voilaient, les marbres
des cheminées, l'acajou des meubles se ternissaient;
les papillons s'envolaient des tapis qui n'étaient
plus secoués, les vers se mettaient où ne passaient
plus la brosse ni le balai; l'oubli poudroyait partout sur les choses sommeillantes et abandonnées
que réveillait et ranimait autrefois le coup de main

de chaque matin. Une dizaine de fois, mademoiselle
avait tenté de piquer là-dessus l'amour-propre de
Germinie; mais alors, tout un jour, c'était un net-
toyage si forcené et accompagné de tels accès d'humeur, que mademoiselle se promettait de ne plus
recommencer. Un jour pourtant elle s'enhardit à
écrire le nom de Germinie avec le doigt sur la poussière de sa glace; Germinie fut huit jours sans le
lui pardonner. Mademoiselle en vint à se résigner.
A peine si elle laissait échapper bien doucement,
quand elle voyait sa bonne dans un moment de
bonne humeur : — Avoue, ma fille, que la poussière
est bien heureuse chez nous!

A l'étonnement, aux observations des amies qui
venaient encore la voir et que Germinie était forcée
de laisser entrer, mademoiselle répondait avec un
accent de miséricorde et d'apitoiement : — Oui, c'est
sale, je sais bien! Mais que voulez-vous? Germinie
est malade, et j'aime mieux qu'elle ne se tue pas.
Parfois, quand Germinie était sortie, elle se hasar-
dait à donner avec ses mains goutteuses un coup de
serviette sur la commode, un coup de plumeau sur
un cadre. Elle se dépêchait, craignant d'être grondée, d'avoir une scène, si sa bonne rentrait et la
voyait.

Germinie ne travaillait presque plus; elle servait
à peine. Elle avait réduit le dîner et le déjeuner de
sa maîtresse aux mets les plus simples, les plus
courts et les plus faciles à cuisiner. Elle faisait son
lit sans relever les matelas, *à l'anglaise*. La domes-

tique qu'elle avait été ne se retrouvait et ne revivait plus en elle qu'aux jours où mademoiselle donnait un petit dîner dont le nombre de couverts était toujours assez grand par la bande d'enfants conviés. Ces jours-là, Germinie sortait, comme par enchantement, de sa paresse, de son apathie, et, puisant des forces dans une sorte de fièvre, elle retrouvait, devant le feu de ses fourneaux et les rallonges de la table, toute son activité passée. Et mademoiselle était stupéfaite de la voir, suffisant à tout, seule et ne voulant pas d'aide, faire en quelques heures un dîner pour une dizaine de personnes, le servir, le desservir avec les mains et toute la vive adresse de sa jeunesse.

XL.

— Non... cette fois-ci, non, dit Germinie en se levant du pied du lit de Jupillon où elle s'était assise. Il n'y a pas moyen... Mais tu ne sais donc pas que je n'ai plus un sou... ce qui s'appelle un sou!... Tu n'as donc pas vu les bas que je porte!

Et relevant sa jupe, elle lui montra des bas tout troués et noués avec des lisières. — Je n'ai plus de quoi changer de rien... De l'argent?... mais le jour de la fête de mademoiselle, je n'ai pas eu seulement pour lui donner des fleurs... Je lui ai acheté un bouquet de violettes d'un sou, ainsi! Ah!

oui, de l'argent !... Tes derniers vingt francs...
sais-tu comment je les ai eus?... En les prenant
dans la cassette de mademoiselle !... Je les ai
remis... Mais c'est fini... Je ne veux plus de cela...
C'est bon une fois... Où veux-tu que j'en trouve
à présent, dis-moi un peu?... On ne peut pas mettre
de sa peau au Mont-de-Piété... sans ça !... Mais
pour faire encore un coup comme ça, jamais de la
vie!... Tout ce que tu voudras, mais pas ça, pas
voler ! Je ne veux plus... Oh ! je sais bien, va, ce
qui m'arrivera avec toi... Mais tant pis !

— Ah! ça, as-tu fini de te monter? dit Jupillon.
Si tu m'avais dit ça pour les vingt francs... est-ce
que tu t'imagines que j'en aurais voulu ? Je ne te
croyais pas pannée tant que ça, moi... Je te voyais
toujours aller... Je me figurais que ça ne te gênait
pas de me prêter une pièce de vingt francs que je
t'aurais rendue dans une semaine ou deux avec les
autres... Mais, tu ne dis rien ?... Eh bien! voilà
tout, je ne t'en demanderai plus... C'est pas une
raison pour que nous nous fâchions, ça, il me
semble ...

Et jetant sur Germinie un regard indéfinissable :
— N'est-ce pas, à jeudi?

— A jeudi! dit désespérément Germinie. Elle
avait envie de se jeter dans les bras de Jupillon, de
lui demander pardon de sa misère, de lui dire : Tu
vois bien, je ne peux pas !...

Elle répéta : — A jeudi! et partit.

Quand, le jeudi, elle frappa à la porte du rez-de-chaussée de Jupillon, elle crut entendre le pas d'un homme qui se sauvait au fond dans la chambre. La porte s'ouvrit : devant elle était la cousine qui avait une résille, une vareuse rouge, des pantoufles, la toilette et la contenance d'une femme qui est chez elle chez un homme. Çà et là ses affaires traînaient: Germinie les voyait sur les meubles qu'elle avait payés.

— Madame demande ? fit impudemment la cousine.

— M. Jupillon?

— Il est sorti.

— Je l'attendrai, dit Germinie; et elle essaya d'entrer dans l'autre pièce.

— Chez le portier, alors? Et la cousine lui barra le passage.

— Quand rentrera-t-il?

— Quand les poules auront des dents, lui dit sérieusement la petite fille; et elle lui ferma la porte au nez.

—Eh bien! c'est bien ça que j'attendais de lui, se dit Germinie, en marchant dans la rue. Les pavés lui semblaient s'enfoncer sous ses jambes molles.

XLI.

Rentrant ce soir-là d'un dîner de baptême qu'elle n'avait pu refuser, mademoiselle entendit parler dans sa chambre. Elle crut qu'il y avait quelqu'un avec Germinie, et s'en étonnant, elle poussa la porte. A la lueur d'une chandelle charbonnante et fumeuse, elle ne vit d'abord personne ; puis, en regardant bien, elle aperçut sa bonne couchée et pelotonnée sur le pied de son lit.

Germinie dormait et parlait. Elle parlait avec un accent étrange, et qui donnait de l'émotion, presque de la peur. La vague solennité des choses surnaturelles, un souffle d'au delà de la vie s'élevait dans la chambre, avec cette parole du sommeil, involontaire, échappée, palpitante, suspendue, pareille à une âme sans corps qui errerait sur une bouche morte. C'était une voix lente, profonde, lointaine, avec de grands silences de respiration et des mots exhalés comme des soupirs, traversée de notes vibrantes et poignantes qui entraient dans le cœur, une voix pleine du mystère et du tremblement de la nuit où la dormeuse semblait retrouver à tâtons des souvenirs et passer la main sur des visages. On entendait : — Oh ! elle m'aimait bien... Et lui, s'il n'était pas mort... nous serions bien heureux à pré-

sent, n'est-ce pas?... Non! Non! Mais c'est fait, tant
pis, je ne veux pas le dire...

Et Germinie eut une contraction nerveuse comme
pour faire rentrer son secret et le reprendre au bord
de ses lèvres.

Mademoiselle était penchée avec une sorte d'é-
pouvante sur ce corps abandonné et ne s'appartenant plus, dans lequel le passé revenait comme un
revenant dans une maison abandonnée. Elle écoutait
ces aveux prêts à jaillir et machinalement arrêtés,
cette pensée sans connaissance qui parlait toute
seule, cette voix qui ne s'entendait pas elle-même.
Une sensation d'horreur lui venait : elle avait l'impression d'être à côté d'un cadavre possédé par un
rêve.

Au bout de quelque temps de silence, d'une sorte
de tiraillement entre ce qu'elle paraissait revoir,
Germinie sembla laisser venir à elle le présent de
sa vie. Ce qui lui échappait, ce qu'elle répandait
dans des paroles coupées et sans suite, c'était, autant que pouvait le comprendre mademoiselle, des
reproches à quelqu'un. Et à mesure qu'elle parlait,
son langage devenait aussi méconnaissable que sa
voix transposée dans les notes du songe. Il s'élevait
au-dessus de la femme, au-dessus de son ton et de
ses expressions journalières. C'était comme une
langue de peuple purifiée et transfigurée dans la
passion. Germinie accentuait les mots avec leur
orthographe ; elle les disait avec leur éloquence.
Les phrases sortaient de sa bouche, avec leur

rhythme, leur déchirement, et leurs larmes, ainsi que de la bouche d'une comédienne admirable. Elle avait des mouvements de tendresse coupés par des cris; puis venaient des révoltes, des éclats, une ironie merveilleuse, stridente, implacable, s'éteignant toujours dans un accès de rire nerveux qui répétait et prolongeait, d'écho en écho, la même insulte. Mademoiselle restait confondue, stupéfaite, écoutant comme au théâtre. Jamais elle n'avait entendu le dédain tomber de si haut, le mépris se briser ainsi et rejaillir dans le rire, la parole d'une femme avoir tant de vengeances contre un homme. Elle cherchait dans sa mémoire : un pareil jeu, de telles intonations, une voix aussi dramatique et aussi déchirée que cette voix de poitrinaire crachant son cœur, elle ne se les rappelait que de Mlle Rachel.

A la fin, Germinie s'éveilla brusquement, les yeux pleins des larmes de son sommeil, et se jeta au bas du lit, en voyant sa maîtresse rentrée. — Merci, lui dit celle-ci, ne te gêne pas!... Vautre-toi sur mon lit comme ça!

— Oh! mademoiselle, fit Germinie, je n'étais pas où vous mettez votre tête... La, ça vous réchauffera les pieds.

— Ah çà! veux-tu me dire un peu ce que tu rêvais?... Il y avait un homme... tu te disputais...

— Moi? fit Germinie, je ne me rappelle plus...

Et cherchant son rêve, elle se mit à déshabiller silencieusement sa maîtresse. Quand elle l'eut couchée : Ah! mademoiselle, lui dit-elle en lui bordant

son lit, n'est-ce pas que vous me donnerez bien une
fois quinze jours pour aller chez nous?... Ça me
revient maintenant...

XLII.

Bientôt mademoiselle s'étonna d'un entier changement dans la manière d'être, les habitudes de sa
bonne. Germinie n'eut plus ses maussaderies, ses
humeurs farouches, ses rébellions, ces mâchonne-
ments de mots où grognait son mécontentement.
Elle sortit tout à coup de sa paresse, reprit le zèle
de son ouvrage. Elle ne resta plus des heures à
faire son marché; elle semblait fuir la rue. Le soir,
elle ne sortait plus; à peine si elle bougeait d'auprès de mademoiselle, l'entourant, la gardant de
son lever à son coucher, prenant d'elle un soin con-
tinu, incessant, presque irritant, ne la laissant pas
se lever, pas même allonger la main pour prendre
quelque chose, la servant, la veillant comme un enfant. Par moments, fatiguée d'elle, lasse de cette
éternelle occupation de sa personne, mademoiselle
ouvrait la bouche pour lui dire : Ah çà! vas-tu bientôt décampiller d'ici? Mais Germinie levait sur elle
son sourire, un sourire si triste et si doux, qu'il arrêtait l'impatience sur les lèvres de la vieille fille.
Et elle continuait à demeurer près d'elle, avec une

espèce d'air charmé et divinement hébété, dans
l'immobilité d'une adoration profonde, l'enfonce-
ment d'une contemplation presque idiote.

C'est qu'en ce moment toute l'affection de la
pauvre fille se retournait vers mademoiselle. Sa
voix, ses gestes, ses yeux, son silence, sa pensée,
allaient à la personne de sa maîtresse avec l'ardeur
d'une expiation, la contrition d'une prière, l'élancement d'un culte. Elle l'aimait avec toutes les
tendres violences de sa nature. Elle l'aimait avec
toutes les déceptions de sa passion. Elle voulait lui
rendre tout ce qu'elle ne lui avait pas donné, tout
ce que d'autres lui avaient pris. Chaque jour son
amour embrassait plus étroitement, plus religieusement la vieille demoiselle qui se sentait pressée,
enveloppée, mollement réchauffée par la chaleur de
ces deux bras jetés autour de sa vieillesse.

XLIII.

Mais le passé et ses dettes étaient toujours là, et
lui répétaient à toute heure : — Si mademoiselle
savait!

Elle vivait dans des transes de criminelle, dans un
tremblement de tous les instants. On ne sonnait pas
à la porte sans qu'elle se dît : C'est ça! Les lettres
d'une écriture inconnue la remplissaient d'anxiété.

Elle en tourmentait la cire avec ses doigts, elle les
renfonçait dans sa poche, elle hésitait à les donner,
et le moment où mademoiselle ouvrait le terrible
papier, le parcourait de l'œil froid des vieilles gens,
avait pour elle l'émotion d'un arrêt de mort qu'on
attend. Elle sentait son secret et son mensonge dans
la main de tout le monde. La maison l'avait vue
et pouvait parler. Le quartier la connaissait. Autour
d'elle, il n'y avait plus que sa maîtresse dont elle
pût voler l'estime !

En montant, en descendant, elle trouvait le
regard du portier, un regard qui souriait, un regard
qui lui disait : Je sais. Elle n'osait plus l'appeler :
Mon Pipelet. Quand elle rentrait, il regardait dans
son panier : — Moi qui aime tant ça ! disait la portière quand il y avait quelque bon morceau. Le
soir elle leur descendait les restes. Elle ne mangeait plus. Elle finit par les nourrir.

Toute la rue lui faisait peur comme l'escalier et
la loge. Il y avait dans chaque boutique un visage
qui lui renvoyait sa honte et spéculait sur sa faute.
A chaque pas, il lui fallait acheter le silence à prix
de bassesse et de soumission. Les fournisseurs
qu'elle n'avait pu rembourser, la tenaient. Si elle
trouvait quelque chose trop cher, une goguenardise
lui rappelait qu'ils étaient ses maîtres, et qu'il
fallait payer si elle ne voulait pas être dénoncée.
Une plaisanterie, une allusion la faisait pâlir. Elle
était liée là, obligée de s'y fournir, de s'y laisser
fouiller aux poches comme par des complices. La

remplaçante de Mme Jupillon, partie pour aller tenir
une épicerie à Bar-sur-Aube, la nouvelle crémière
lui passait son mauvais lait, et quand elle lui disait
que mademoiselle s'en plaignait, qu'elle avait des
reproches tous les matins : — Votre mademoiselle,
répondait la crémière, avec ça qu'elle vous gêne !
Chez la fruitière, quand elle sentait un poisson et
qu'elle lui disait : Il a été sur la glace celui-là...
— Bon ! faisait la fruitière, dites tout de suite que
je l'y mets des influences de la lune dans les ouïes
pour le faire paraître frais !... On est donc dans ses
jours difficiles, aujourd'hui, ma biche? Mademoiselle
voulait pour un dîner qu'elle allât à la Halle; elle
en parla devant la fruitière : — Ah! bien oui, à la
Halle ! Je voudrais vous voir aller à la Halle ! Et elle
lui lança un coup d'œil où Germinie vit son compte
monté chez sa maîtresse. L'épicier lui vendait son
café qui sentait le tabac à priser, ses pruneaux
avariés, son riz éventé, ses vieux biscuits. Quand
elle s'enhardissait à lui faire une observation :
— Ah! bah! disait-il, une vieille pratique comme
vous, vous ne voudriez pas me faire des traits...
Puisque je vous dis que je vous donne bon... Et il
lui pesait cyniquement à faux poids ce qu'elle demandait et ce qu'il lui faisait demander.

XLIV.

Une grande douleur de Germinie, — une douleur qu'elle cherchait pourtant, — était de repasser, en revenant de chercher le journal du soir pour mademoiselle, avant dîner, dans une rue où était une école de petites filles. Souvent elle se trouvait devant la porte à l'heure de la sortie; elle voulait se sauver, — et s'arrêtait.

C'était d'abord le bruit d'un essaim, un bourdonnement, une envolée, une de ces grandes joies d'enfants qui font gazouiller la rue à Paris. De l'allée étroite et noire qui suivait la classe, les petites se sauvaient comme d'une cage ouverte, s'échappaient pêle-mêle, couraient en avant, gaminaient au soleil. Elles se poussaient, se bousculaient, faisaient sauter au-dessus de leurs têtes leurs paniers vides. Puis les groupes s'appelaient et se formaient; les petites mains allaient à d'autres petites mains; les amies se donnaient le bras, des couples se prenaient par la taille, se tenaient par le cou, et se mettaient à aller en mordant à la même tartine. La bande bientôt marchait, et toutes remontaient la rue sale, lentement, en musardant. Les plus grandes, qui avaient dix ans, s'arrêtaient pour causer, comme de petites femmes, aux portes co-

chères. D'autres faisaient halte pour boire à la bouteille de leur goûter. Les plus petites s'amusaient
à mouiller dans le ruisseau la semelle de leurs souliers. Et il y en avait qui se coiffaient d'une feuille
de chou ramassée par terre, vert bonnet du bon
Dieu sous lequel riait leur frais petit visage.

Germinie les regardait toutes et marchait avec
elles : elle se mettait dans les rangs pour avoir le
frôlement de leurs tabliers. Elle ne pouvait quitter
des yeux ces petits bras sous lesquels sautait le
carton de l'école, ces petites robes brunes à pois,
ces petits pantalons noirs, ces petites jambes dans
ces petits bas de laine. Il y avait pour elle comme
un jour divin sur toutes ces petites têtes de blon-
dines aux doux cheveux d'enfant Jésus. Une petite
mèche folle sur un petit cou, un rien de chair d'enfant au haut d'un bout de chemise, au bas d'une
manche, par instants elle ne voyait plus que cela :
c'était pour elle tout le soleil de la rue, — et le ciel !

Cependant la troupe diminuait. Chaque rue prenait les enfants des rues voisines. L'école se dis-
persait sur le chemin. La gaieté de tous ces petits
pas s'éteignait peu à peu. Les petites robes dispa-
raissaient une à une. Germinie suivait les dernières ; elle s'attachait à celles qui allaient le plus
loin.

Une fois qu'elle marchait ainsi, dévorant des
yeux le souvenir de sa fille, tout à coup prise
d'une rage d'embrasser, elle se jeta sur une des
petites, l'empoigna par le bras, avec le geste d'une

voleuse d'enfant... — Maman! maman! cria et pleura la petite en s'échappant. Germinie se sauva.

XLV.

Les jours succédaient aux jours pour Germinie, pareils, également désolés et sombres. Elle avait fini par ne plus rien attendre du hasard et ne plus rien demander à l'imprévu. Sa vie lui semblait enfermée à jamais dans son désespoir : elle devait continuer à être toujours la même chose implacable, la même route de malheur, toute plate et toute droite, le même chemin d'ombre, avec la mort au bout. Dans le temps, il n'y avait plus d'avenir pour elle.

Et pourtant, dans la désespérance où elle s'accroupissait, des pensées la traversaient encore par instants, qui lui faisaient relever la tête et regarder devant elle au delà de son présent. Par instants, l'illusion d'une dernière espérance lui souriait. Il lui semblait qu'elle pouvait encore être heureuse, et que si certaines choses arrivaient, elle le serait. Alors elle imaginait ces choses. Elle disposait les accidents, les catastrophes. Elle enchaînait l'impossible à l'impossible. Elle refaisait toutes les chances de sa vie. Et son espérance enfiévrée se mettant à créer à l'horizon les événements de son

désir, s'enivrait bientôt de la folle vision de ses
hypothèses.

Puis peu à peu ce délire d'espoir quittait Germinie. Elle se disait que c'était impossible, que
rien de ce qu'elle rêvait ne pouvait arriver, et
elle restait à réfléchir, affaissée sur sa chaise. Bientôt, au bout de quelques instants, elle se levait,
allait, lente et incertaine, à la cheminée, tâtonnait
sur le manteau la cafetière et se décidait à la prendre : elle allait savoir le restant de sa vie. Son bonheur, son malheur, tout ce qui devait lui arriver
était là, dans cette bonne aventure de la femme du
peuple, sur cette assiette où elle venait de verser
le marc du café...

Elle égouttait l'eau du marc, attendait quelques
minutes, respirait dessus avec le souffle religieux
dont sa bouche d'enfant touchait la patène à l'église
de son village. Puis, se penchant, elle se tenait la
tête en avant, effrayante d'immobilité, les yeux
fixes et perdus sur la traînée de noir éparpillée en
mouchetures sur l'assiette. Elle cherchait ce qu'elle
avait vu trouver à des tireuses de cartes dans les
granulations et le pointillé presque imperceptible
que le résidu du café laisse en s'écoulant. Elle
s'usait la vue sur ces milliers de petites taches, y
déterrait des formes, des lettres, des signes. Elle
isolait avec le doigt des grains pour se les montrer
plus clairs et plus nets. Elle tournait et roulait lentement l'assiette entre ses mains, interrogeait son
mystère de tous les côtés, et poursuivait dans son

cercle des apparences, des images, des rudiments
de nom, des ombres d'initiales, des ressemblances
de quelqu'un, des ébauches de quelque chose, des
embryons de présages, des figurations de rien qui
lui annonçaient qu'elle serait *victorieuse*. Elle voulait voir, et se forçait à deviner. Sous la tension de
son regard, la porcelaine s'animait des visions de
ses insomnies; ses chagrins, ses haines, les visages
qu'elle détestait, se levaient peu à peu de l'assiette
magique et des dessins du hasard. A côté d'elle la
chandelle, qu'elle oubliait de moucher, jetait sa
lueur intermittente et mourante : la lumière baissait dans le silence, l'heure tombait dans la nuit,
et comme pétrifiée dans un arrêt d'angoisse, Germinie restait toujours clouée là, seule et face à
face avec la terreur de l'avenir, essayant de démê-
ler dans les salissures du café le visage brouillé de
son destin, jusqu'à ce qu'elle crut apercevoir une
croix à côté d'une femme ayant l'air de la cousine
de Jupillon, — une croix, c'est-à-dire *une mort
prochaine.*

XLVI.

L'amour qui lui manquait, et auquel elle avait la
volonté de se refuser, devint alors la torture de sa
vie, un supplice incessant et abominable. Elle eut
à se défendre contre les fièvres de son corps, et les

irritations du dehors, contre les émotions faciles et les molles lâchetés de sa chair, contre toutes les sollicitations de nature qui l'assaillaient. Il lui fallut lutter avec les chaleurs de la journée, avec les suggestions de la nuit, avec les tiédeurs moites des temps d'orage, avec le souffle de son passé et de ses souvenirs, avec les choses peintes tout à coup au fond d'elle, avec les voix qui l'embrassaient tout bas à l'oreille, avec les frémissements qui faisaient passer de la tendresse dans tous ses membres.

Des semaines, des mois, des années, l'affreuse tentation dura pour elle, sans qu'elle y cédât, sans qu'elle prît un autre amant. Se craignant elle-même, elle fuyait l'homme et se sauvait de sa vue. Elle restait casanière et sauvage, enfermée chez mademoiselle, ou bien en haut dans sa chambre : le dimanche elle ne sortait plus. Elle avait cessé de voir les bonnes de la maison, et, pour s'occuper et s'oublier, elle s'abîmait dans de grands travaux de couture, ou s'enfonçait dans le sommeil. Quand des musiciens venaient dans la cour, elle fermait les fenêtres pour ne pas les entendre : la volupté de la musique lui mouillait l'âme.

Malgré tout, elle ne pouvait s'apaiser ni se refroidir. Ses mauvaises pensées se rallumaient toutes seules, vivaient et s'agitaient sur elles-mêmes. A toute heure, l'idée fixe du désir se levait de tout son être, devenait dans toute sa personne ce tourment fou qui ne finit pas, ce transport des sens au cerveau : l'obsession, — l'obsession que rien ne chasse et qui revient toujours, l'obsession impudique, acharnée, fourmillante d'images, l'obsession qui approche l'amour de tous les sens de la femme, l'apporte à ses yeux fermés, le roule fumant dans sa tête, le charrie tout chaud dans ses artères !

A la longue, l'ébranlement nerveux de ces assauts continuels, l'irritation de cette douloureuse continence, mettaient un commencement de trouble dans les perceptions de Germinie. Son regard croyait toucher ses tentations : une hallucination épouvantable approchait de ses sens la réalité de leurs rêves. Il arrivait qu'à de certains moments ce qu'elle voyait, ce qui était là, les chandeliers, les pieds des meubles, les bras des fauteuils, tout autour d'elle prenait des apparences, des formes d'impureté. L'obscénité surgissait de toutes choses sous ses yeux et venait à elle. Alors, regardant l'heure au coucou de sa cuisine comme une condamnée qui n'a plus son corps à elle, elle disait : Dans cinq minutes, je vais descendre dans la rue... — Et, les cinq minutes passées, elle restait et ne descendait pas.

XLVII.

Une heure arrivait dans cette vie où Germinie renonçait à la lutte. Sa conscience se courbait, sa volonté se pliait, elle s'inclinait sous le sort de sa vie. Ce qui lui restait de résolution, d'énergie, de courage, s'en allait sous le sentiment, la conviction désespérée de son impuissance à se sauver d'elle-même. Elle se sentait dans le courant de quelque chose allant toujours, qu'il était inutile, presque impie, de vouloir arrêter. Cette grande force du monde qui fait souffrir, la puissance mauvaise qui porte le nom d'un dieu sur le marbre des tragédies antiques, et qui s'appelle *Pas-de-Chance* sur le front tatoué des bagnes, la Fatalité l'écrasait, et Germinie baissait la tête sous son pied.

Quand, à ses heures découragées, elle retrouvait par le souvenir les amertumes de son passé, quand elle suivait depuis son enfance l'enchaînement de sa lamentable existence, cette file de douleurs qui avait suivi ses années et grandi avec elles, tout ce qui s'était succédé dans son existence comme une rencontre et un arrangement de misère, sans que jamais elle y eût vu apparaître la main de cette Providence dont on lui avait tant parlé, elle se disait qu'elle était de ces malheureuses vouées en naissant à une éternité de misère, de celles pour lesquelles le bonheur n'est pas fait et qui ne le connaissent qu'en l'enviant aux autres. Elle se repaissait et se nourrissait de cette idée, et à force d'en creuser le désespoir, à force de ressasser en elle-même la continuité de son infortune et la succession de ses chagrins, elle arrivait à voir une persécution de sa malechance dans les plus petits malheurs de sa vie, de son service. Un peu d'argent qu'elle prêtait et qu'on ne lui rendait pas, une pièce fausse qu'on lui faisait passer dans une boutique, une commission qu'elle faisait mal, un achat où on la trompait, tout cela pour elle ne venait jamais de sa faute, ni d'un hasard. C'était la suite du reste. La vie était conjurée contre elle et la persécutait en tout, partout, du petit au grand, de sa fille qui était morte, à l'épicerie qui était mauvaise. Il y avait des jours où elle cassait tout ce qu'elle touchait : elle s'imaginait alors être maudite jusqu'au bout des doigts. Maudite! presque damnée, elle se persuadait qu'elle l'était bien réellement, lorsqu'elle interrogeait son corps, lorsqu'elle sondait ses sens. Dans la flamme de son sang, l'appétit de ses organes, sa faiblesse ardente, ne sentait-elle point s'agiter la Fatalité de l'Amour, le mystère et la possession d'une maladie, plus forte que sa pudeur et sa raison, l'ayant déjà livrée aux hontes de la passion, et devant — elle le pressentait — l'y livrer encore?

Aussi n'avait-elle plus qu'une phrase à la bouche, une phrase qui était le refrain de ses pensées : Que voulez-vous? je suis malheureuse... Je n'ai pas de chance... Moi d'abord rien ne me réussit. Elle disait cela comme une femme qui a renoncé à espérer. Avec la pensée chaque jour plus fixe d'être née sous un signe défavorable, d'appartenir à des haines et à des vengeances plus hautes qu'elle, la terreur était venue à Germinie de tout ce qui arrive dans

la vie. Elle vivait dans cette lâche inquiétude où
l'imprévu est redouté comme une calamité qui va
entrer, où un coup de sonnette fait peur, où on
retourne une lettre, en en pesant l'inconnu, sans
oser l'ouvrir, où la nouvelle qu'on va vous dire, la
bouche qui s'ouvre pour vous parler, vous fait
passer une sueur sur les tempes. Elle en était à
cet état de défiance, de tressaillement, de tremblement devant la destinée, où le malheur ne voit que
le malheur, et où l'on voudrait arrêter sa vie pour
qu'elle ne marche plus et qu'elle n'aille pas devant
elle, là où la poussent tous les vœux et toutes les
attentes des autres.

A la fin, elle arrivait par les larmes à ce dédain
suprême, à ce faîte de la souffrance, où l'excès de
la douleur semble une ironie, où le chagrin, dépassant la mesure des forces de l'être humain, dépasse
sa sensibilité, et où le cœur frappé et qui ne sent
plus les coups, dit au ciel qu'il défie : Encore!

XLVIII.

— Où vas-tu comme ça? dit un dimanche matin Germinie à Adèle qui passait en grande toilette dans le corridor du sixième, devant la porte de
sa chambre ouverte.

— Ah! voilà! je vais à une fière noce, va! Nous

sommes un tas... la grosse Marie, le *gros tampon*, tu sais bien... Élisa, du 41, la grande et la petite Badinier... et des hommes avec ça! D'abord moi je suis avec mon *marchand de mort subite*... Eh bien, oui... Ah! tu ne sais pas?... mon nouveau, le maître d'armes du 24e... et puis un de ses amis, un peintre, un vrai Père la Joie... Nous allons à Vincennes... Chacun apporte quelque chose... Nous dînerons sur l'herbe... c'est les messieurs qui payent à boire... et on va s'en donner, je t'en réponds!

— J'y vais, dit Germinie.

— Toi? allons donc!... c'est plus des parties pour toi...

— Quand je te dis que j'y vais... fit Germinie avec une brusquerie décidée. Le temps de prévenir mademoiselle, de passer une robe... Attends-moi, je vais prendre une moitié de homard chez le charcutier...

Une demi-heure après, les deux femmes partaient, remontaient le long du mur de l'octroi et trouvaient, au boulevard de la Chopinette, le reste de la société attablé à l'extérieur d'un café. Après une tournée de cassis, on montait dans deux grands fiacres, et l'on roulait. Arrivé à Vincennes, devant le fort, on descendait, et toute la troupe se mettait à marcher en bande le long du talus du fossé. En passant devant le mur du fort, à un artilleur en faction à côté d'un canon, l'ami du maître d'armes, le peintre cria : — Hein! mon vieux, tu aimerais mieux en boire un que de le garder!

— Est-il drôle! dit Adèle à Germinie, en lui donnant un grand coup de coude.

Et bientôt l'on fut en plein bois de Vincennes.

D'étroits sentiers, à la terre piétinée, talée et durcie, pleins de traces, se croisaient dans tous les sens. Dans l'intervalle de tous ces petits chemins, il s'étendait, par places, de l'herbe, mais une herbe écrasée, desséchée, jaunie et morte, éparpillée comme une litière, et dont les brins, couleur de paille, s'emmêlaient de tous côtés aux broussailles, entre le vert triste des orties. On reconnaissait là un de ces lieux champêtres où vont se vautrer les dimanches des grands faubourgs, et qui restent comme un gazon piétiné par une foule après un feu d'artifice. Des arbres s'espaçaient, tordus et mal venus, de petits ormes au tronc gris, tachés d'une lèpre jaune, ébranchés jusqu'à hauteur d'homme, des chênes malingres, mangés de chenilles et n'ayant plus que la dentelle de leurs feuilles. La verdure était pauvre, souffrante, et toute à jour; le feuillage en l'air se voyait tout mince; les frondaisons rabougries, fripées et brûlées, ne faisaient que persiller le ciel. De volantes poussières de grandes routes enveloppaient de gris les fonds. Tout avait la misère et la maigreur d'une végétation foulée et qui ne respire pas, la tristesse de la verdure à la barrière : la Nature semblait y sortir des pavés. Point de chant dans les branches, point d'insecte sur le sol battu; le bruit des tapissières étourdissait l'oiseau; l'orgue faisait taire le silence et le

17.

frisson du bois; la rue passait et chantait dans le
paysage. Aux arbres pendaient des chapeaux de
femmes attachés dans un mouchoir avec quatre
épingles; le pompon d'un artilleur éclatait de rouge
à chaque instant entre des découpures de feuilles;
des marchands de gauffres se levaient des fourrés;
sur les pelouses pelées, des enfants en blouse tail-
laient des branches, des ménages d'ouvriers bague-
naudaient en mangeant du *plaisir*, des casquettes
de voyou attrapaient des papillons. C'était un de
ces bois à la façon de l'ancien bois de Boulogne,
poudreux et grillé, une promenade banale et violée,
un de ces endroits d'ombre avare où le peuple va
se ballader à la porte des capitales, parodies de
forêts, pleines de bouchons, où l'on trouve dans les
taillis des côtes de melon et des pendus!

La chaleur, ce jour-là, était étouffante; il faisait
un soleil sourd et roulant dans les nuages, une lumière orageuse, voilée et diffuse, qui aveuglait
presque le regard. L'air avait une lourdeur morte;
rien ne remuait; les verdures avec leurs petites
ombres sèches ne bougeaient pas, le bois était las
et comme accablé sous le ciel pesant. Par moments
seulement un souffle se levait, qui traînait et rasait le
sol. Un vent du midi passait, un de ces vents d'éner-
vement, fauves et fades, qui soufflent sur les sens
et roulent dans du feu l'haleine du désir. Sans savoir
d'où cela venait, Germinie sentait alors passer sur
tout son corps quelque chose de pareil au chatouillement du duvet d'une pèche mure contre la peau.

On allait toujours gaiement, avec cette activité un
peu enivrée que donne la campagne aux gens du
peuple. Les hommes couraient, les femmes les rat-
trapaient en sautillant. On jouait à se rouler. Il y
avait dans la société des impatiences de danser,
des envies de grimper aux arbres; et de loin, le
peintre s'amusait à jeter dans les meurtrières des
portes du fort des cailloux qu'il y faisait toujours
entrer.

A la fin, tout le monde s'assit dans une espèce
de clairière, au pied d'un bouquet de chênes dont
le soleil couchant allongeait l'ombre. Les hommes,
allumant une allumette sur le coutil de leur pantalon, se mirent à fumer. Les femmes bavardaient,
riaient, se renversaient à chaque minute dans de
gros accès d'hilarité bête, et dans de criards éclats
de joie. Seule, Germinie restait sans parler et sans
rire. Elle n'écoutait pas, elle ne regardait pas. Ses
yeux, sous ses paupières baissées, étaient fixement
attachés au bout de ses bottines. Abîmée en elle-
même, on l'eût dit absente du lieu et du moment
où elle se trouvait. Allongée, étendue tout de
son long sur l'herbe, la tête un peu relevée par
une motte de terre, elle ne faisait d'autre mouvement que de poser à plat, à côté d'elle, sur l'herbe,
la paume de ses mains; puis, au bout d'un peu de
temps, elle les retournait sur le dos et les reposait
de même, recommençant toujours à chercher la
fraîcheur de la terre pour éteindre le brûlement de
sa peau.

— En v'là une feignante! tu pionces? lui dit
Adèle.

Germinie ouvrit tout grands des yeux de feu,
sans lui répondre, et jusqu'au dîner elle demeura
dans la même pose, le même silence, la même tor-
peur, tâtonnant autour d'elle les places où n'avait
point encore posé la fièvre de ses mains.

— Dédèle! dit une voix de femme, chante-nous
quelque chose...

— Ah! répondit Adèle, je n'ai pas le vent avant
manger...

Tout à coup un gros pavé, lancé en l'air, tomba
à côté de Germinie, près de sa tête; en même temps
elle entendit la voix du peintre qui lui criait: As
pas peur! c'est votre chaise...

Chacun mit son mouchoir par terre en guise de
nappe. On détortilla les mangeailles des papiers
gras. Des litres débouchés, le vin coula à la ronde,
moussant dans les verres calés entre des touffes
d'herbe, et l'on se mit à manger des morceaux de
charcuterie sur des tartines de pain qui servaient
d'assiettes. Le peintre découpait, faisait des bateaux
en papier pour mettre le sel, imitait les commandes
des garçons de café, criait: Boum!... Pavillon!...
Servez! Peu à peu, la société s'animait. L'air, le
petit bleu, la nourriture fouettait la gaieté de la
table en plein vent. Les mains voisinaient, les
bouches se rencontraient, de gros mots se disaient
à l'oreille, des manches de chemises, un instant,
entouraient les tailles, et, de temps en temps, dans

des embrassades à pleine empoigne, résonnaient des baisers goulus.

Germinie ne disait rien et buvait. Le peintre, qui s'était mis à côté d'elle, se sentait devenir froid et gêné auprès de cette singulière voisine qui s'amusait « si en dedans. » Soudain, il se mit à battre avec son couteau contre son verre un *larifla* qui couvrit le bruit de la société ; et se levant sur les deux genoux :

— Mesdames ! dit-il, avec la voix d'un perroquet qui a trop chanté, à la santé d'un homme dans le malheur : à la mienne ! Ça me portera peut-être bonheur !... Lâché, oui, mesdames ; eh bien, oui, on m'a lâché ! je suis veuf ! mais veuf comme tout, *razibus !* C'est moi qui suis ahuri comme un fondeur de cloches... Ce n'est pas que j'y tenais, mais l'habitude, cette vieille canaille d'habitude ! Enfin je m'ennuie comme une punaise dans un ressort de montre... Depuis quinze jours, l'existence pour moi, tenez, ça ressemble à un café sans *gloria !* Moi qui aime l'amour comme s'il m'avait fait ! Pas de femme ! En voilà un sevrage pour un homme mûr ! c'est-à-dire que depuis que je sais ce que c'est, je salue les curés : ils me font de la peine, parole d'honneur ! Plus de femme ! et il y en a tant ! Je ne peux pourtant pas me promener avec un écriteau : *Un homme vacant à louer. Présentement s'adresser...* D'abord, faudrait être plaqué par m'sieu le préfet, et puis on est si bête, ça ferait des rassemblements ! Tout ça, mesdames, c'est à cette fin de vous faire assavoir

que si, dans les personnes que vous avez celui de
connaître, il y en avait comme ça une qui voulût
faire une connaissance... honnête... un bon petit
mariage à la détrempe... faut pas se gêner! je suis
là... Victor Médéric Gautruche! un homme d'attache, un vrai lierre d'appartement pour le sentiment! On n'a qu'à demander à mon ancien hôtel
de la *Clef de Sûreté...* Et rigolo comme un bossu
qui vient de noyer sa femme! Gautruche, dit Gogo-
la-Gaieté, quoi! Un joli garçon *à la coule* qui ne
bricole pas de casse-têtes, un bon *zig* qui se la
passe douce, et qui ne se donnera pas de colique
avec cette *anisette de barbillon-là...* Sur ce mot,
il envoya sauter à vingt pas une bouteille d'eau
qui était à côté de lui. — Et vive les murs! Ça, c'est
à papa comme le ciel au bon Dieu! Gogo-la-Gaieté
les peint la semaine, Gogo-la-Gaieté les bat le lundi!
Avec ça pas jaloux, pas méchant, pas cogneur, un
vrai amour d'homme qui n'a jamais fait un bleu à
une personne du sexe!... Au physique, parbleu!
c'est moi!

Il se leva tout debout, et dressant son grand
corps dégingandé dans son vieil habit bleu à bou-
tons d'or, montrant sous son chapeau gris, qu'il
leva, son crâne chauve, poli et suant, relevant sa
tête de vieux gamin déplumé : — Vous voyez ce
que c'est! Ce n'est pas une propriété d'agrément;
ce n'est pas flatteur à montrer... Mais c'est de rap-
port, un peu démeublé, mais bien bâti... Dame!
on vous a ses petits quarante-neuf ans... pas plus

de cheveux que sur une bille de billard, une barbe
de chiendent qu'on en ferait de la tisane, des fon-
dations pas trop tassées, des pieds longs comme
la Villette... avec ça maigre à prendre un bain
dans un canon de fusil... Voilà le déballage! Passez
le prospectus! Si une femme veut de tout ça en
bloc... une personne rangée... pas trop jeune... et
qui ne s'amuse pas à me badigeonner trop en
jaune... Vous comprenez, je ne demande pas une
princesse de Batignolles... Eh bien, vrai, ça y est!

Germinie empoigna le verre de Gautruche, le but
à moitié d'un trait, et le lui tendit du côté où elle
avait bu.

  .   .   .   .

Le soir tombant, la société s'en revint à pied.
Au mur des fortifications, Gautruche dessina avec
l'entaille de son couteau, sur la pierre, un grand
cœur dans lequel on mit le nom de tout le monde
au-dessous de la date.

A la nuit, Gautruche et Germinie étaient sur les
boulevards extérieurs, à la hauteur de la barrière
Rochechouart. A côté d'une maison basse où on
lisait sur un panneau de plâtre : *Mme Merlin. Robes
taillées et essayées, deux francs*, ils s'arrêtèrent
devant un petit escalier de pierre entrant, après
les trois premières marches, dans de la nuit où
saignait tout au fond la lumière rouge d'un quin-
quet. A l'entrée, sur une traverse de bois, était
écrit en noir :

Hôtel de la petite main bleue.

XLIX.

Médéric Gautruche était l'ouvrier noceur, goua-
peur, rigoleur, l'ouvrier faisant de sa vie un lundi.
Rempli de la joie du vin, les lèvres perpétuellement
humides d'une dernière goutte, les entrailles cras-
sées de tartre comme une vieille futaille, il était de
ceux que la Bourgogne appelle énergiquement des
boyaux rouges. Toujours un peu ivre, ivre de la
veille quand il ne l'était pas du jour, il voyait
l'existence au travers du coup de soleil qu'il avait
dans la tête. Il souriait à son sort, il s'y laissait
aller avec l'abandon de l'ivrogne, souriant sur le pas
du marchand de vin vaguement aux choses, à la
vie, au chemin qui s'allonge dans la nuit. L'ennui,
les soucis, la *dèche* n'avaient pas prise sur lui ; et
quand par hasard il lui venait une idée noire ou
sérieuse, il détournait la tête, faisait un certain
psitt! qui était sa manière de dire zut! et levant
le bras droit au ciel en caricaturant le geste d'un
danseur espagnol, il envoyait par dessus l'épaule sa
mélancolie à tous les diables. Il avait la superbe
philosophie d'après boire, la sérénité gaillarde de
la bouteille. Il ne connaissait ni envie ni désir. Ses
rêves lui étaient servis sur le comptoir. Pour trois
sous, il était sûr d'avoir un petit verre de bonheur,

pour douze un litre d'idéal. Content de tout, il aimait tout, trouvait à rire et à s'amuser de tout. Rien ne lui semblait triste dans le monde — qu'un verre d'eau.

A cet épanouissement de pochard, à la gaieté de sa santé, de son tempérament, Gautruche joignait la gaieté de son état, la bonne humeur et l'entrain de ce métier libre et sans fatigue, en plein air, à mi-ciel, qui se distrait en chantant et perche sur une échelle au-dessus des passants la blague d'un ouvrier. Peintre en bâtiments, il faisait la lettre. Il était le seul, l'unique homme à Paris qui attaquât l'enseigne sans mesure à la ficelle, sans esquisse au blanc, le seul qui du premier coup mît à sa place chacune des lettres dans le cadre d'une affiche, et, sans perdre une minute à les ranger, filât la majuscule à main levée. Il avait encore la renommée pour les lettres *monstres*, les lettres de caprice, les lettres ombrées, repiquées en ton de bronze ou d'or, en imitation de creux dans la pierre. Aussi faisait-il des journées de quinze à vingt francs. Mais comme il buvait tout, il n'en était pas plus riche, et il avait toujours des ardoises arriérées chez les marchands de vin.

C'était un homme élevé par la rue. La rue avait été sa mère, sa nourrice et son école. La rue lui avait donné son assurance, sa langue et son esprit. Tout ce qu'une intelligence de peuple ramasse sur le pavé de Paris, il l'avait ramassé. Ce qui tombe du haut d'une grande ville en bas, les filtrations,

18

les dégagements, les miettes d'idées et de connaissances, ce que roule l'air subtil et le ruisseau chargé
d'une capitale, le frottement à l'imprimé, des bouts
de feuilletons avalés entre deux chopes, des morceaux de drames entendus au boulevard, avait mis
en lui cette intelligence de raccroc qui, sans éducation, s'apprend tout. Il possédait une *platine*
inépuisable, imperturbable. Sa parole abondait et
jaillissait en mots trouvés, en images cocasses, en
ces métaphores qui sortent du génie comique des
foules. Il avait le pittoresque naturel de la farce en
plein vent. Il était tout débondant d'histoires ré-
jouissantes et de bouffonneries, riche du plus riche
répertoire de *scies* de la peinture en bâtiments.
Membre de ces bas caveaux qu'on appelle des *lices*,
il connaissait tous les airs, toutes les chansons, et
il chantait sans se lasser. Il était drôlatique enfin
des pieds à la tête. Et rien qu'à le voir, on riait
de lui comme d'un acteur qui fait rire.

Un homme de cette gaieté, de cet entrain,
« allait » à Germinie.

Germinie n'était pas la bête de service qui n'a
rien que son ouvrage dans la tête. Elle n'était pas
la domestique « qui reste de là » avec la figure
alarmée et le dandinement balourd de l'inintelli-
gence devant des paroles de maîtres qui lui passent
devant le nez. Elle aussi s'était dégrossie, s'était
formée, s'était ouverte à l'éducation de Paris.
Mlle de Varandeuil, inoccupée, curieuse à la façon
d'une vieille fille des histoires du quartier, lui avait

longtemps fait raconter ce qu'elle glanait de nouvelles, ce qu'elle savait des locataires, toute la
chronique de la maison et de la rue ; et cette habitude de conter, de causer comme une sorte de demoiselle de compagnie avec sa maîtresse, de pein-
dre les gens, d'esquisser les silhouettes, avait
développé à la longue en elle une facilité d'expressions vives, de traits heureux et échappés, un
piquant et parfois un mordant d'observation sin-
guliers dans une bouche de servante. Elle était
arrivée à surprendre souvent Mlle de Varandeuil par
sa vivacité de compréhension, sa promptitude à
saisir des choses à demi dites, son bonheur et sa
facilité à trouver des mots de belle parleuse. Elle
savait plaisanter. Elle comprenait un jeu de mots.
Elle s'exprimait sans *cuir*, et quand il y avait une
discussion d'orthographe chez la crémière, elle décidait avec une autorité égale à celle de l'employé
aux décès de la Mairie qui venait y déjeuner. Elle
avait aussi ce fond de lectures brouillées qu'ont les
femmes de sa classe quand elles lisent. Chez les
deux ou trois femmes entretenues qu'elle avait ser-
vies, elle avait passé ses nuits à dévorer des romans ; depuis elle avait continué à lire les feuilletons coupés au bas des journaux par toutes ses
connaissances ; et elle en avait retenu comme une
vague idée de beaucoup de choses, et de quelques
rois de France. Il lui en était resté ce qu'il faut
pour avoir envie d'en parler avec d'autres. Par une
femme de la maison qui faisait dans la rue le mé-

nage d'un auteur, et qui avait des billets, elle avait
été souvent au spectacle ; elle en revenait en se
rappelant toute la pièce, et les noms des acteurs
qu'elle avait vus sur le programme. Elle aimait à
acheter des chansons, des romances à un sou, et à
les lire.

L'air, le souffle vif du quartier Breda plein de la
verve de l'artiste et de l'atelier, de l'art et du vice,
avait aiguisé, dans Germinie, ces goûts d'esprit, et
lui avait créé des besoins, des exigences. Bien avant
ses désordres, elle s'était détachée des sociétés honnêtes, des personnes « bien » de son état et de sa
caste, des braves gens imbéciles et niais. Elle s'était
écartée des milieux de probité rangée et terre à
terre, des causeries endormantes autour des thés
que donnaient les vieux domestiques des vieilles
gens que connaissait mademoiselle. Elle avait fui
l'ennui des bonnes hébétées par la conscience de
leur service et la fascination de la caisse d'épargne.
Elle en était venue à exiger des gens pour en faire
sa société une certaine intelligence répondant à la
sienne et capable de la comprendre. Et maintenant,
quand elle sortait de son abrutissement, quand,
dans la distraction et le plaisir, elle se retrouvait
et renaissait, il fallait qu'elle pût s'amuser avec des
égaux à sa portée. Elle voulait, autour d'elle, des
hommes qui la fissent rire, des gaietés violentes, de
l'esprit spiritueux qui la grisât avec le vin qu'on lui
versait. Et c'est ainsi qu'elle roulait vers cette
bohème canaille du peuple, bruyante, étourdis-

sante, enivrante comme toutes les bohêmes : c'est
ainsi qu'elle tombait à un Gautruche.

L.

Comme Germinie rentrait un matin au petit jour,
elle entendit, dans l'ombre de la porte cochère re-
fermée sur elle, une voix lui crier : Qui va là? Elle
se jeta dans l'escalier de service ; mais elle se sentit
poursuivie et bientôt saisie à un tournant de palier
par la main du portier. Aussitôt qu'il l'eut reconnue : Ah! dit-il, excusez, c'est vous ; ne vous gênez
pas!... En voilà une noceuse!... Ça vous étonne,
hein? de me voir sur pied si matin?... C'est pour
le vol qu'on a fait ces jours-ci dans la chambre de
la cuisinière du second... Allons, bonne nuit! vous
avez de la chance par exemple que je ne sois pas
bavard.

Quelques jours après, Germinie apprit par Adèle
que le mari de la cuisinière volée disait qu'il n'y
avait pas à chercher bien loin ; que la voleuse était
dans la maison, qu'on savait ce qu'on savait. Adèle
ajouta que cela remuait beaucoup dans la rue, et
qu'il y avait des gens pour le répéter, pour le
croire. Germinie indignée alla tout conter à sa
maîtresse. Mademoiselle, indignée plus qu'elle, et
personnellement touchée de son injure, écrivit sur

l'heure à la maîtresse du domestique qu'elle eût à faire cesser immédiatement les calomnies dirigées contre une fille qu'elle avait chez elle depuis vingt ans, et dont elle répondait comme d'elle-même. Le domestique fut réprimandé. Dans sa colère, il parla encore plus fort. Il cria et répandit pendant plusieurs jours dans toute la maison son projet d'aller chez le commissaire de police, et de faire demander par lui à Germinie avec quel argent elle avait meublé le fils de la crémière, avec quel argent elle lui avait acheté un remplaçant, avec quel argent elle payait les dépenses des hommes qu'elle avait. Toute une semaine, la terrible menace pesa sur la tête de Germinie. Enfin le voleur fut découvert, et la menace tomba. Mais elle avait eu son effet sur la pauvre fille. Elle avait fait tout son mal dans ce cerveau trouble où, sous l'affluence et la soudaine montée du sang, la raison chancelait, se voilait au moindre choc de la vie. Elle avait bouleversé cette tête si prompte à s'égarer dans la peur ou la contrariété, perdant si vite le jugement, le discernement, la netteté de vue et d'appréciation des choses, se grossissant tout à elle-même, se jetant aux alarmes folles, aux prévisions mauvaises, aux perspectives désespérées, touchant à ses terreurs comme à des réalités, et à tout moment perdue dans le pessimisme de cette espèce de délire au bout duquel elle ne trouvait que cette phrase et ce salut : Bah! je me tuerai !

Toute la semaine, la fièvre de son cerveau la fit passer par toutes les péripéties de ce qu'elle

s'imaginait devoir arriver. Le jour, la nuit, elle
voyait sa honte exposée, publique ; elle voyait
son secret, ses lâchetés, ses fautes, tout ce qu'elle
portait caché sur elle et cousu dans son cœur, elle
le voyait montré, étalé, découvert, découvert à mademoiselle ! Ses dettes pour Jupillon augmentées
de ses dettes de boisson et de mangeailles pour
Gautruche, de tout ce qu'elle achetait maintenant
à crédit, ses dettes chez le portier, chez les fournisseurs, allaient éclater et la perdre ! Un froid à cette
pensée lui passait dans le dos : elle sentait mademoiselle la chasser ! Toute la semaine, elle se figura,
à toutes les minutes de sa pensée, être devant le
commissaire de police. Huit jours entiers, elle roula
cette idée et ce mot : la Justice ! la Justice telle que
se la figure l'imagination des basses classes, quelque chose de terrible, d'indéfini, d'inévitable, qui
est partout et dans l'ombre de tout, une toute-puis-
sance de malheur qui apparaît vaguement dans le
noir de la robe d'un juge, entre le sergent de ville
et le bourreau, avec les mains de la police et les
bras de la guillotine ! Elle qui avait tous les instincts
de ces terreurs de peuple, elle qui répétait souvent
qu'elle aimerait mieux mourir que d'aller en justice,
elle s'apparaissait assise sur un banc, entre des gendarmes ! dans un tribunal, au milieu de tout ce
grand inconnu de la loi dont son ignorance lui
faisait une épouvante... Toute la semaine, ses
oreilles entendirent dans l'escalier des pas qui
venaient l'arrêter !

La secousse était trop forte pour des nerfs aussi
malades que les siens. L'ébranlement moral de ces
huit jours d'angoisse la jetait et la livrait à une
idée qui n'avait fait jusque-là que tourner autour
d'elle : l'idée du suicide. Elle se mettait à écouter,
la tête dans les deux mains, ce qui lui parlait de
délivrance. Elle laissait venir à son oreille ce bruit
doux de la mort qu'on entend derrière la vie comme
une chute lointaine de grandes eaux qui tombent,
en s'éteignant, dans du vide. Les tentations qui
parlent au découragement de tout ce qui tue si
vite et si facilement, de tout ce qui ôte la souffrance
avec la main, la sollicitaient et la poursuivaient.
Son regard s'arrêtait et traînait autour d'elle sur
toutes les choses qui peuvent guérir de la vie. Elle
y habituait ses doigts, ses lèvres. Elle les touchait,
les maniait, les approchait d'elle. Elle y cherchait
l'essai de son courage et l'avant-goût de sa mort.
Pendant des heures, elle restait à la fenêtre de sa
cuisine, les yeux fixés au bas des cinq étages sur
les pavés de la cour, des pavés qu'elle connaissait,
qu'elle eût reconnus ! A mesure que le jour baissait,
elle se penchait davantage, se pliait toute sur la
barre mal affermie de la fenêtre, espérant toujours
que cette barre allait crouler et l'entraîner, priant
pour mourir, sans avoir besoin de cet élancement
désespéré dans l'espace dont elle ne se sentait pas
la force...

— Mais tu vas tomber ! lui dit un jour mademoiselle en la reprenant par la jupe, d'un premier

mouvement effrayé. Qu'est-ce que tu regardes donc
dans la cour ?

— Moi, rien..., les pavés.

— Voyons, es-tu folle ? Tu m'as fait une peur !...

— Oh ! on ne tombe pas comme ça, dit Germinie avec un accent singulier. Allez ! pour tomber,
mademoiselle, il faut une fière envie !

LI.

Germinie n'avait pu obtenir que Gautruche, pour-
suivi par une ancienne maîtresse, lui donnât la clef
de sa chambre. Quand il n'était pas rentré, elle était
obligée de l'attendre en bas, dehors, dans la rue,
la nuit, l'hiver.

Elle se promenait d'abord de long en large devant
la maison. Elle passait et repassait, faisait vingt pas,
revenait. Puis, comme si elle allongeait son attente,
elle faisait un tour plus long, et, allant toujours plus
loin, finissait par toucher aux deux bouts du boulevard. Elle marchait ainsi souvent des heures, honteuse et crottée, sous le ciel brouillé, dans la suspecte horreur d'une avenue de barrière et de l'ombre
de toutes choses. Elle suivait les maisons rouges
des marchands de vin, les tonnelles nues, les treil-
lages de guinguettes étayés des arbres morts qu'ont
les fosses aux ours, les masures basses et plates

trouées au hasard de fenêtres sans persienne, les
fabriques de casquettes où l'on vend des chemises,
les hôtels sinistres où l'on loge à la nuit. Elle passait devant des boutiques fermées, scellées, noires
de faillites, devant des pans de mur maudits, devant
des allées noires barrées de fer, devant des fenêtres
murées, devant des entrées qui semblaient mener à
ces logements de meurtre dont on fait passer le
plan, en cour d'assises, à messieurs les jurés. C'était,
à mesure qu'elle allait, des jardinets mortuaires,
des bâtisses de guingois, des architectures ignobles,
de grandes portes cochères moisies, des palissades
enfermant dans un terrain vague l'inquiétante blancheur des pierres la nuit, des angles de bâtisses aux
puanteurs salpêtrées, des murs salis d'affiches hon-
teuses et de lambeaux d'annonces déchirées où la
publicité pourrie était comme une lèpre. De temps
en temps, à un brusque tournant, des ruelles s'ouvraient qui semblaient à quelques pas s'enfouir dans
un trou, et d'où sortait un souffle de cave; des culs-
de-sac mettaient sur le bleu du ciel la rigidité
noire d'un grand mur; des rues montaient vaguement,
ment, où suintait de loin en loin, sur le plâtre bla-
fard des maisons, la lueur d'un réverbère.

Germinie continuait à aller. Elle battait tout l'espace où la crapule soûle ses lundis et trouve ses
amours, entre un hôpital, une tuerie et un cimetière : La Riboisière, l'Abattoir et Montmartre.

Les passants qui passent là, l'ouvrier qui remonte
de Paris en sifflant, l'ouvrière qui revient, sa journée

finie, les mains sous les aisselles pour se tenir chaud,
la prostituée en bonnet noir qui erre, la croisaient
et la regardaient. Les inconnus avaient l'air de la
reconnaître; la lumière lui faisait honte. Elle se sauvait de l'autre côté du boulevard, et longeait contre
le mur de ronde la chaussée ténébreuse et déserte;
mais elle en était bientôt chassée par d'horribles
ombres d'hommes et des mains brutalement amou-
reuses...

Elle voulait s'en aller ; elle s'injuriait au dedans
d'elle ; elle s'appelait lâche et misérable; elle se
jurait que c'était le dernier tour, qu'elle irait encore
jusqu'à cet arbre, et puis que ce serait tout, que
s'il n'était pas rentré, c'était fini, elle s'en irait. Et
elle ne s'en allait pas; elle marchait toujours,
elle attendait toujours, plus dévorée, à mesure qu'il
tardait, du désir et de la fureur de le voir.

A la fin, les heures s'écoulant, le boulevard se
dégarnissant de passants, Germinie épuisée, érein-
tée de fatigue, se rapprochait des maisons. Elle se
traînait de boutique en boutique, elle allait machinalement là où brûlait encore du gaz, et elle restait
stupide devant le flamboiement des devantures. Elle
s'étourdissait les yeux, elle tâchait de tuer son impatience en l'hébétant. Ce qu'on voit au travers des
carreaux suants des marchands de vin, les batteries
de cuisine, les bols de punch étagés entre deux bouteilles vides d'où sort un brin de laurier, les vitrines
où les liqueurs mettent leurs couleurs dans un éclair,
une choppe pleine de petites cuillers de Ruolz, cela

l'arrêtait longuement. Elle épelait les vieux arrêtés de tirage de loterie placardés au fond d'un cabaret, les annonces de *gloria*, les inscriptions portant en lettres jaunes : *Vin nouveau, pur sang, 70 centimes*. Elle regardait un quart d'heure une arrière-salle où étaient un homme en blouse assis sur un tabouret devant une table, un tuyau de poële, une ardoise et deux plateaux noirs au mur. Son regard fixe et perdu allait, au travers d'une buée rousse, à des silhouettes troubles de *choumaques* penchés sur leurs établis. Il tombait et s'oubliait sur un comptoir qu'on lavait, sur deux mains qui comptaient les sous de la journée, sur un entonnoir qu'on récurait, sur un broc qu'on passait au grès. Elle ne pensait plus. Elle demeurait là, clouée et faiblissante, sentant son cœur s'en aller de la fatigue d'être sur ses pieds, ne voyant plus que dans une sorte d'évanouissement, n'entendant plus que dans un bourdonnement les fiacres emboués roulant sur le boulevard mou, prête à tomber et forcée par instants de s'étayer de l'épaule aux murs.

Dans l'état d'ébranlement et de maladie où elle était, avec cette demi-hallucination du vertige qui la rendait si peureuse de passer la Seine et la faisait se cramponner aux balustrades des ponts, il arrivait que certains soirs, lorsqu'il pleuvait, ces défaillances qu'elle avait sur le boulevard extérieur prenaient les terreurs d'un cauchemar. Quand la flamme des réverbères, tremblante dans une vapeur d'eau, allongeait et balançait, comme dans le mi-

roitement d'une rivière, son reflet sur le sol mouillé ;
quand les pavés, les trottoirs, la terre, semblaient
disparaître et mollir sous la pluie, et que rien ne
paraissait plus solide dans la nuit noyée, la pauvre
misérable, presque folle de fatigue, croyait voir se
gonfler un déluge dans le ruisseau. Un mirage
d'épouvante lui montrait tout à coup de l'eau tout
autour d'elle, de l'eau qui marchait, de l'eau qui
s'approchait de partout. Elle fermait les yeux,
n'osait plus bouger, craignait de sentir son pas
glisser sous elle, se mettait à pleurer, et pleurait
jusqu'à ce que quelqu'un passât et voulût bien lui
donner le bras jusqu'à l'*Hôtel de la petite main
bleue.*

LII.

Elle montait alors dans l'escalier, c'était son dernier refuge. Elle s'y sauvait de la pluie, de la
neige, du froid, de la peur, du désespoir, de la
fatigue. Elle montait et s'asseyait sur une marche
contre la porte fermée de Gautruche, serrait son
châle et sa jupe pour laisser passage aux allants et
venants le long de cette raide échelle, ramassait sa
personne et se rencognait pour rapetisser sur l'étroit
palier la place de sa honte.

Des portes ouvertes, sortait et se répandait
sur l'escalier l'odeur des cabinets sans air, des

familles tassées dans une seule chambre, l'exhalaison des industries malsaines, les fumées graisseuses et animalisées des cuisines de réchaud chauffées sur le carré, une puanteur de loques, l'humide fadeur de linges séchant sur des ficelles. La fenêtre aux carreaux cassés que Germinie avait derrière elle lui envoyait la fétidité d'un plomb où toute la maison vidait ses ordures et son fumier coulant. A tout moment, sous une bouffée d'infection, son cœur se levait : elle était obligée de prendre dans sa poche un flacon d'eau de mélisse qu'elle avait toujours sur elle, et d'en boire une gorgée pour ne pas se trouver mal.

Mais l'escalier avait, lui aussi, ses passants : d'honnêtes femmes d'ouvriers remontaient avec un boisseau de charbon ou le litre du souper. Elles la frôlaient du pied, et tout le temps qu'elles mettaient à monter, Germinie sentait leur regard de mépris tourner autour de la cage de l'escalier et l'écraser de plus haut à chaque étage. Des enfants, des petites filles en fanchon qui passaient dans l'escalier noir avec la lumière d'une fleur, des petites filles qui lui faisaient revoir, comme la lui montraient souvent ses rêves, sa petite fille vivante et grandie, elle les voyait s'arrêter à la regarder avec de grands yeux qui se reculaient d'elle ; puis les petites se sauvaient et s'essoufflaient à monter, et quand elles étaient tout en haut, se penchant presque par-dessus la rampe, elles lui jetaient des sottises impures, des injures d'en-

fants du peuple... L'insulte, crachée par ces bouches
de roses, tombait sur Germinie plus douloureusement que tout. Elle se soulevait à demi, un moment; puis accablée, s'abandonnant, elle retombait
sur elle-même, et remontant son tartan sur sa tête
pour s'y cacher et s'y ensevelir, elle restait comme
une morte, affaissée, inerte, insensible, repliée sur
son ombre, pareille à un paquet jeté là et sur
lequel tout le monde pouvait marcher, n'ayant
plus de sens, ne vivant plus de tout le corps que
pour un bruit de pas qu'elle écoutait venir — et
qui ne venait pas.

Enfin, après des heures, des heures qu'elle ne
pouvait pas compter, il lui semblait entendre, dans
la rue, un trébuchement de pas; puis une voix avi-
née montait l'escalier en bégayant : — Canaille!...
canaille ed' d' marchand de vin!... tu m'as vendu
du vin qui soûle !

C'était lui.

Et presque tous les jours recommençait la même
scène.

— Ah! t'étais là, ma Germinie, disait-il en la
reconnaissant. Voilà ce que c'est... je vais te
dire... On s'est un peu submergé... Et mettant la
clef dans la serrure : — Je vas te dire... C'est pas
ma faute...

Il entrait, repoussait d'un coup de pied une tour-
terelle aux ailes rognées qui sautillait en boitant,
et fermant la porte : — Vois-tu? Ce n'est pas moi...
C'est Paillon, tu sais bien Paillon?... ce petit gros

qui est gras comme un chien de fou... Eh bien !
c'est lui, vrai d'honneur... Il a voulu me payer un
litre à seize... Il m'a offert l'honnêteté, j'y ai rof-
fert la politesse... Là-dessus naturellement, nous
avons consolé notre café, consolé consoleras-tu !...
Et d'alors en alors... nous nous sommes tombés
dessus !... Un carnage de possédé !... A preuve que
ce carcan de marchand de vin nous a jetés à la
porte comme des épluchures d'homard !

Germinie, pendant l'explication, avait allumé la
chandelle fichée dans un chandelier de cuivre
jaune. A la lueur de la lumière vacillante, apparaissait le sale papier de la chambre, couvert de cari-
catures du *Charivari,* déchirées du journal et col-
lées au mur.

— Tiens ! t'es un amour, lui disait Gautruche en
lui voyant poser sur la table un poulet froid et trois
bouteilles de vin. Car faut te dire... pour ce que
j'ai dans l'estomac... un méchant bouillon... voilà
tout... Ah ! celui-là, il aurait fallu un fier maître
d'armes pour lui crever les yeux !

Et il se mettait à manger. Germinie buvait, les
coudes sur la table, en le regardant, et son regard
devenait noir.

.   .   .   .

— Bon ! toutes les négresses sont mortes... faisait à la fin Gautruche en égouttant une à une les
bouteilles. Au dodo, les enfants !

.   .   .   .

.   .   .   .

Et c'étaient, entre ces deux êtres, des amours terribles, acharnés et funèbres, des ardeurs et des assouvissements sauvages, des voluptés furieuses, des caresses qui avaient les brutalités et les colères du vin, des baisers qui semblaient chercher le sang sous la peau comme la langue d'une bête féroce, des anéantissements qui les engloutissaient et ne leur laissaient que le cadavre de leurs corps.

A cette débauche, Germinie apportait je ne sais quoi de fou, de délirant, de désespéré, une sorte de frénésie suprême. Ses sens exaspérés se retournaient contre eux-mêmes, et, sortant des appétits de leur nature, ils se poussaient à souffrir. La satiété les usait, sans les éteindre; et dépassant l'excès, ils se forçaient jusqu'au déchirement. Dans le paroxysme d'excitation où était la malheureuse créature, sa tête, ses nerfs, l'imagination de son corps enragé, ne cherchaient plus même le plaisir dans le plaisir, mais quelque chose au delà de plus âpre, de plus poignant, de plus cuisant : la douleur dans la volupté. Et à tout moment, le mot « mourir » s'échappait de ses lèvres serrées, comme si tout bas elle invoquait la mort et cherchait à l'étreindre dans les agonies de l'amour !

Quelquefois, la nuit, tout à coup, se dressant sur le bord du lit, elle mettait ses pieds nus sur le froid du carreau, et restait là, farouche, penchée sur ce qui respire dans une chambre qui dort. Et peu à peu ce qui était autour d'elle, l'obscurité de l'heure, semblait l'envelopper. Elle se paraissait à elle-même

tomber et rouler dans l'in onscience et l'aveuglement de la nuit. La volonté de ses idées s'éteignait.
Toutes sortes de choses noires, ayant comme des
ailes et des voix, lui battaient contre les tempes.
Les sombres tentations qui montrent vaguement le
crime à la folie lui faisaient passer devant les yeux,
tout près d'elle, une lumière rouge, l'éclair d'un
meurtre; et il y avait dans son dos des mains qui la
poussaient, par derrière, vers la table sur laquelle
étaient les couteaux... Elle fermait les yeux, bougeait un pied; puis, ayant peur, se retenait aux
draps; et à la fin, se retournant, elle retombait
dans le lit, et renouait son sommeil au sommeil de
l'homme qu'elle avait voulu assassiner; pourquoi?
elle ne le savait; pour rien, — pour tuer!

Et ainsi jusqu'au jour, dans le mauvais cabinet
garni, se débattaient la rage et la lutte de ces mor-
telles amours, — tandis que la pauvre colombe éclo-
pée et boiteuse, l'infirme oiseau de Vénus, nichée
dans un vieux soulier de Gautruche, jetait de temps
en temps, en s'éveillant au bruit, un roucoulement
effaré.

LIII.

Dans ce temps-là, Gautruche fut un peu dégoûté
de boire. Il venait d'éprouver la première atteinte
de la maladie de foie qui couvait depuis longtemps

dans son sang brûlé et alcoolisé, sous le rouge briqueté de ses pommettes. Les affreuses souffrances qui lui avaient mordu le côté et tordu le creux de l'estomac pendant une huitaine de jours, lui avaient fait faire des réflexions. Il lui était venu, avec des résolutions de sagesse, des idées d'avenir presque sentimentales. Il s'était dit qu'il fallait mettre un peu plus d'eau dans sa vie, s'il voulait faire de vieux os. Pendant qu'il se retournait dans son lit et qu'il se pelotonnait, les genoux remontés pour moins souffrir, il avait regardé son taudis, ces quatre murs où il remisait ses nuits, où il rentrait le soir ses ivresses, quelquefois sans chandelle, dont il se sauvait le matin au jour ; et il avait pensé à se faire un intérieur. Il avait pensé à une chambre, où il aurait une femme, une femme qui lui ferait un bon pot-au-feu, le soignerait s'il était souffrant, raccommoderait ses affaires, tiendrait son linge en état, l'empêcherait d'aller recommencer une ardoise chez un marchand de vin, une femme enfin qui aurait pour lui tous les bons côtés du ménage, et qui par là-dessus ne serait pas une bête, le comprendrait, rirait avec lui. Cette femme était toute trouvée : c'était Germinie. Elle devait avoir un petit magot, quelques sous d'amassés depuis le temps qu'elle servait chez sa vieille demoiselle ; et avec ce qu'il gagnait, lui, ils vivraient à l'aise et « bouloteraient. » Il ne doutait pas de son consentement ; il était sûr d'avance qu'elle accepterait. Et d'ailleurs, ses scrupules, si elle en

avait, ne résisteraient pas à la perspective du
mariage qu'il comptait lui faire luire au bout de
leur liaison.

Un lundi, elle venait d'arriver chez lui.

— Dis donc, Germinie, commença Gautruche,
qu'est-ce que tu dirais de ça, hein? Une bonne
chambre... pas comme ce bahut-là... une vraie,
avec un cabinet... à Montmartre, et deux fenêtres,
rien que ça!... rue de l'Empereur... avec une vue
qu'un Anglais vous en donnerait cinq mille francs
pour l'emporter! Enfin, quelque chose de chouette
et de gai, qu'on y passerait toute la journée sans
s'embêter... Parce que moi, je vais te dire... je
commence à en avoir assez de déménager pour
changer de puces. Et puis, ce n'est pas tout ça : je
m'embête d'être branché en garni, je m'embête
d'être tout seul... Les amis, c'est pas une société...
Ils vous tombent, comme des mouches, dans votre
verre, quand c'est vous qui payez, et puis voilà!...
D'abord, je ne veux plus boire, vrai de vrai, que je
ne veux plus, tu verras! Tu comprends que je ne
veux pas me payer cette existence-là, à m'en faire
crever... Pas de ça! Attention! Il ne faut pas
s'abîmer le coco... Il me semblait ces jours-ci que
j'avais avalé des tire-bouchons... Et je n'ai pas
envie de frapper au monument encore tout de
suite... Alors, de fil en aiguille, voilà ce qui m'a
poussé : Je vas faire la proposition à Germinie... Je
me fendrais d'un peu de mobilier... Toi, tu as ce
que tu as dans ta chambre... Tu sais que je ne suis

pas trop feignant, je n'ai pas du poil dans la main pour l'ouvrage... Puis, on pourrait voir à n'être pas toujours à travailler pour les autres, à prendre une boîte de *cambrousier*... Toi, si tu avais quelque chose de côté, ça aiderait... Nous nous mettrions ensemble gentiment, quitte à nous faire régulariser un jour devant M. le maire... Ce n'est pas si bête, tout ça, hein? ma grosse, n'est-ce pas?... Et on va un peu quitter sa vieille de ce coup-là, pas vrai! pour son vieux chéri de Gautruche?

Germinie, qui avait écouté Gautruche, la tête avancée vers lui, le menton appuyé sur la paume de la main, se renversa dans un éclat de rire strident :

— Ah! ah! ah! Tu as cru!... Et tu me dis ça comme ça!... Tu as cru que je la quitterais, elle! mademoiselle! Vrai, tu l'as cru?... Tu es bête, sais-tu! Mais tu aurais des mille et des cents, tu serais tout cousu d'or, entends-tu? tout cousu... C'est de la farce, hein?... Mademoiselle? Mais tu ne sais donc pas, je ne t'ai pas dit... Ah! je voudrais bien qu'elle meure, et que ces mains-là ne soient pas là pour lui fermer les yeux! Il faudrait voir!... Voyons, là vraiment, tu l'as cru?

— Dame! je m'étais figuré... De la façon que tu étais avec moi... Je croyais que tu tenais plus à moi que ça... enfin que tu m'aimais... fit le peintre, démonté par l'ironie terrible et sifflante des paroles de Germinie.

— Ah! tu croyais encore ça; que je t'aimais! Et, comme si tout à coup elle arrachait du fond de

son cœur le remords et la plaie de ses amours : —
Eh bien! oui, tiens! je t'aime... je t'aime, comme
tu m'aimes, la! autant! et voilà tout! Je t'aime
comme ce qu'on a sous la main, et dont on se sert
parce que c'est là!... J'ai l'habitude de toi comme
d'une vieille robe qu'on remet toujours... Voilà
comme je t'aime!... Qu'est-ce que tu veux que je
tienne à toi? Toi ou un autre... je te demande un
peu ce que ça peut me faire?... Car, enfin, qu'est-ce
que tu as été plus qu'un autre pour moi? Eh bien!
oui, tu m'as prise... Et après? C'est-il assez pour
que je t'aime?... Mais qu'est-ce que tu m'as donc
fait pour m'attacher, veux-tu me le dire? M'as-tu
jamais sacrifié un verre de vin? As-tu eu seulement
pitié de moi, quand je trimais dans la boue, dans
la neige, au risque de crever? Ah! bien oui! Et ce
qu'on me disait, ce qu'on me crachait sur la tête,
que mon sang ne faisait qu'un bouillon d'un bout
à l'autre!... Tout ce que j'ai mangé d'affronts à
t'attendre, c'est toi qui t'en fichais pas mal! Allons
donc!... C'est qu'il y a longtemps que je veux te
dire tout ça... et que j'en ai gros là, va! Voyons,
dit-elle avec un sourire atroce, est-ce que tu
crois que tu m'as rendue folle avec ton physique,
avec tes cheveux, que tu n'as plus, avec cette
tête-là? Plus souvent! Je t'ai pris... j'aurais pris
n'importe qui! J'étais dans mes jours où il me faut
quelqu'un! Je ne sais plus alors, je ne vois plus...
Ce n'est plus moi qui veux... Je t'ai pris parce
qu'il faisait chaud, tiens!

Elle se tut un instant.

— Va toujours, dit Gautruche, aplatis-moi sur toutes les coutures... Ne te gêne pas pendant que tu y es...

— Hein? reprit Germinie, comme tu te figurais que j'allais être enchantée de me mettre avec toi? Tu te disais : cette bonne bête-là! va-t-elle être contente! Et puis, je n'aurai qu'à lui promettre de l'épouser... Elle laissera sa place en plan. Elle lâchera sa maîtresse... Voyez-vous ça! Mademoiselle! mademoiselle qui n'a que moi! Ah! tiens, tu ne sais rien... Et puis, tu ne comprendrais pas... Mademoiselle qui est tout pour moi! Mais, depuis ma mère, je n'ai eu qu'elle, je n'ai trouvé qu'elle de bonne! Sauf elle, qu'est-ce qui m'a dit quand j'étais triste : tu es triste? Et quand j'étais malade : tu es malade? Personne! Il n'y a eu qu'elle, rien qu'elle pour me soigner, pour s'occuper de moi... Tiens! toi qui parles d'aimer pour ce qu'il y a entre nous... Ah! voilà quelqu'un qui m'a aimée, mademoiselle! Oh! oui, aimée! Et je meurs de ça, sais-tu? d'être devenue une misérable comme je suis, une... — Elle dit le mot. — Et de la tromper, de lui voler son affection, de la laisser toujours m'aimer comme sa fille, moi! moi! Ah! si jamais elle apprenait quelque chose... va, sois tranquille! ça ne serait pas long... Il y en a une qui ferait un joli saut du cinquième, vrai comme Dieu est mon maître! Mais figure-toi bien... toi encore, tu n'es pas mon cœur, tu n'es pas ma vie, tu n'es que mon

plaisir... Mais j'ai eu un homme... Ah! je ne sais
pas si je l'ai aimé celui-là! On m'aurait charcuté
pour lui, sans que je dise rien... Enfin, l'homme de
mon malheur!... Eh bien! vois-tu, au plus fort que
j'étais pincée pour lui, quand je ne soufflais que
lorsqu'il voulait, quand j'étais folle et qu'il m'aurait marché sur le ventre, je l'aurais laissé marcher!... Eh bien! oui, à ce moment-là, mademoiselle eût été malade, elle m'eût fait signe du petit
doigt, que je serais revenue... Oui, pour elle, je
l'aurais quitté! Je te dis, je l'aurais quitté!

— Alors... Puisque c'est à ce point-là, ma chère,
qu'on l'aime tant sa vieille, il n'y a plus qu'une
chose que je te conseille : il ne faut plus la quitter,
ta bonne dame, vois-tu?

— C'est mon congé? dit Germinie en se levant.

— Ma foi! ça y ressemble.

— Eh bien! adieu... Ça me va!

Et, allant droit à la porte, elle sortit sans un mot.

LIV.

De cette rupture, Germinie tomba où elle devait
tomber, au-dessous de la honte, au-dessous de la
nature même. De chute en chute, la misérable et
brûlante créature roula à la rue. Elle ramassa
les amours qui s'usent en une nuit, ce qui passe,

ce qu'on rencontre, ce que le hasard des pavés fait trouver à la femme qui vague. Elle n'avait plus besoin de se donner le temps du désir : son caprice était furieux et soudain, allumé sur l'instant. Affamé du premier venu, elle le regardait à peine, et n'aurait pu le reconnaître. Beauté, jeunesse, ce physique d'un amant où l'amour des femmes les plus dégradées cherche comme un bas idéal, rien de tout cela ne la tentait plus, ne la touchait plus. Ses yeux, dans tous les hommes, ne voyaient plus que l'homme : l'individu lui était égal. La dernière pudeur et le dernier sens humain de la débauche, la préférence, le choix, et jusqu'à ce qui reste aux prostituées pour conscience et pour personnalité, le dégoût, le dégoût même, — elle l'avait perdu !

Et elle s'en allait par les rues, battant la nuit, avec la démarche suspecte et furtive des bêtes qui fouillent l'ombre et dont l'appétit quête. Comme jetée hors de son sexe, elle attaquait elle-même, elle sollicitait la brutalité, elle abusait de l'ivresse, et c'était à elle qu'on cédait. Elle marchait, flairant autour d'elle, allant à ce qu'il y a d'embusqué d'impur dans les terrains vagues, aux occasions du soir et de la solitude, aux mains qui attendaient pour s'abattre sur un châle. Sinistre et frémissante, les passants de minuit la voyaient, à la lueur des réverbères, se glisser et comme ramper, courbée, effacée, les épaules pliées, rasant les ténèbres, avec un de ces airs de folle et de malade, un de ces égarements infinis qui font travailler sur des

abîmes de tristesse, le cœur du penseur et la
pensée du médecin.

LV.

Un soir qu'elle rôdait, dans la rue du Rocher, en
passant devant un marchand de vin, au coin de la
rue de Laborde, elle vit le dos d'un homme qui
buvait sur le comptoir : c'était Jupillon.

Elle s'arrêta court, tourna du côté de la rue, et
s'adossant à la grille du marchand de vin, elle se
mit à attendre. Elle avait la lumière de la boutique
derrière elle, les épaules contre les barreaux, et elle
se tenait immobile, sa jupe retroussée d'une main
par devant, son autre main tombant au bout de son
bras abandonné. Elle ressemblait à une statue d'ombre assise sur une borne. Dans sa pose, il y avait
une résolution terrible et comme l'éternelle patience
d'attendre là toujours. Les passants, les voitures,
la rue, elle les apercevait vaguement et lointaine-
ment. Le cheval de renfort de l'omnibus pour la
montée de la rue, un cheval blanc, était devant
elle, immobile, éreinté, dormant sur pied, avec la
tête et les deux jambes de devant dans la pleine
lumière de la porte : elle ne le voyait pas. Il brouill-
lassait. C'était un de ces temps de Paris, sales et
pourris, où il semble que l'eau qui tombe soit déjà
de la boue avant d'être tombée. Le ruisseau lui

montait sur les pieds. Elle demeura ainsi une demi-
heure, lamentable à voir, sans mouvement, mena-
çante et désespérée, toute à contre-jour, sombre et
sans visage, pareille à une Fatalité plantée par la
Nuit à la porte d'un *minzingue!*

Enfin Jupillon sortit. Elle se dressa devant lui, les
bras croisés :

— Mon argent? lui dit-elle. Elle avait la figure
d'une femme qui n'a plus de conscience, pour laquelle il n'y a plus de Dieu, plus de gendarmes,
plus de cour d'assises, plus d'échafaud, — plus rien!

Jupillon sentit sa blague s'arrêter dans sa gorge.

— Ton argent? fit-il, ton argent, il n'est pas
perdu. Mais il faut le temps... Dans ce moment-ci,
je te dirai, ça ne va pas fort l'ouvrage... Il y a
longtemps que c'est fini, ma boutique, tu sais... Mais
d'ici à trois mois, je te promets... Et tu vas bien?

— Canaille, va! Ah! je te tiens donc! Ah! tu
voulais filer... Mais c'est toi, mon malheur! c'est
toi qui m'as fait comme je suis, brigand! voleur!
filou! Ah! c'est toi...

Germinie lui jetait cela au visage, en se poussant
contre lui, en lui faisant tête, en avançant sa poitrine contre la sienne. Elle semblait se frotter aux
coups qu'elle appelait et provoquait; et elle lui
criait, toute tendue vers lui : — Mais bats-moi donc!
Qu'est-ce qu'il faut donc que je te dise, dis, pour
que tu me battes?

Elle ne pensait plus. Elle ne savait pas ce qu'elle
voulait; seulement elle avait comme un besoin

d'être frappée. Il lui était venu une envie instinctive, irraisonnée, d'être brutalisée, meurtrie, de
souffrir dans sa chair, de ressentir un choc, une
secousse, une douleur qui fît taire ce qui battait
dans sa tête. Des coups, elle n'imaginait que cela
pour en finir. Puis, après les coups, elle voyait,
avec la lucidité d'une hallucination, toutes sortes
de choses se passer, la garde arrivant, le poste, le
commissaire ! le commissaire devant lequel elle
pourrait tout dire, son histoire, ses misères, ce que
lui avait fait souffrir cet homme, ce qu'il lui avait
coûté ! Son cœur se dégonflait d'avance à l'idée de
se vider, avec des cris et des pleurs, de tout ce
dont il crevait.

— Mais bats-moi donc, répétait-elle en marchant
toujours sur Jupillon, qui cherchait à s'effacer et
lui jetait en reculant des mots caressants comme
on en jette à une bête qui ne vous reconnaît pas et
qui veut mordre. Un rassemblement commençait
autour d'eux.

— Allons, vieille pocharde, n'embêtons pas monsieur, fit un sergent de ville qui, empoignant Germinie par un bras, la fit tourner sur elle-même
rudement. Sous l'injure brutale de cette main de
police, les genoux de Germinie fléchirent : elle crut
s'évanouir. Puis elle eut peur, et se mit à courir
dans le milieu de la rue.

LVI.

La passion a des retours insensés, des revenez-y inexplicables. Cet amour maudit que Germinie croyait tué par toutes les blessures et tous les coups de Jupillon, il revivait. Elle était épouvantée de le retrouver en elle en rentrant. La seule vue de cet homme, cette approche de quelques minutes, le son de sa voix, la respiration de l'air qu'il respirait, avaient suffi pour lui retourner le cœur et la rendre toute au passé.

Malgré tout, elle n'avait jamais pu arracher tout à fait Jupillon du fond d'elle; il y était resté enraciné. Son premier amour était lui. Elle lui appartenait, contre elle-même, par toutes les faiblesses du souvenir, toutes les lâchetés de l'habitude. D'elle à lui, il y avait tous les liens de torture qui nouent la femme pour toujours, le sacrifice, la souffrance, l'abaissement. Il la possédait pour avoir violé sa conscience, piétiné sur ses illusions, martyrisé sa vie. Elle était à lui, à lui éternellement, comme au maître de toutes ses douleurs.

Et ce choc, cette scène qui aurait dû lui donner l'horreur de le rencontrer jamais, ralluma en elle la frénésie de le revoir. Toute sa passion la reprit. La pensée de Jupillon l'emplit jusqu'à la purifier. Elle arrêta court le vagabondage de ses sens : elle voulut n'être à personne, puisque c'était le seul moyen qu'elle eût encore d'être à lui.

Elle se mit à le guetter, à étudier ses heures de sortie, les rues où il passait, les endroits où il allait. Elle le suivit, aux Batignolles, jusqu'à son nouveau logement, marcha derrière lui, contente de mettre le pied où il avait mis le sien, d'être menée par son chemin, de le voir un peu, de saisir un geste qu'il faisait, de lui prendre un de ses regards. C'était tout : elle n'osait lui parler; elle se tenait à distance, allant derrière, comme un chien perdu tout heureux qu'on ne le repousse pas à coups de talon.

Elle se fit ainsi, pendant des semaines, l'ombre de cet homme, une ombre humble et peureuse qui reculait et s'éloignait de quelques pas, quand elle se croyait vue; puis se rapprochait à pas timides, et à une marque d'impatience de l'homme, s'arrêtait encore, en paraissant demander grâce.

Quelquefois elle l'attendait à la porte d'une maison où il entrait, le reprenait quand il sortait, le reconduisait chez lui, toujours de loin, sans lui parler, avec l'air d'une mendiante qui mendie des restes et remercie de ce qu'on lui laisse ramasser. Puis au volet du rez-de-chaussée où il demeurait, elle écoutait s'il était seul, s'il n'y avait personne.

Quand il était avec une femme au bras, quoi qu'elle souffrît, elle s'acharnait à le poursuivre. Elle allait où allait le couple, jusqu'au bout. Elle entrait derrière eux dans les jardins publics, dans les bals. Elle marchait dans leurs rires, dans leurs paroles, se déchirait à les voir, à les entendre, et restait là, dans leur dos, à faire saigner toutes ses jalousies.

LVII.

On était au mois de novembre. Depuis trois ou quatre jours, Germinie n'avait point rencontré Jupillon. Elle vint l'épier, le chercher près de son logement. Arrivée à sa rue, elle vit de loin une large raie de lumière filtrant par son volet fermé. Elle approcha et entendit des éclats de rire, des chocs de verre, des femmes, puis une chanson, une voix, une femme, celle qu'elle haïssait avec toutes les haines de son cœur, celle qu'elle eût voulu voir morte, celle dont elle avait tant de fois cherché la mort dans les lignes du sort, elle enfin — sa cousine!

Elle se colla derrière le volet, aspirant ce qu'ils disaient, enfoncée dans la torture de les entendre, affamée et se repaissant de souffrir. Il tombait une pluie froide d'hiver. Elle ne la sentait pas. Tous ses sens étaient à écouter. La voix qu'elle détestait semblait par moments faiblir et s'éteindre sous les baisers, et ce qu'elle chantait s'envolait comme étouffé par une bouche qui se pose sur une chanson. Les heures passaient. Germinie était toujours

là. Elle ne pensait pas à s'en aller. Elle attendait
sans savoir ce qu'elle attendait. Il lui semblait
qu'il fallait qu'elle restât là toujours, jusqu'à la
fin. La pluie tombait plus fort. De l'eau, d'une gout-
tière crevée au-dessus d'elle, lui battait sur les
épaules. De grosses gouttes lui glissaient sur la nuque.
Un froid de glace lui coulait dans le dos. Sa robe
suait l'eau sur le pavé. Elle ne s'en apercevait pas.
Elle n'avait plus dans tous les membres que la souffrance de l'âme.

Bien avant dans la nuit, il y eut du bruit, un
remuement, des pas vers la porte. Germinie courut
se cacher à quelques pas dans le rentrant d'un mur,
et elle vit une femme qu'emmenait un jeune homme.
Comme elle les regardait s'éloigner, elle sentit sur
ses mains quelque chose de doux et de chaud qui
lui fit peur d'abord : c'était un chien qui la léchait,
un gros chien qu'elle avait tenu tout petit bien des
soirées sur ses genoux, dans l'arrière-boutique de
la crémière...

— Ici, Molosse! cria deux ou trois fois dans
l'ombre de la rue la voix impatientée de Jupillon.

Le chien aboya, se sauva, se retourna en gamba-
dant pour revenir, et rentra. La porte se referma.
Les voix et les chansons ramenèrent à la même
place, contre le volet, Germinie, que la pluie trem-
pait et qui se laissa tremper en écoutant toujours,
jusqu'au matin, jusqu'au petit jour, jusqu'à l'heure
où des maçons allant à leur ouvrage, leur pain sous
le bras, se mirent à rire en la voyant.

LVIII.

Deux ou trois jours après cette nuit passée sous
la pluie, Germinie avait un visage effrayant de souffrance, le teint marbré, les yeux brûlants. Elle ne
disait rien, ne se plaignait pas, faisait son service
comme à l'ordinaire.

— Ah çà! toi, regarde-moi donc un peu, lui dit
mademoiselle; et l'attirant brusquement au jour:
— Qu'est-ce que c'est que ça? cette mine de déter-
rée-là? Allons, voyons, tu es malade? Mon Dieu!
as-tu chaud aux mains!

Elle lui prit le poignet, et lui rejetant le bras au
bout d'un instant:

— Comment, chienne de bête! tu as une fièvre de
cheval! Et tu gardes ça pour toi!

— Mais non, mademoiselle, balbutia Germinie.
Je crois que c'est un gros rhume, tout bonnement...
Je me suis endormie, l'autre soir, la fenêtre de ma
cuisine ouverte...

— Oh! toi, d'abord, reprit mademoiselle, tu
crèverais que tu ne ferais pas seulement : Ouf! Attends...

Et, mettant ses lunettes, roulant vivement son
fauteuil à une petite table auprès de la cheminée,

elle se mit à écrire quelques lignes de sa grosse
écriture.

— Tiens, fit-elle en pliant la lettre, tu vas me
faire le plaisir de donner cela à ton amie Adèle
pour le faire porter par le portier... Et maintenant,
à la paille !

Mais Germinie ne voulut jamais aller se coucher.
Ce n'était pas la peine. Elle ne se fatiguerait pas.
Elle resterait assise toute la journée. D'ailleurs, le
plus fort de son mal était passé; elle allait déjà
mieux. Et puis le lit, pour elle, faisait mourir.

Le médecin, appelé par le mot de mademoiselle,
vint le soir. Il examina Germinie et ordonna l'appli-
cation de l'huile de croton. Les désordres de la
poitrine étaient tels qu'il ne pouvait encore rien
dire. Il fallait attendre l'effet des remèdes.

Il revint au bout de quelques jours, fit coucher
Germinie, l'ausculta longuement. — C'est prodi-
gieux, dit-il à mademoiselle quand il fut redes-
cendu, elle a eu une pleurésie, et ne s'est pas alitée
un moment... C'est donc une fille de fer?... Oh!
l'énergie des femmes!... Quel âge a-t-elle ?

— Quarante-et-un ans.

— Quarante-et-un ans? Oh! c'est impossible!...
Vous êtes sûre? Elle en paraît cinquante...

— Ah! pour paraître, elle paraît tout... Qu'est-
ce que vous voulez? Jamais de santé... toujours à
être malade... des chagrins... des misères... et
puis un caractère à se tourmenter toujours...

— Quarante-et-un ans! c'est étonnant! répéta

le médecin. Il reprit après une seconde de réflexion :

— Y a-t-il eu dans sa famille, à votre connaissance, des affections de poitrine? A-t-elle eu des
parents qui soient morts...

— Elle a perdu une sœur d'une pleurésie... mais
elle était plus âgée... Elle avait quarante-huit ans,
je crois...

Le médecin était devenu sérieux. — Enfin, la
poitrine se dégage, dit-il d'un ton rassurant. Mais
il est de toute nécessité qu'elle se repose... Et puis
envoyez-la-moi une fois par semaine... Qu'elle
vienne me voir... Qu'elle prenne pour cela un beau
temps, un jour de soleil.

LIX.

Mademoiselle eut beau parler, prier, vouloir,
gronder : elle ne put obtenir de Germinie qu'elle
discontinuât son service pendant quelques jours.
Germinie ne voulut même point entendre parler
d'une aide qui ferait le plus gros de son ouvrage.
Elle déclara à mademoiselle que c'était impossible
et inutile, qu'elle ne se ferait jamais à l'idée d'une
autre femme l'approchant, la servant, la soignant;
que rien que cette idée dans son lit lui donnerait
la fièvre, qu'elle n'était pas encore morte, et que

tant qu'elle pourrait mettre un pied devant l'autre,
elle suppliait qu'on la laissât aller. A dire cela,
elle mit un accent si tendre, ses yeux priaient si
bien, sa voix de malade était si humble et si passionnée dans sa demande, que mademoiselle n'eut
pas le courage de la forcer à prendre quelqu'un.
Elle la traita seulement « de tête de bois, de bête
brute, » qui croyait, comme tous les gens de la
campagne, qu'on est mort pour quelques jours passés au lit.

Se soutenant avec une apparence de mieux, due
à la médication énergique du médecin, Germinie
continuait à faire le lit de mademoiselle qui l'aidait
à soulever les matelas. Elle continuait à lui faire à
manger, et cela surtout lui était horrible.

Quand elle préparait le déjeuner et le dîner de
mademoiselle, elle se sentait mourir dans sa cuisine, une de ces misérables petites cuisines de
grande ville, qui font tant de femmes pulmoni-
ques. La braise qu'elle allumait, et d'où se levait
lentement un filet de fumée âcre, commençait à
lui faire défaillir le cœur ; puis bientôt le charbon
que lui vendait le charbonnier d'à côté, du fort
charbon de Paris, plein de fumerons, l'enveloppait de son odeur entêtante. Le tuyau de tirage,
crassé et rabattant, le manteau bas de la cheminée, lui renvoyaient dans la poitrine la mal-
saine respiration du feu et l'ardeur corrodante du
fourneau à hauteur d'appui. Elle suffoquait, elle
sentait le rouge et le chaud de tout son sang lui

monter à la figure et lui faire des plaques sur le front. La tête lui tournait. Dans la demi-asphyxie des blanchisseuses qui repassent au milieu de la vapeur des réchauds, elle se jetait à la fenêtre, et humait un peu d'air glacé.

Pour souffrir debout, aller toujours malgré ses défaillances, elle avait plus que la répulsion des gens du peuple à s'aliter, plus que la furieuse et jalouse volonté de ne pas laisser les soins d'une autre entourer mademoiselle : elle avait la terreur de la délation, qui pouvait entrer avec une nouvelle domestique. Il fallait qu'elle fût là pour garder mademoiselle et empêcher qu'on approchât d'elle. Puis il fallait encore qu'elle se montrât, que le quartier la vît, et qu'elle n'eût pas un air de morte pour ses créanciers. Il fallait qu'elle fît semblant d'avoir même des forces, qu'elle jouât l'apparence et la gaieté de la vie, qu'elle donnât confiance à toute la rue avec les paroles arrangées du médecin, avec une mine d'espérance, avec la promesse de ne pas mourir. Il fallait qu'elle fît bonne figure pour rassurer ses dettes, pour empêcher les alarmes de l'argent de monter l'escalier et de s'adresser à mademoiselle.

Cette comédie horrible et nécessaire, elle la soutint. Elle fut héroïque à faire mentir tout son corps, redressant, devant les boutiques qui l'épiaient, sa taille affaissée, pressant son pas traînant, se frottant les joues, avant de descendre, avec une serviette rude pour y rappeler la couleur du sang, pour farder sur son visage les pâleurs de son mal et le masque de sa mort!

Malgré la toux atroce qui secouait, toute la nuit, ses insomnies, malgré le dégoût de son estomac repoussant la nourriture, elle passa ainsi tout l'hiver à se vaincre et à se surmonter, à se débattre avec les hauts et les bas de la maladie.

Chaque fois qu'il venait, le médecin disait à mademoiselle qu'il ne voyait chez sa bonne aucun des organes essentiels à la vie attaqué d'une manière grave. Les poumons étaient bien un peu ulcérés en haut; mais on guérit de cela. Seulement c'est un corps bien usé, bien usé, répétait-il avec un certain accent triste, un air presque embarrassé qui frappait mademoiselle. Et il parlait toujours, à la fin de ses visites, de changement d'air, de campagne.

LX.

Au mois d'août, le médecin ne trouvait plus que cela à conseiller, à ordonner : la campagne. Malgré la peine qu'ont les vieilles gens à se déplacer, à changer le lieu, les habitudes, les heures de leur vie, en dépit de son humeur casanière et de l'espèce de déchirement qu'elle ressentait à s'arracher de son intérieur, mademoiselle se décida à emmener Germinie à la campagne. Elle écrivit à une fille de la *Poule,* qui habitait, avec une nichée d'enfants, une jolie petite propriété dans un village de la Brie, et qui, depuis de longues années, sollicitait d'elle une longue visite. Elle lui demanda l'hospitalité pendant un mois, six semaines pour elle et sa bonne malade.

On partit. Germinie était heureuse. Arrivée, elle se trouva mieux. Sa maladie, pendant quelques jours, eut l'air de se laisser distraire par le changement. Mais l'été, cette année-là, était incertain, pluvieux, tourmenté de soudaines variations et de souffles brusques. Germinie prit un refroidissement; et mademoiselle entendit bientôt recommencer sur sa tête, juste au-dessus de l'endroit où elle couchait, l'affreuse toux qui lui avait été si insupportable et si douloureuse à Paris. C'étaient des quintes pressées et comme étranglées qui s'arrêtaient un moment, puis reprenaient, des quintes dont les silences laissaient à l'oreille et au cœur une attente nerveuse, anxieuse de ce qui allait revenir et de ce qui revenait toujours, éclatait, se brisait, s'éteignait encore, mais vibrait, même éteint, sans jamais se taire ni vouloir finir.

Pourtant, de ces horribles nuits, Germinie se relevait avec une énergie, une activité qui étonnait et, par moment, rassurait mademoiselle. Elle était debout avec tout le monde. Un matin, à cinq heures, elle alla avec le domestique dans un char-à-banc, à trois lieues de là, chercher du poisson dans un moulin; une autre fois, elle se traîna, avec les

bonnes de la maison, au bal de la fête, et ne rentra
qu'avec elles au jour. Elle travaillait, aidait les domestiques. Sur un bout de chaise, dans un angle
de la cuisine, elle était toujours à faire quelque
chose de ses doigts. Mademoiselle fut obligée de la
faire sortir, de l'envoyer s'asseoir dans le jardin.
Germinie allait alors se mettre sur le banc vert, son
ombrelle ouverte sur sa tête, avec du soleil dans sa
jupe et sur ses pieds. Ne bougeant plus, elle s'oubliait là à respirer le jour, la lumière, la chaleur,
dans une sorte d'aspiration passionnée et de bonheur fiévreux. Sa bouche détendue s'entr'ouvrait
à l'haleine du grand air. Ses yeux brûlaient sans
remuer; et dans l'ombre éclairée qui glissait de
la soie de l'ombrelle, son visage consumé, dé-
charné, funèbre, regardait comme une tête de mort
amoureuse.

Toute lasse qu'elle était le soir, rien ne pouvait
la décider à se coucher avant sa maîtresse. Elle
voulait être là pour la déshabiller. Assise à côté
d'elle, de temps en temps elle se soulevait pour la
servir comme elle pouvait, l'aidait à ôter un jupon,
puis se rasseyait, ramassait un instant ses forces,
se relevait, voulait encore servir à quelque chose.
Il fallait que mademoiselle la rasseyât de force et
lui ordonnât de rester tranquille. Et tout le temps
que durait cette toilette du soir, c'était toujours
dans sa bouche le même rabâchage sur les domestiques de la maison. — Voyez-vous, mademoiselle,
vous n'avez pas idée des yeux qu'ils se font quand

ils croient qu'on ne les voit pas... la cuisinière et le domestique... Ils se tiennent encore, quand je suis là; mais l'autre jour, je les ai surpris dans la chambre à four... Ils s'embrassaient, figurez-vous! Heureusement que madame ici ne s'en doute pas. — Ah! te voilà encore dans tes histoires! Mais, bon Dieu, faisait mademoiselle, qu'ils se pigeonnent ou qu'ils ne se pigeonnent pas, qu'est-ce que ça te fait? Ils sont bons pour toi, n'est-ce pas? Voilà tout ce qu'il faut... — Oh! très-bons, mademoiselle; de ce côté-là, je n'ai rien à dire... La Marie s'est relevée cette nuit pour me donner à boire... et lui, quand il reste du dessert, c'est toujours pour moi... Oh! il est très-gentil pour moi... ça n'amuse même pas trop la Marie, qu'il s'occupe comme ça de moi... Dame! vous comprenez, mademoiselle... — Allons, tiens! va te coucher avec toutes tes bêtises, lui disait brusquement sa maîtresse, tristement impatientée de voir chez une personne si malade une occupation si ardente de l'amour des autres.

LXI.

Au retour de la campagne, le médecin, après avoir examiné Germinie, dit à mademoiselle : — Cela a été bien vite, bien vite... Le poumon gauche est entièrement pris... Le droit est attaqué en haut... et je crains bien qu'il ne soit infiltré dans toute son étendue... C'est une femme perdue... Elle peut vivre encore six semaines, deux mois tout au plus...

— Ah! Seigneur, dit Mlle de Varandeuil, mais tout ce que j'ai aimé y passera donc avant moi! Je m'en irai donc après tout le monde, moi, dites donc?...

— Avez-vous songé à la mettre quelque part, mademoiselle, dit le médecin a rès un instant de silence... Vous ne pouvez pas la garder... C'est pour vous une trop grande gêne... une douleur de l'avoir là, reprit le medecin à un mouvement de mademoiselle.

— Non, monsieur, non, je n'y ai pas pensé... Ah! oui, que je la fasse partir!... Mais vous avez bien vu, monsieur : ce n'est pas une bonne, ce n'est pas une domestique pour moi, cette fille-là : c'est comme la famille que je n'ai pas eue!... Qu'est-ce que vous voulez que je lui dise : Va-t'en, à présent! Ah! c'est la première fois que je souffre tant de n'être pas riche, d'avoir un appartement de quatre sous comme j'en ai un.... Pour lui en parler, moi, mais c'est impossible!... Et puis où irait-elle? Chez Dubois?... Ah! bien oui, chez Dubois!... Elle y a été voir la bonne que j'avais avant elle et qui y est morte... Autant la tuer!... L'hôpital, alors?... Non, pas là, je ne veux pas qu'elle meure là!

— Mon dieu, mademoiselle, elle y serait cent fois mieux qu'ici... Je la ferais entrer à Lariboi-

sière, dans le service d'un médecin qui est mon
ami... Je la recommanderais à un interne qui me
doit beaucoup... Elle aurait une très-bonne sœur
dans la salle où je la ferais mettre... Au besoin,
elle aurait une chambre... Mais je suis sûr qu'elle
préférera être dans une salle commune... C'est un
parti nécessaire à prendre, voyez-vous, mademoiselle. Elle ne peut pas rester dans cette chambre
là-haut... Vous savez ce que sont ces horribles
chambres de domestique... Je trouve même que les
commissions de salubrité devraient bien, là-dessus,
forcer les propriétaires à l'humanité : c'est indigne!... Le froid va venir... il n'y a pas de cheminée ; avec la tabatière et le toit, ce sera une gla-
cière... Vous la voyez encore aller... Oh! elle a un
courage étonnant, une vitalité nerveuse prodi-
gieuse... Mais, malgré tout, le lit va la prendre
dans quelques jours... elle ne se relèvera plus...
Voyons, de la raison, mademoiselle... Laissez-moi
lui parler, voulez-vous?

— Non, pas encore... Cette idée-là... j'ai besoin
de m'y faire... Et puis de la voir autour de moi,
je crois qu'elle ne va pas mourir comme ça si
vite... Nous aurons toujours le temps... Plus tard,
nous verrons... oui, plus tard...

— Pardon, mademoiselle, mais permettez-moi
de vous dire qu'à la soigner, vous êtes capable de
vous rendre malade...

— Moi?... Oh! moi!... Et Mlle de Varandeuil fit le
geste d'une personne dont la vie est toute donnée.

LXII.

Au milieu des inquiétudes désespérées que donnait à Mlle de Varandeuil la maladie de sa bonne,
se glissait une impression singulière, une certaine
peur devant l'être nouveau, inconnu, mystérieux,
que le mal avait fait lever du fond de Germinie.
Mademoiselle ressentait comme un malaise auprès
de cette figure enfoncée, enterrée, presque disparue
dans une implacable dureté, et qui ne semblait
revenir à elle-même et se retrouver que fugitive-
ment, par lueurs, dans l'effort d'un pâle sourire.
La vieille femme avait vu bien des gens mourir; sa
longue et douloureuse mémoire lui rappelait bien
des expressions de têtes chères et condamnées, bien
des expressions de mort tristes, accablées, désolées, mais aucun des visages dont elle se souvenait
n'avait pris en s'éteignant ce sombre caractère d'un
visage qui s'enferme et se retire en lui-même.

Toute serrée dans sa souffrance, Germinie se
tenait farouche, raidie, concentrée, impénétrable.
Elle avait des immobilités de bronze. En la regardant, mademoiselle se demandait ce qu'elle couvait ainsi sans bouger, si c'était la révolte de sa
vie, l'horreur de mourir, ou bien un secret, un
remords. Rien d'extérieur ne semblait plus tou-

cher la malade. La sensation des choses s'en allait
d'elle. Son corps devenait indifférent à tout, ne
demandait plus à être soulagé, ne paraissait plus
désirer guérir. Elle ne se plaignait de rien, n'avait
de plaisir ni de distraction à rien. Ses besoins de
tendresse eux-mêmes l'avaient quittée. Elle ne
donnait plus signe de caresse, et, chaque jour,
quelque chose d'humain quittait cette âme de
femme qui paraissait se pétrifier. Souvent, elle
s'abîmait dans des silences qui faisaient attendre le
déchirement d'un cri, d'une parole; mais, après
avoir promené le regard autour d'elle, elle ne
disait rien, et recommençait à regarder au même
endroit, dans le vide, devant elle, fixement, éternellement.

Quand mademoiselle rentrait de chez l'amie où
elle allait dîner, elle trouvait Germinie dans l'obscurité, sans lumière, affaissée dans un fauteuil,
les jambes allongées sur une chaise, la tête penchée sur sa poitrine, et si profondément absor-
bée, que parfois elle n'entendait pas la porte
s'ouvrir. Dans la chambre, en avançant, il semblait
à M\ule de Varandeuil déranger un épouvantable
tête-à-tête de la Maladie et de l'Ombre, où Germinie cherchait déjà dans la terreur de l'invisible
l'aveuglement de la tombe et la nuit de la mort.

LXIII.

Tout le mois d'octobre, Germinie s'obstina à ne
pas vouloir s'aliter. Chaque jour, cependant, elle
était plus faible, plus défaillante, plus abandonnée
de son corps. A peine si elle pouvait monter l'étage
qui allait à son sixième, en se tirant le long de la
rampe. A la fin, elle tombait dans l'escalier : les
autres domestiques la ramassaient et la portaient
jusqu'à sa chambre. Mais cela ne l'arrêtait pas : le
lendemain, elle redescendait avec cette lueur de
force que le matin donne aux malades. Elle préparait le déjeuner de mademoiselle, elle faisait un
semblant d'ouvrage, elle tournait encore dans l'appartement, s'accrochant aux meubles, se traînant.
Mademoiselle en avait pitié : elle la forçait à se jeter
sur son propre lit. Germinie y reposait une demi-
heure, une heure, sans dormir, ne parlant pas, les
yeux ouverts, immobiles et vagues, comme les gens
qui souffrent.

Un matin, elle ne descendit pas. Mademoiselle
monta au sixième, tourna dans un étroit corridor
empesté par des lieux de domestiques, et arriva à
la porte de Germinie, la porte 21. Germinie lui
demanda bien pardon de l'avoir fait monter. Il lui
avait été impossible de mettre les pieds au bas de

son lit. Elle avait de grandes douleurs dans le ventre, et le ventre tout enflé. Elle pria mademoiselle de s'asseoir un instant, et retira, pour lui faire place, le chandelier qui était sur la chaise, à la tête de son lit.

Mademoiselle s'assit, et resta quelques instants regardant cette misérable chambre de domestique, une de ces chambres où le médecin est obligé de poser son chapeau sur le lit, et où il y a à peine la place pour mourir! C'était une mansarde de quelques pieds carrés sans cheminée, où la tabatière à crémaillère laissait passer l'haleine des saisons, le chaud de l'été, le froid de l'hiver. Les débarras, de vieilles malles, des sacs de nuit, un panier de bain, le petit lit de fer où Germinie avait couché sa nièce, étaient entassés sous le pan coupé du mur. Le lit, une chaise et une petite toilette boiteuse avec une cuvette cassée, faisaient tout le mobilier. Au-dessus du lit était pendu, dans un cadre peint à la façon du palissandre, un daguerréotype d'homme.

Le médecin vint dans la journée. — Ah! de la péronite... fit-il, quand mademoiselle lui eut appris l'état de Germinie.

Il monta voir la malade. — Je crains, dit-il en redescendant, qu'il n'y ait un abcès dans l'intestin communiquant avec un abcès dans la vessie... C'est grave... très-grave... Il faut bien lui recommander de ne faire aucun grand mouvement dans son lit, de se retourner avec précaution .. Elle pourrait mourir tout à coup dans les plus affreuses dou-

leurs... Je lui ai proposé d'aller à Lariboisière...
elle a accepté tout de suite... Elle n'a aucune
répugnance... Seulement, je ne sais pas comment
elle supportera le transport... Enfin, elle a tant
d'énergie, je n'en ai jamais vu une pareille... Demain matin, vous aurez l'ordre d'admission...

Quand mademoiselle remonta chez Germinie, elle
la trouva souriante dans son lit, gaie de l'idée de
s'en aller : — Allez, mademoiselle, lui dit-elle,
c'est l'affaire de six semaines...

LXIV.

A deux heures, le lendemain, le médecin apporta
le billet d'entrée. La malade était prête à partir.
Mademoiselle lui proposa de s'en aller sur un brancard qu'on ferait venir de l'hôpital. — Oh! non,
dit vivement Germinie, je me croirais morte...
Elle pensait à ses dettes; elle avait besoin de se
faire voir, à ses créanciers de la rue, vivante et debout jusqu'à la fin !

Elle sortit du lit. Mlle de Varandeuil l'aida à passer son jupon et sa robe. Aussitôt hors du lit, la vie
disparut de son visage, la flamme de son teint : il
sembla lui monter tout à coup de la terre sous la
peau. En s'accrochant à la rampe, elle descendit
l'étage raide de l'escalier de service, et arriva à

l'appartement. On l'assit dans la salle à manger,
sur un fauteuil, près de la fenêtre. Elle voulut passer ses bas toute seule, et en les remontant d'une
pauvre main tremblante et dont les doigts se cognaient, elle laissa voir un peu de ses jambes si
maigres qu'elles faisaient peur. La femme de ménage mettait pendant ce temps-là, dans un paquet,
un peu de linge, un verre, une tasse et un couvert
en étain que Germinie avait voulu emporter. Quand
ce fut fini, Germinie regarda un moment tout autour
d'elle : elle enveloppa la pièce d'un embrassement
suprême et qui semblait vouloir emporter les choses. Puis, ses yeux s'arrêtant sur la porte par où la
femme de ménage venait de sortir : — Au moins,
dit-elle à mademoiselle, je vous laisse quelqu'un
d'honnête...

Elle se leva. La porte se ferma derrière elle avec
un bruit d'adieu, et soutenue par Mlle de Varandeuil qui la portait presque, elle descendit, par le
grand escalier, les cinq étages. A chaque palier,
elle s'arrêtait et respirait. Au vestibule, elle trouva
le portier qui lui avait apporté une chaise. Elle
tomba dessus. Le gros homme, en riant, lui promit
la santé dans six semaines. Elle remua la tête en
disant un *oui, oui* étouffé.

Elle était dans le fiacre, à côté de sa maîtresse.
Le fiacre était dur et sautait sur le pavé. Elle avait
avancé le corps pour n'avoir pas le contre-coup des
cahots, et se tenait de la main à la portière, cram-
ponnée. Elle regardait passer les maisons, et ne

22

parlait plus. Arrivée à la porte de l'hôpital, elle ne voulut pas qu'on la portât. Pouvez-vous aller jusque-là? — lui dit le concierge, en lui montrant à une vingtaine de pas la salle de réception. Elle fit signe que oui, et marcha : c'était une morte qui allait parce qu'elle voulait aller !

Enfin, elle arriva dans la grande salle haute, froide, rigide, nette, sèche et terrible, dont les bancs de bois faisaient cercle autour du brancard qui attendait. Mlle de Varandeuil la fit asseoir sur un fauteuil de paille, près d'un guichet vitré. Un employé ouvrit le guichet, demanda à Mlle de Varandeuil le nom, l'âge de Germinie, et couvrit d'écriture pendant un quart d'heure une dizaine de papiers marqués en tête d'une image religieuse. Cela fait, Mlle de Varandeuil se retourna, l'embrassa; elle vit un garçon de salle la prendre sous le bras, puis elle ne la vit plus, se sauva, et tombant sur les coussins du fiacre, elle éclata en sanglots et lâcha toutes les larmes dont son cœur étouffait depuis une heure. Sur le siége, le dos du cocher était étonné d'entendre pleurer si fort.

LXV.

Le jour de la visite, le jeudi venu, Mlle de Varandeuil partit pour voir Germinie à midi et demi. Elle

voulait être à son lit au moment juste de l'ouverture, à une heure précise. Repassant par les rues
où elle avait passé quatre jours avant, elle se rappelait l'affreux voyage du lundi. Il lui semblait, dans
la voiture où elle était seule, gêner un corps malade, et elle se tenait dans le coin du fiacre comme
pour laisser de la place au souvenir de Germinie.
Comment allait-elle la trouver?... La trouverait-elle
seulement? Si son lit allait être vide !...

Le fiacre enfila une petite rue toute pleine de
charrettes d'oranges et de femmes qui, assises sur
le trottoir, vendaient des biscuits dans des paniers.
Il y avait je ne sais quoi de misérable et de lugubre
dans cet étal en plein vent de fruits et de gâteaux,
douceurs de mourants, viatiques de malades, at-
tendus par la fièvre, espérés par l'agonie, et que
des mains de travail, toutes noires, prenaient en
passant pour porter à l'hôpital et faire bonne bouche à la mort. Des enfants les portaient gravement,
presque pieusement, comme s'ils comprenaient,
sans y toucher.

Le fiacre s'arrêta devant la grille de la cour. Il
était une heure moins cinq minutes. A la porte se
pressait une queue de femmes, avec leurs robes des
jours ouvriers, serrées, sombres, douloureuses et
silencieuses. Mlle de Varandeuil se mit à la queue,
avança avec les autres, entra : on la fouilla. Elle
demanda la salle Sainte-Joséphine, on lui indiqua
le second pavillon au second. Elle trouva la salle,
puis le lit, le lit 14 qui était, comme on le lui avait

dit, un des derniers à droite. D'ailleurs, elle y fut
comme appelée, du bout de la salle, par le sourire
de Germinie, ce sourire des malades d'hôpital à une
visite inattendue qui dit si doucement, dès qu'on
entre : — C'est moi, ici...

Elle se pencha sur le lit. Germinie voulut la repousser avec un geste d'humilité et comme une
honte de servante.

Mlle de Varandeuil l'embrassa.

— Ah ! lui dit Germinie, le temps m'a bien duré
hier... Je m'étais figuré que c'était jeudi... et je
m'ennuyais après vous...

— Ma pauvre fille !... Et comment te trouves-tu ?

— Oh ! ça va bien maintenant... mon ventre est
dégonflé... J'ai trois semaines à être ici, voyez-vous,
mademoiselle. . Ils disent que j'en ai pour un mois,
six semaines... mais je me connais... Et puis je suis
très-bien, je ne m'ennuie pas... je dors maintenant
la nuit... J'avais une soif quand vous m'avez ame-
née lundi !... Ils ne veulent pas me donner d'eau
rougie...

— Qu'est-ce que tu as là à boire ?

— Oh ! comme chez nous... de l'albumine. Voulez-vous m'en verser, tenez, mademoiselle... c'est
si lourd, leurs choses d'étain !

Et se soulevant d'un bras avec le petit bâton pendant au milieu de son lit, avançant l'autre mis à nu
par la chemise relevée, tout maigre et grelottant,
vers le verre que lui tendait Mlle de Varandeuil,
elle but.

— La, fit-elle, quand elle eut fini, et elle posa ses deux bras étendus, hors du lit, sur le drap. Elle reprit : — Faut-il que je vous dérange comme ça, ma pauvre demoiselle... Ça doit être d'une saleté finie chez nous?

— Ne t'occupe donc pas de ça.

Il y eut un instant de silence. Un sourire décoloré vint aux lèvres de Germinie : — J'ai fait de la contrebande, dit-elle à Mlle de Varandeuil en baissant la voix, je me suis confessée pour être bien...

Puis, avançant la tête sur l'oreiller de façon à être plus près de l'oreille de Mlle de Varandeuil :

— Il y a des histoires ici... J'ai une drôle de voisine, allez, là... Elle indiqua d'un coup d'œil et d'un mouvement d'épaule la malade à laquelle elle tournait le dos. — Elle a un homme qui vient la voir ici... Il lui a parlé hier pendant une heure... J'ai entendu qu'ils avaient un enfant... Elle a quitté son mari... Il était comme un fou, cet homme-là, en lui parlant...

Et disant cela, Germinie s'animait comme toute pleine encore et toute tourmentée de cette scène de la veille, toute fiévreuse et toute jalouse, si près de la mort, d'avoir entendu de l'amour à côté d'elle!

Puis tout à coup, elle changea de figure. Il venait une femme vers son lit. La femme parut embarrassée en voyant Mlle de Varandeuil. Au bout de quelques minutes, elle embrassa Germinie, et comme une autre femme venait, elle se hâta de

partir. La nouvelle venue fit de même, embrassa
Germinie, et la quitta aussitôt. Après les femmes,
un homme vint; puis ce fut une autre femme. Tous,
au bout d'un instant, se penchaient sur la malade
pour l'embrasser, et dans chaque baiser Mlle de
Varandeuil percevait vaguement un marmottement
de paroles, des mots échangés, une demande sourde
de ceux qui embrassaient, une réponse rapide de
celle qui était embrassée.

— Eh bien! dit-elle à Germinie, j'espère qu'on
te soigne!

— Ah! oui, répéta Germinie, avec une voix singulière, on me soigne!

Elle n'avait plus l'air vivant comme au commencement de la visite. Un peu de sang monté à ses
joues y était resté seulement ainsi qu'une tache.
Son visage semblait fermé; il était froid et sourd,
pareil à un mur. Sa bouche rentrée était comme
scellée. Ses traits se cachaient sous le voile d'une
souffrance infinie et muette. Il n'y avait plus rien
de caressant ni de parlant dans ses yeux immobiles, tout occupés et remplis de la fixité d'une pensée. On eût dit qu'une immense concentration intérieure, une volonté de la dernière heure, ramenait
au dedans de sa personne tous les signes extérieurs
de ses idées, et que tout son être se tenait désespérément replié sur une douleur attirant tout à elle.

C'est que ces visites qu'elle venait de recevoir,
c'étaient la fruitière, l'épicier, la marchande de
beurre, la blanchisseuse, — toutes ses dettes vivan-

tes! Ces baisers, c'étaient les baisers de tous ses
créanciers venant, dans une embrassade, flairer
leurs créances et faire *chanter* son agonie!

LXVI.

Le samedi matin, mademoiselle venait de se lever. Elle était en train de faire un petit panier de
quatre pots de confitures de Bar qu'elle comptait
porter le lendemain à Germinie, quand elle entendit
des voix basses, un colloque dans la pièce d'entrée
entre la femme de ménage et le portier. Puis presque aussitôt la porte s'ouvrit, le portier entra.

— Une triste nouvelle, mademoiselle, dit-il.

Et il lui tendit une lettre qu'il avait à la main;
elle portait le timbre de l'hôpital de La Riboisière :
Germinie était morte le matin, à sept heures.

Mademoiselle prit le papier; elle n'y vit que des
lettres qui lui disaient : Morte! morte! Et la lettre
avait beau lui répéter : Morte! morte! elle n'y pouvait croire. Comme ceux dont on apprend subite-
ment la fin, Germinie lui apparaissait toute vivante,
et sa personne qui n'était plus se représentait à
elle avec la présence suprême de l'ombre de quelqu'un. Morte! Elle ne la verrait plus! Il n'y avait
donc plus de Germinie au monde! Morte! Elle était
morte! Et ce qui allait remuer maintenant dans la

cuisine, ce ne serait plus elle; ce qui allait lui ouvrir la porte, ce ne serait plus elle; ce qui trôlerait
le matin dans sa chambre, ce serait une autre! —
Germinie! Elle cria cela à la fin, avec le cri dont
elle l'appelait; puis, se reprenant : — Machine!
Chose!... Comment t'appelles-tu, toi? dit-elle du-
rement à la femme de ménage toute troublée. Ma
robe... que j'y aille...

Il y avait, dans ce dénouement si rapide de la
maladie, une si brusque surprise que sa pensée ne
pouvait s'y faire. Elle avait peine à concevoir cette
mort soudaine, secrète et vague, contenue tout entière pour elle dans ce chiffon de papier. Germinie
était-elle vraiment morte? Mademoiselle se le demandait avec le doute des gens qui ont perdu une
personne chère au loin, et, ne l'ayant pas vue mourir, ne veulent pas qu'elle soit morte. Ne l'avait-elle
pas vue encore toute vivante la dernière fois? Comment cela était-il arrivé? Comment tout à coup
était-elle devenue ce qui n'est plus bon qu'à mettre
dans la terre? Mademoiselle n'osait y songer, et y
songeait. L'inconnu de cette agonie dont elle igno-
rait tout, l'effrayait et l'attirait. L'anxieuse curiosité
de sa tendresse allait vers les dernières heures de
sa bonne, et elle essayait d'en soulever à tâtons le
voile et l'horreur. Puis il lui prenait une irrésistible
envie de tout savoir, d'assister, par ce qu'on lui dirait, à ce qu'elle n'avait pas vu. Il fallait qu'elle
apprît si Germinie avait parlé avant de mourir, si
elle avait exprimé un désir, témoigné une volonté,

laissé échapper un de ces mots qui sont le dernier
cri de la vie.

Arrivée à La Riboisière, elle passa devant le concierge, un gros homme puant la vie comme on pue
le vin, traversa les corridors où glissaient des con-
valescentes pâles, et sonna tout au bout de l'hôpital
à une porte voilée de rideaux blancs. On ouvrit :
elle se trouva dans un parloir éclairé de deux fenêtres, où une sainte Vierge de plâtre était posée sur
un autel, entre deux vues du Vésuve qui semblaient
frissonner là, contre le mur nu. Derrière elle, d'une
porte ouverte, sortait un caquetage de sœurs et de
petites filles, un bruit de jeunes voix et de frais
rires, la gaieté d'une pièce blanche où le soleil
s'amuse avec des enfants qui jouent.

Mademoiselle demanda à parler à la Mère de la
salle Sainte-Joséphine. Il vint une sœur petite, à
demi bossue, avec une figure laide et bonne, une
figure à la grâce de Dieu. Germinie était morte dans
ses bras. — Elle ne souffrait presque plus, dit la
sœur à mademoiselle ; elle se trouvait mieux ; elle
se sentait soulagée ; elle avait de l'espérance. Le
matin, vers les sept heures, au moment où son lit
venait d'être fait, tout à coup, sans se voir mourir,
elle a été prise d'un vomissement de sang dans
lequel elle a passé.—La sœur ajouta qu'elle n'avait
rien dit, rien demandé, rien désiré.

Mademoiselle se leva, délivrée des horribles pensées qu'elle avait eues. Germinie avait été sauvée
de toutes les souffrances d'agonie qu'elle lui avait

rêvées. Mademoiselle remercia cette mort de la
main de Dieu qui cueille l'âme d'un seul coup.

Comme elle sortait de là : — Voulez-vous reconnaître le corps? lui dit un garçon en s'approchant.

Le corps! Ce mot fut affreux pour mademoiselle.
Sans attendre sa réponse, le garçon se mit à marcher devant elle jusqu'à une grande porte jaunâtre
au-dessus de laquelle était écrit : *Amphithéâtre.*
Il cogna; un homme en bras de chemise, un brûle-
gueule à la bouche, entr'ouvrit la porte, et dit d'attendre un instant.

Mademoiselle attendit. Ses pensées lui faisaient
peur. Son imagination était de l'autre côté de cette
porte d'épouvante. Elle essayait de voir ce qu'elle
allait voir. Et toute remplie d'images confuses, de
terreurs évoquées, elle frissonnait de l'idée d'entrer là, de reconnaître au milieu d'autres ce visage
défiguré, si encore elle le reconnaissait! Et cependant elle ne pouvait s'arracher de là : elle se disait
qu'elle ne la verrait plus jamais !

L'homme au brûle-gueule ouvrit la porte : mademoiselle ne vit rien qu'une bière, dont le couvercle
ne montant que jusqu'au cou laissait voir Germinie
les yeux ouverts, les cheveux droits sur la tête.

LXVII.

Brisée par ces émotions, par ce dernier spectacle, Mlle de Varandeuil se mit au lit en rentrant chez elle, après avoir donné de l'argent au portier pour les tristes démarches, l'enterrement, la concession. Et quand elle fut dans son lit, ce qu'elle avait vu revint devant elle. Il y avait toujours auprès d'elle la morte horrible, ce visage effrayant dans le cadre de cette bière. Son regard avait emporté au dedans d'elle cette tête inoubliable ; sous ses paupières fermées, elle la voyait et en avait peur. Germinie était là, avec le bouleversement de traits d'une figure d'assassinée, avec ses orbites creusés, avec ses yeux qui semblaient avoir reculé dans des trous ! Elle était là, avec cette bouche encore tordue d'avoir vomi son dernier souffle ! Elle était là, avec ses cheveux, ses cheveux terribles, rebroussés, tout debout sur sa tête !

Ses cheveux ! cela surtout poursuivait mademoiselle. La vieille fille pensait, sans y vouloir penser, à des choses tombées dans son oreille d'enfant, à des superstitions de peuple perdues au fond de sa mémoire : elle se demandait si on ne lui avait pas dit que les morts qui ont les cheveux ainsi emportent avec eux un crime en mourant... Et, par moments, c'étaient ces cheveux-là qu'elle voyait à

cette tête, des cheveux de crime, tout droits d'épouvante et tout roidis d'horreur devant la justice du
ciel, comme les cheveux du condamné à mort devant l'échafaud de la Grève !

Le dimanche, mademoiselle se trouva trop malade pour sortir de son lit. Le lundi, elle voulut se
lever pour aller à l'enterrement, mais, prise d'une
faiblesse, elle fut obligée de se recoucher.

LXVIII.

— Eh bien ! c'est fini ? dit de son lit mademoiselle, en voyant entrer chez elle à onze heures le
portier qui revenait du cimetière avec une redingote noire et la mine de componction d'un retour
d'enterrement.

— Mon Dieu oui, mademoiselle... Dieu merci ! la
pauvre fille ne souffre plus.

— Tenez ! je n'ai pas la tête à moi aujourd'hui...
Mettez les quittances et le restant de l'argent sur
ma table de nuit... Nous compterons un autre jour.

Le portier restait debout devant elle sans bouger
ni s'en aller, en changeant de main une calotte de
velours bleu coupée dans la robe d'une fille de la
maison. Au bout d'un instant, il se décida à parler:

— C'est cher, mademoiselle, pour se faire enterrer... Il y a d'abord...

— Qu'est-ce qui vous a dit de compter? interrompit Mlle de Varandeuil avec l'orgueil d'une charité superbe.

Le portier continua : — Et puis par là-dessus, une concession à perpétuité, comme vous m'aviez dit, ça ne se donne pas... Vous avez beau avoir bon cœur, mademoiselle, vous n'êtes pas trop riche... on sait ça, et alors on s'est dit : Mademoiselle va avoir pas mal à payer... et on connaît mademoiselle, elle payera... Eh bien! si on lui économisait ça?... Ça serait toujours autant... L'autre sera toujours bien sous terre... Et puis, qu'est-ce qui peut lui faire le plus de plaisir là-haut? C'est de savoir qu'elle ne fait de tort à personne, la brave fille...

— Payer... quoi? dit Mlle de Varandeuil, impatientée par les circonlocutions du portier.

— Allez! ça ne fait rien, reprit le portier, elle vous était bien attachée tout de même... Et puis quand elle a été bien malade, ce n'était pas le moment... Oh! mon Dieu, il ne faut pas vous gêner... ça ne presse pas... c'est de l'argent qu'elle devait depuis des temps... C'est ça, tenez...

Et il tira de la poche intérieure de sa redingote un papier timbré.

— Je ne voulais pas qu'elle fît un billet... c'est elle...

Mlle de Varandeuil saisit le papier timbré et vit au bas :

Approuvé l'écriture ci-dessus,

GERMINIE LACERTEUX.

C'était une reconnaissance de trois cents francs payables de mois en mois par à-compte qui devaient être portés au dos du papier.

— Il n'y a rien, vous voyez, dit le portier en retournant le papier.

Mlle de Varandeuil ôta ses lunettes. — Je payerai, dit-elle.

Le portier s'inclina. Elle le regarda : il restait là.

— C'est tout, j'espère?... dit-elle d'un ton brusque.

Le portier avait recommencé à regarder fixement une feuille du parquet. — C'est tout... si on veut...

Mlle de Varandeuil eut peur comme au moment de passer la porte derrière laquelle elle allait voir le corps de sa bonne.

— Mais comment doit-elle tout cela?... s'écriat-elle... Je lui donnais de bons gages... je l'habillais presque... A quoi son argent passait-il, hein?

— Ah! voilà, mademoiselle... Je n'aurais pas voulu vous le dire... mais autant aujourd'hui que demain... Et puis, il vaut mieux que vous soyez prévenue; quand on sait, on s'arrange... Il y a un compte de la marchande de volailles... La pauvre fille doit un peu partout... elle n'avait pas beaucoup d'ordre dans les derniers temps... La blanchisseuse, la dernière fois, a laissé son livre... Ça va assez haut... je ne sais plus... Il paraît qu'il y a une note chez l'épicier... oh! une vieille note... ça remonte à des années... Il vous apportera son livre...

— Combien l'épicier?

— Dans les deux cent cinquante.

Toutes ces révélations, tombant coup sur coup sur Mlle de Varandeuil, lui arrachaient des exclamations sourdes. Soulevée de son oreiller, elle restait sans paroles devant cette vie dont le voile se déchirait morceau par morceau, dont les hontes s'éclairaient une à une.

— Oui, dans les deux cent cinquante... Il y a beaucoup de vin, à ce qu'il dit...

— J'en ai toujours eu à la cave...

— La crémière... reprit le portier sans répondre, oh! pas grand'chose... la crémière... soixante-quinze francs... Il y a de l'absinthe et de l'eau-de-vie...

— Elle buvait! cria Mlle de Varandeuil qui, sur ce mot, devina tout.

Le portier ne parut pas entendre.

— Ah! voyez-vous, mademoiselle, ç'a été son malheur de connaître les Jupillon... le jeune homme... Ce n'était pas pour elle ce qu'elle en faisait... Et puis le chagrin... Elle s'est mise à boire... Elle espérait l'épouser, faut vous dire... Elle lui avait arrangé une chambre... Quand on se met dans les mobiliers, ça va vite... Elle se détruisait, figurez-vous... J'avais beau lui dire de ne pas s'abîmer à boire comme ça... Moi, vous pensez, quand elle rentrait à des six heures du matin, je n'allais pas vous le dire... C'est comme son enfant... Oh! reprit le concierge au geste que fit

Mlle de Varandeuil, une fière chance qu'elle soit
morte, cette petite... Ça ne fait rien, on peut dire
qu'elle a fait la noce... et une rude... Voilà pourquoi le terrain, moi... si j'étais que vous... Elle
vous a assez coûté, allez, mademoiselle, tant qu'elle
a mangé de votre salade... Et vous pouvez la laisser où elle est... avec tout le monde...

— Ah! c'est comme ça! c'était ça! Ça volait pour
des hommes! ça faisait des dettes! Ah! elle a bien
fait de crever, la chienne! Et il faut que je paye!...
Un enfant! Voyez-vous ça, la guenippe! Ah! bien
oui, elle peut pourrir où elle veut, celle-là! Vous
avez bien fait, monsieur Henri... Voler! Elle me
volait! Dans le trou, parbleu! c'est bon pour elle!...
Dire que je lui laissais toutes mes clefs... je ne
comptais jamais... Mon Dieu!... Ah! oui, de la confiance... Eh bien! voilà... Je payerai... ce n'est pas
pour elle, c'est pour moi... Et moi qui donne ma
plus belle paire de draps pour l'enterrer! Ah! si
j'avais su, je t'en aurais donné du torchon de cuisine, mademoiselle comme je danse!

Et mademoiselle continua quelques minutes,
jusqu'à ce que les mots l'étouffassent et s'étran-
glassent dans sa gorge.

LXIX.

A la suite de cette scène, Mlle de Varandeuil restâ
huit jours dans son lit, malade et furieuse, pleine
d'une indignation qui lui secouait tout le cœur, lui
débordait par la bouche, lui arrachait par instants
quelque grosse injure qu'elle crachait dans un cri
à la sale mémoire de sa bonne. Nuit et jour, elle se
retournait dans la même pensée de malédiction, et
ses rêves mêmes agitaient dans son lit la colère de
ses membres grêles.

Était-ce possible ! Germinie ! sa Germinie ! Elle
n'en revenait pas. Des dettes !... un enfant !... toutes
sortes de hontes ! La scélérate ! Elle l'abhorrait, elle
la détestait. Si elle avait vécu, elle aurait été la
dénoncer au commissaire de police. Elle eût voulu
croire à l'enfer pour la recommander aux supplices
qui châtient les morts. Sa bonne, c'était ça ! Une
fille qui la servait depuis vingt ans ! qu'elle avait
comblée ! L'ivrognerie ! elle était descendue jusque-
là ! L'horreur qu'on a après un mauvais rêve venait
à mademoiselle, et tous les dégoûts montant de son
âme disaient : Fi ! à cette morte dont la tombe
avait vomi la vie et rejeté l'ordure.

Comme elle l'avait trompée ! Comme elle faisait

semblant de l'aimer, la misérable! Et pour se la
montrer à elle-même plus ingrate et plus coquine,
Mlle de Varandeuil se rappelait ses tendresses, ses
soins, ses jalousies qui avaient l'air de l'adorer.
Elle la revoyait se penchant sur elle lorsqu'elle
était malade. Elle repensait à ses caresses... Tout
cela mentait! Son dévouement mentait! Le bonheur
de ses baisers, l'amour de ses lèvres mentaient!
Mademoiselle se disait cela, se le répétait, se le
persuadait; et pourtant, peu à peu, lentement, de
ces souvenirs remués, de ces évocations dont elle
cherchait l'amertume, de la lointaine douceur des
jours passés, il se levait en elle un premier attendrissement de miséricorde.

Elle chassait ces pensées qui laissaient tomber sa
colère; mais la rêverie les lui rapportait. Il lui
revenait alors des choses auxquelles elle n'avait pas
fait attention du vivant de Germinie, de ces riens
auxquels le tombeau fait penser et que la mort
éclaire. Elle avait un vague ressouvenir de certaines
étrangetés de cette fille, d'effusions fiévreuses,
d'étreintes troublées, d'agenouillements qu'on eût
dit prêts à une confession, de mouvements de
lèvres au bord desquelles semblait trembler un
secret. Elle retrouvait, avec ces yeux qu'on a pour
ceux qui ne sont plus, les regards si tristes de Germinie, des gestes, des poses qu'elle avait, ses visages
de désespoir. Et elle devinait là-dessous maintenant
des blessures, des plaies, des déchirements, le tourment de ses angoisses et de ses repentirs, les lar-

mes de sang de ses remords, toutes sortes de souffrances étouffées dans toute sa vie et dans toute sa
personne, une Passion de honte qui n'osait demander pardon qu'avec son silence!

Puis elle se grondait pour avoir pensé cela et se
traitait de vieille bête. Ses instincts rigides et
droits, la sévérité de conscience et la dureté de
jugement d'une vie sans faute, ce qui chez une
honnête femme fait condamner une fille, ce qui
chez une sainte comme Mlle de Varandeuil devait
être sans pitié pour sa domestique, tout en elle se
révoltait contre un pardon. Au dedans d'elle une
justice criait, étouffant sa bonté : Jamais! jamais!
Et elle chassait, d'un geste implacable, le spectre
infâme de Germinie.

Même par instants, pour faire plus irrévocable la
damnation et l'exécration de cette mémoire, elle la
chargeait, elle l'accablait, elle la calomniait. Elle
ajoutait à l'affreuse succession de la morte. Elle
reprochait à Germinie plus encore qu'elle n'avait à
lui reprocher. Elle prêtait des crimes à la nuit
de ses pensées, des désirs assassins à l'impatience de ses rêves. Elle voulait penser, elle pensait qu'elle avait souhaité sa mort, qu'elle l'avait
attendue.

Mais, à ce moment-là même, dans le plus noir de
ses pensées et de ses suppositions, une vision se
levait et s'éclairait devant elle. Une image s'approchait, qui semblait s'avancer vers son regard, une
image dont elle ne pouvait se défendre et qui tra-

versait les mains dont elle voulait la repousser :
Mlle de Varandeuil revoyait sa bonne morte. Elle
revoyait ce visage qu'elle avait entrevu à l'amphithéâtre, ce visage crucifié, cette tête suppliciée où
étaient montés à la fois le sang et l'agonie d'un
cœur. Elle la revoyait avec cette âme que la seconde
vue du souvenir dégage des choses. Et cette tête, à
mesure qu'elle lui revenait, lui revenait avec moins
d'épouvante. Elle lui apparaissait comme se dé-
pouillant de terreur et d'horreur. La souffrance
seule y restait, mais une souffrance d'expiation,
presque de prière, la souffrance d'un visage de
morte qui voudrait pleurer... Et l'expression de
cette tête s'adoucissant toujours, mademoiselle
finissait par y voir une supplication qui l'implorait,
une supplication qui, à la longue, enveloppait sa
pitié. Insensiblement, il se glissait dans ses réflexions, des indulgences, des idées d'excuse dont
elle s'étonnait elle-même. Elle se demandait si la
pauvre fille était aussi coupable que d'autres, si
elle avait choisi le mal, si la vie, les circonstances,
le malheur de son corps et de sa destinée, n'avaient
pas fait d'elle la créature qu'elle avait été, un être
d'amour et de douleur... Et tout à coup elle s'arrêtait : elle allait pardonner !

Un matin, elle sauta à bas de son lit.

— Eh ! vous... l'autre ! cria-t-elle à sa femme
de ménage, le diable soit de votre nom ! Je
l'oublie toujours... Vite, mes affaires... j'ai à
sortir...

— Ah! par exemple, mademoiselle... les toits, regardez donc... ils sont tout blancs.

— Eh bien, il neige, voilà tout.

Dix minutes après, Mlle de Varandeuil disait au cocher de fiacre qu'elle avait envoyé chercher :

— Cimetière Montmartre!

LXX.

Au loin, un mur s'allongeait, un mur de ferme-ture, tout droit, continuant toujours. Le filet de neige qui lignait son chaperon lui donnait une cou-leur de rouille sale. Dans son angle, à gauche, trois arbres dépouillés dressaient sur le ciel leurs sèches branches noires. Ils bruissaient tristement avec un son de bois mort entre-choqué par la bise. Au-dessus de ces arbres, derrière le mur et tout contre, se dressaient les deux bras où pendait un des der-niers réverbères à l'huile de Paris. Quelques toits tout blancs s'espaçaient çà et là; puis se levait la montée de la butte Montmartre dont le linceul de neige était déchiré par des coulées de terre et des taches sablonneuses. De petits murs gris sui-vaient l'escarpement, surmontés de maigres arbres décharnés dont les bouquets se violaçaient dans la brume, jusqu'à deux moulins noirs. Le ciel était plombé, lavé des tons bleuâtres et froids de l'encre

étendue au pinceau : il avait pour lumière une
éclaircie sur Montmartre, toute jaune, de la couleur de l'eau de la Seine après les grandes pluies.
Sur ce rayon d'hiver, passaient et repassaient les
ailes d'un moulin caché, des ailes lentes, invaria-
bles dans le mouvement, et qui semblaient tourner
l'éternité.

En avant du mur, contre lequel plaquait un buis-
son de cyprès morts et roussis par la gelée, s'étendait un grand terrain sur lequel descendaient,
comme deux grandes processions de deuil, deux
épaisses rangées de croix serrées, pressées, bous-
culées, renversées. Ces croix se touchaient, se poussaient, se marchaient sur les talons. Elles pliaient,
tombaient, s'écrasaient en chemin. Au milieu, il y
avait comme un étouffement qui en avait fait sauter
en dehors, à côté : on les apercevait recouvertes et
levant seulement, avec l'épaisseur de leur bois, la
neige sur les chemins, un peu piétinés au milieu,
qui allaient le long des deux files. Les rangs brisés
ondulaient avec la fluctuation d'une foule, le désordre et le serpentement d'une grande marche.
Les croix noires, avec leurs bras étendus, prenaient
un air d'ombres et de personnes en détresse. Ces
deux colonnes débandées faisaient penser à une
déroute humaine, à une armée désespérée, effarée.
On eût cru voir un épouvantable sauve-qui-peut...

Toutes les croix étaient chargées de couronnes,
de couronnes d'immortelles, de couronnes de papier
blanc à fil d'argent, de couronnes noires à fil d'or;

mais la neige les laissait voir en dessous usées, et toutes flétries, horribles comme des souvenirs dont ne voulaient pas les autres morts et que l'on avait ramassées pour faire un peu de toilette aux croix avec des glanures de tombes.

Toutes les croix avaient un nom écrit en blanc; mais il y avait aussi des noms qui n'étaient pas même écrits sur un peu de bois : une branche d'arbre cassée, plantée en terre, avec une enveloppe de lettre ficelée autour, c'était un tombeau qu'on pouvait voir là !

A gauche, où l'on creusait une tranchée pour une troisième rangée de croix, la pioche d'un ouvrier rejetait en l'air de la terre noire qui retombait sur le blanc du remblai. Un grand silence, le silence sourd de la neige enveloppait tout, et l'on n'entendait que deux bruits, le bruit mat de la pelletée de terre et le bruit pesant d'un pas régulier : un vieux prêtre, qui était là à attendre, la tête dans un capuchon noir, en camail noir, en étole noire, avec un surplis sale et jauni, essayait de se réchauffer en battant de ses grosses galoches le pavé du grand chemin, devant les croix.

La fosse commune, ce jour-là, c'était cela. Ce terrain, ces croix, ce prêtre disaient : Ici dort la Mort du peuple et le Néant du pauvre.

O Paris ! tu es le cœur du monde, tu es la grande ville humaine, la grande ville charitable et

fraternelle! Tu as des douceurs d'esprit, de vieilles
miséricordes de mœurs, des spectacles qui font l'au-
mône! Le pauvre est ton citoyen comme le riche.
Tes églises parlent de Jésus-Christ; tes lois parlent
d'égalité; tes journaux parlent de progrès; tous tes
gouvernements parlent du peuple; et voilà où tu
jettes ceux qui meurent à te servir, ceux qui se
tuent à créer ton luxe, ceux qui périssent du mal
de tes industries, ceux qui ont sué leur vie à travailler pour toi, à te donner ton bien-être, tes
plaisirs, tes splendeurs, ceux qui ont fait ton
animation, ton bruit, ceux qui ont mis la chaîne de
leurs existences dans ta durée de capitale, ceux
qui ont été la foule de tes rues et le peuple de ta
grandeur! Chacun de tes cimetières a un pareil
coin honteux, caché contre un bout de mur, où
tu te dépêches de les enfouir, et où tu leur jettes
la terre à pelletées si avares que l'on voit passer
les pieds de leurs bières! On dirait que ta charité
s'arrête à leur dernier soupir, que ton seul *gratis*
est le lit où l'on souffre, et que, passé l'hôpital,
toi si énorme et si superbe, tu n'as plus de place
pour ces gens-là! Tu les entasses, tu les presses,
tu les mêles dans la mort, comme il y a cent ans,
sous les draps de tes Hôtels-Dieu, tu les mêlais
dans l'agonie! Encore hier, n'avais-tu pas seulement ce prêtre en faction pour jeter un peu
d'eau bénite banale à tout venant : pas la moindre
prière! Cette décence même manquait : Dieu ne se
dérangeait pas! Mais ce que ce prêtre bénit, c'est

toujours la même chose : un trou où le sapin se
cogne, où les morts ne sont pas chez eux! La corruption y est commune; personne n'a la sienne,
chacun a celle de tous : c'est la promiscuité du ver!
Dans le sol dévorant, un Montfaucon se hâte pour
les Catacombes... Car les morts n'ont pas plus ici
le temps que l'espace pour pourrir : on leur reprend
la terre, avant que la terre n'ait fini! avant que
leurs os n'aient une couleur et comme une ancien-
neté de pierre, avant que les années n'aient effacé
sur eux un reste d'humanité et la mémoire d'un
corps! Le déblai se fait, quand cette terre est encore
eux, et qu'ils sont ce terreau humide où la bêche
enfonce... La terre qu'on leur prête? Mais elle n'enferme pas seulement l'odeur de la mort! L'été, le
vent qui passe sur cette voirie humaine à peine
enterrée, en emporte, sur la ville des vivants, le
miasme impie. Aux jours brûlants d'août, les gar-
diens empêchent d'aller jusque-là : il y a des mouches qui ont le poison des charniers, des mouches
charbonneuses et qui tuent!

Mademoiselle arriva là, après avoir passé le mur
et la voûte qui séparent les concessions à perpétuité
des concessions à temps. Sur l'indication d'un gar-
dien, elle monta entre la dernière file de croix et
la tranchée nouvellement ouverte. Et là, marchant
sur des couronnes ensevelies, sur l'oubli de la
neige, elle arriva à un trou, à l'ouverture de la

fosse. C'était bouché avec de vieilles planches pour-
ries et une feuille de zinc oxydée sur laquelle un
terrassier avait jeté sa blouse bleue. La terre coulait derrière jusqu'en bas, où elle laissait à jour
trois bois de cercueil dessinés dans leur sinistre
élégance : il y en avait un grand et deux plus
petits un peu derrière. Les croix de la semaine,
de l'avant-veille, de la veille, descendaient la
coulée de la terre ; elles glissaieht, elles enfonçaient, et, comme emportées sur la pente d'un
précipice, elles semblaient faire de grandes en-
jambées.

Mademoiselle se mit à remonter ces croix, se
penchant sur chacune, épelant les dates, cherchant les noms avec ses mauvais yeux. Elle arriva
à des croix du 8 novembre : c'était la veille de
la mort de Germinie, Germinie devait être à côté.
Il y avait cinq croix du 9 novembre, cinq croix
toutes serrées : Germinie n'était pas dans le tas.
Mlle de Varandeuil alla un peu plus loin, aux
croix du 10, puis aux croix du 11, puis aux
croix du 12. Elle revint au 8, regarda encore
partout : il n'y avait rien, absolument rien... Germinie avait été enterrée sans une croix ! On n'a-
vait pas même planté un morceau de bois pour
la reconnaître !

A la fin, la vieille demoiselle se laissa tomber à
genoux dans la neige, entre deux croix dont l'une
portait 9 novembre et l'autre 10 novembre. Ce qui
devait rester de Germinie devait être à peu près là.

Sa tombe vague était ce terrain vague. Pour prier sur elle, il fallait prier au petit bonheur entre deux dates, — comme si la destinée de la pauvre fille avait voulu qu'il n'y eût, sur la terre, pas plus de place pour son corps que pour son cœur!

FIN.

PARIS. — J. CLAYE, IMPRIMEUR, RUE SAINT-BENOIT, 7.